Droit de traque

Du même auteur
Aux Éditions Albin Michel

WEEK-END SAUVAGE
NÉCROPSIE

Hubert Corbin

Droit de traque

ROMAN

Albin Michel

COLLECTION « SPÉCIAL SUSPENSE »

22, rue Huyghens, 75014 Paris

ISBN 2-226-10611-1
ISSN 0290-3326

1

DÉBOUCHANT sur le large virage finissant la côte, Grant Waronker laissa la voiture glisser paresseusement sur le bas-côté caillouteux aménagé en belvédère et alla s'arrêter face à la pente vertigineuse qui dévalait sur plusieurs centaines de mètres. Il serra le frein à main, coupa le moteur et la climatisation et entreprit de contempler l'immense panorama s'offrant à lui dans l'horizon lointain et brumeux du matin. Il en soupira d'aise.

Grant Waronker était heureux. Une première satisfaction lui venait tout d'abord de ce que, malgré les années, il n'avait jamais réussi à se lasser de la beauté sévère et grandiose du site que l'on découvrait depuis ce point dominant la vallée. Celle-ci s'étendait comme un tapis jaunâtre et passé, mité par le soleil, troué par les taches éparses d'une végétation desséchée et traversé par le ruban gris et sinueux de la route 95 menant à Haydenton. Au-delà, face à lui et pratiquement à hauteur d'œil, courait le mur noir et escarpé des Stonewall Mountains marquant la limite sud de l'État. Enfin, au-dessus, le ciel, le ciel immense de l'Ouest, tellement blanchi par la chaleur qu'il atteignait rarement ce bleu des dépliants touristiques vantant la beauté du désert et des hauts plateaux.

Grant Waronker éprouvait une seconde, et égale,

satisfaction parce qu'il se trouvait au volant de sa nouvelle voiture. Un véhicule flambant neuf que le Conseil du comté avait fini par lui offrir après un long travail de persuasion. Une Chrysler Cirrus, série spéciale pour les forces de police, équipée d'un moteur V6 à vingt-quatre soupapes et d'un ordinateur de bord avec positionnement au sol par satellite, assistance cartographique numérique et tout un système de messageries et de liaisons avec les serveurs du FBI et de la police d'État, sans parler de la bonne vieille VHF qui le maintenait en contact avec son bureau et le personnel dont il avait la charge.

Face à une telle débauche de commodités, il ne put s'empêcher de songer à la horde dépenaillée, exténuée et si incroyablement vulnérable des pionniers qui étaient venus traverser cette même vallée un siècle et demi auparavant, avec pour tout équipement une boussole et des chariots bringuebalants tirés par des bœufs, et pour tout espoir la conquête d'un continent si vaste qu'ils étaient sûrement bien en peine d'en concevoir les limites.

Alors, dans l'air délicieusement frais de l'habitacle, dans les odeurs enivrantes des plastiques rutilants et le confort moelleux des sièges, au milieu de cette nature sauvage aujourd'hui si parfaitement dominée par l'homme, il ressentit une fulgurante jubilation, comme traversé par la conscience soudaine de sa supériorité, de sa maîtrise absolue de l'instant, des lieux, de son destin. Suffoqué par l'émotion, il ajusta ses lunettes, prit ses jumelles et quitta le véhicule.

Au-dehors, le silence était plus impressionnant encore qu'à l'intérieur de la voiture. Il n'était que huit heures mais le soleil était déjà haut et pas un souffle d'air ne venait caresser ce côté-ci de la chaîne. Grant Waronker fit quelques pas jusqu'au panneau écaillé et mangé de rouille indiquant la limite du comté et fut à nouveau saisi par l'absurde relativité des choses.

À l'endroit où étaient plantées ses bottes, il était le shérif du comté d'Owens, désigné par les électeurs, un homme puissant et bénéficiant de la confiance, du respect et de la considération dus à sa fonction. Un pas en avant et il n'était plus rien, sinon un simple citoyen américain, sans la moindre juridiction, pouvant être balayé comme un fétu au gré des circonstances de la vie et des humeurs bureaucratiques des lois gouvernementales et fédérales. Prenant bien soin de ne pas franchir ce pas, il inspecta toute l'étendue du territoire qu'il dominait.

La route 50, sur laquelle il se trouvait, reliait Hallock, une ville pas bien grande à une centaine de kilomètres au nord-est du comté, à Haydenton. Le trafic n'y était pas intense, et s'il y passait cinquante véhicules par jour, c'était bien le maximum. Mais l'endroit était néanmoins stratégique car en contrebas du virage débouchait une piste assez mal dégrossie venant de Silver Pass dans le comté voisin. Certains automobilistes l'empruntaient pour éviter le crochet par Haydenton, autrement dit pour éviter le bureau du shérif, et deux fois sur trois ces automobilistes avaient quelque chose à se reprocher. Dans sa longue carrière au service du comté d'Owens, Grant Waronker avait intercepté à ce point précis bon nombre de contrevenants en tout genre et, comme un pêcheur à un bon trou d'eau, il revenait régulièrement y tenter sa chance.

Ce matin-là, il n'eut pas à attendre longtemps. Il repéra très vite vers l'est, à flanc de montagne, un nuage de poussière bientôt accompagné d'un bruit de moteur étouffé par la distance. À l'aide de ses jumelles, il distingua sans peine le véhicule, une petite berline qui se donnait bien du mal pour avaler les derniers kilomètres de la piste. Waronker ne prit même pas le soin de se dissimuler. De toute façon, le type était forcé d'arriver jusqu'à la route goudronnée. Et si, par hasard, il lui prenait l'envie de faire demi-tour, il suffirait à Waronker de le signaler à ses collègues de Silver Pass.

La voiture arriva. Une vieille Subaru couverte de terre et qui grinçait effroyablement sur ses amortisseurs. Le véhicule hésita un instant à l'intersection, cent mètres plus bas, avant de se lancer à droite sur le goudron, et Waronker eut tout le loisir de fixer avec ses jumelles le regard que le jeune noir qui conduisait avait tourné vers lui. Après quoi, la voiture prit de la vitesse et s'éloigna vers Hallock.

Waronker abaissa tranquillement ses jumelles. Il n'y avait pas beaucoup de noirs dans la région. Des Indiens, des Mexicains, quelques Asiatiques même, mais guère de noirs. Il retourna à la Chrysler banalisée, fixa sur le toit le gyrophare amovible et démarra.

Il fut presque aussitôt derrière la Subaru qui brûlait de l'huile autant qu'elle pouvait en dégageant un épais panache de fumée. Waronker actionna sa sirène et fit des appels de phares. Devant, la voiture accéléra et prit de la distance. Waronker sourit. Un malin. Il aimait bien les malins. Ça mettait un peu de distraction dans le train-train quotidien.

Il se rapprocha à nouveau, suffisamment pour déchiffrer la plaque minéralogique tordue et de guingois. Tranquillement, en ralentissant quelque peu, il se mit en liaison avec l'ordinateur central des véhicules répertoriés par la police et tapa le numéro sur le clavier. La Subaru, immatriculée au Nouveau-Mexique, avait été déclarée volée, deux jours auparavant, par son propriétaire, un certain MacFarland, étudiant à Albuquerque.

Waronker sortit son arme de service et la posa sur le siège à côté de lui, à portée de main. Plus de cinquante pour cent des morts violentes de flics recensées chaque année ont lieu lors d'arraisonnements de véhicules qui tournent mal. Il accéléra, remonta jusqu'à la Subaru et déboîta pour commencer à la doubler lentement.

Sans quitter le conducteur du regard, il vint se placer jusqu'à sa hauteur et lui intima d'un geste de se ranger sur le bas-côté. Le jeune noir lui lança une série d'œillades effarées et fit un signe de tête qui semblait dire oui. Waronker répéta son geste plus énergiquement. Les deux voitures roulaient de front à cent dix kilomètres à l'heure et occupaient toute la largeur de la route à deux voies. Il n'aimait pas ça et ne voulait pas que ça dure.

Le noir répéta sa mimique incompréhensible et Waronker décida de le doubler complètement pour le forcer à ralentir. Au moment même où il appuyait sur l'accélérateur, la Subaru fit une soudaine embardée et vint le percuter à l'avant droit.

Surpris, Waronker donna un violent coup de volant et la Chrysler zigzagua sur quelques dizaines de mètres pour aller heurter le talus et s'immobiliser dans un massif de buissons épineux.

Blême de fureur, Waronker fit marche arrière et s'élança à nouveau sur la route. De sa place, il pouvait voir l'aile en partie arrachée claquer au vent tandis qu'il reprenait de la vitesse.

Une Chrysler neuve ! Il se sentait devenir fou de rage. Et puis, subitement, il comprit. Le type voulait le blouser. Il devait savoir que sur une quinzaine de kilomètres la route 50 longeait maintenant les limites avec le comté voisin. Il devait penser s'en sortir en prenant un nouveau chemin de traverse sur la droite. Waronker accéléra de plus belle.

Ce qu'il craignait se produisit. Non loin devant lui, la Subaru exécuta un virage à angle droit et poursuivit sa course dans un nuage de poussière sur une piste creusée de nids-de-poule.

Waronker connaissait bien cet endroit. Il était quadrillé d'anciens chemins menant à des mines désaffectées et la limite du comté était à huit cents mètres à peine.

Il se lança à son tour sur la piste à pleine vitesse et lorsque la Subaru disparut derrière une petite butte, un mince sourire vint se dessiner sur son visage. Il vira brusquement une nouvelle fois sur la droite et lança la Chrysler à travers le désert en la faisant littéralement voler sur la caillasse parsemant le terrain.

Il roula ainsi sur près de cinq cents mètres et, après avoir contourné la butte, écrasa la pédale de frein. La Chrysler dérapa dans les cailloux et s'immobilisa. Il saisit son arme, sortit de la voiture d'un bond et se plaça en position de tir sur le bord de la piste où arrivait la Subaru qu'il avait devancée. Lorsque celle-ci passa devant lui en trombe une fraction de seconde plus tard, il vida tout son chargeur sur les pneus.

Dans un raclement de jantes à vif, la Subaru s'affaissa lourdement et, comme un gros animal blessé, se mit à tituber tout en s'efforçant de poursuivre sa course. Mais à la vitesse où elle était lancée, il était clair pour Waronker que le conducteur ne maîtrisait plus grand-chose. La voiture fit une première embardée, puis une deuxième, plus périlleuse, et à la troisième bascula dans un fossé du bas-côté.

Waronker la vit successivement glisser sur le flanc, piquer de l'avant et entamer une série de tonneaux dans un fracas de tôles enfoncées, jusque dans le lit à sec d'un ruisseau en contrebas. Après une ultime culbute, la voiture s'immobilisa dans une étrange posture au milieu des rochers, les roues arrière dressées vers le ciel.

Sans se précipiter, tout en rechargeant son arme, Waronker descendit alors jusqu'à l'épave et la contourna avec précaution.

Il eut la surprise de voir que non seulement le noir n'était même pas sonné par sa dégringolade, mais qu'en plus il s'évertuait avec la dernière énergie à vouloir ouvrir la portière bloquée. Celle-ci céda brusquement et le type jaillit comme un diable de la carcasse déglinguée. Waronker se jeta aussitôt sur lui, le plaqua au sol et lui assena deux coups au visage. Après quoi, il lui écrasa le larynx de son avant-bras pour le neutraliser.

— Finie la rigolade, lui souffla-t-il dans les narines. On ne bouge plus !

Mais le noir lançait de violentes ruades pour se dégager. Waronker accentua alors sa pression sur la gorge du type et lui colla le canon de son pistolet sur la tempe.

— Lève encore un sourcil et le coup va partir tout seul. Tu vois ce que je veux dire ?

Le noir se calma presque instantanément et le jaugea.

— OK, fit-il, soudainement conciliant. Pas de bavure. On arrête.

Waronker sourit tout en relâchant sa prise. Le sourire dédaigneux et menaçant du représentant de l'ordre satisfait de voir s'exercer encore une fois l'efficacité de sa toute-puissance.

— Allez, intima-t-il au noir en le tirant pour le mettre debout. On remonte là-haut. J'ai l'impression qu'on a pas mal de comptes à régler tous les deux.

Et les deux hommes se mirent à gravir les rochers pour rejoindre la piste, le noir précédant le shérif qui ne le quittait pas de l'œil.

2

LE RETOUR de Waronker à Haydenton ne passa pas inaperçu. Les passants déambulant dans la grand-rue se retournèrent tous au passage de la Chrysler endommagée que précédait un sinistre grincement de ferraille. Zack Shellman, qui était de garde au bureau du shérif, n'en crut pas ses yeux lorsque la voiture vint se garer sur le parking.

— Qu'est-ce qui s'est passé ? lança-t-il en sortant du bâtiment.

Zachary Shellman était un grand type sec d'une quarantaine d'années, au visage allongé et taillé à coups de serpe dont la peau tendue et jaunâtre accentuait un aspect fruste et bizarrement inexpressif qui n'inspirait pas confiance.

— Le citoyen de couleur ici présent s'est fait un peu tirer l'oreille pour se faire arrêter, lâcha Waronker en indiquant le noir d'un mouvement de tête. Il a fallu s'offrir un petit rodéo.

Puis il alla inspecter l'aile à moitié arrachée et la gomme lacérée par le contact avec la tôle.

— Saloperie ! Le pneu aussi est foutu.

Il soupira et jeta un regard qui n'annonçait rien de bon au noir toujours assis à l'arrière de la voiture.

— Occupe-toi de lui, ordonna-t-il à Shellman. Et téléphone à Josh. Qu'il prenne sa dépanneuse et qu'il essaie de ramener ici la bagnole de ce type. Elle est plantée derrière la butte d'Ore Pits, en contrebas de la piste. Moi, je vais passer un coup de fil.

Et il s'engouffra dans le bâtiment.

Zack Shellman s'approcha alors de la voiture et observa le noir menotté à l'arrière de la Chrysler.

Le type pouvait avoir dans les vingt-cinq ans, à peine plus. Des traces d'ecchymoses étaient visibles sur son visage et son regard inquiet fuyait celui de l'homme en uniforme qui le toisait par la fenêtre.

Shellman ouvrit la portière.

— Dehors, fit-il.

Le jeune noir s'extirpa maladroitement et Shellman le poussa d'une légère bourrade en direction du bâtiment. Il lui ouvrit la porte et le fit entrer dans son bureau.

— Blessé ? s'enquit-il pour la forme.

Le noir fit un signe négatif de la tête.

— Et ça ? insista Shellman en désignant les ecchymoses.

Le noir haussa les épaules, résigné.

— Je me suis cogné contre votre collègue. C'est pas grave.

Shellman accepta cette réponse comme s'il s'agissait de la chose la plus naturelle qui fût.

— Tu as des papiers ?

Le noir, toujours menotté, se contorsionna et sortit tant bien que mal de son blouson un étui en plastique qu'il tendit au policier. Celui-ci examina le permis de conduire.

— Cecil Edolphus Rice, lut-il. C'est gentil, ça.

Il fixa le noir droit dans les yeux.

— Ça serait pas un nom de gonzesse, Cecil ?

Le noir encaissa la provocation avec un hochement de tête désabusé.

— Avec un « e » c'est un nom de fille, précisa-t-il sans hausser le ton. Sans « e » c'est un nom de mec.

Zack Shellman fit une moue pour montrer qu'il appréciait la subtilité.

— T'en sais des choses... Est-ce que par hasard tu saurais aussi si t'as un casier quelque part ?

Le noir ne prit pas la peine de répondre et détourna le regard.

— Ça fait rien si tu te souviens pas, fit Shellman, conciliant. On va voir ça ensemble. Tu peux t'asseoir, ajouta-t-il en lui indiquant une chaise.

Et lui-même alla s'installer devant un terminal d'ordinateur et se mit à pianoter sur le clavier. Il y passa un certain temps et à plusieurs reprises imprima le résultat de ses recherches.

— Qu'est-ce que ça donne ? s'enquit Waronker en entrant dans la pièce.

Shellman lui tendit les feuillets imprimés.

— C'est pas bien méchant, fit-il. Deux condamnations suivies d'incarcération pour vol à la tire et recel de stupéfiants. Huit mois la première fois et trois ans la seconde. Il est sorti au début de l'année, en janvier.

Waronker lut attentivement les feuillets jusqu'au bout puis releva la tête.

— Il a de l'argent ? demanda-t-il à Shellman. Fouille-le pour voir.

Shellman se pencha sur le noir et retourna toutes ses poches.

— Un briquet, un paquet de cigarettes, un canif, énuméra-t-il au fur et à mesure de ses trouvailles. Plusieurs billets et un peu de monnaie.

Il compta la somme sur un des bureaux.

— Quarante-quatre dollars et soixante-quinze cents, dit-il en tendant l'argent à Waronker qui le recompta et le glissa dans une enveloppe.

Tout en remisant l'argent dans un tiroir, Waronker s'adressa au jeune noir :

— Monsieur Rice... vous avez deux problèmes. Le premier, c'est que je vous ai arrêté au volant d'une voiture portée sur la liste des véhicules volés de l'État du Nouveau-Mexique. Le deuxième, c'est que vous avez refusé d'obtempérer à mes injonctions et que vous avez délibérément endommagé un véhicule du comté d'Owens.

Waronker vint se planter face au noir, bras croisés sur la poitrine.

— Alors voilà ce qui va se passer. Votre premier problème, vous vous arrangerez pour le résoudre un jour ou l'autre avec un tribunal du Nouveau-Mexique. Ça ne me regarde pas. Mais votre deuxième problème, vous allez le résoudre avec moi.

Il tira de sa poche-revolver un fax plié en quatre qu'il déplia. Le noir le regardait sans comprendre.

— Je viens de téléphoner chez Chrysler, poursuivit le shérif. Le devis pour la remise en état du véhicule que vous avez endommagé s'élève à quatre cent quatre-vingt-neuf dollars et cinquante-quatre cents, pièces et main-d'œuvre comprises.

Il plaça le fax sous le nez du noir pour attester ses dires.

— Et alors ? demanda ce dernier, sans saisir où le shérif voulait en venir.

— Alors, vous ne devez déjà plus au comté d'Owens que quatre cent quarante-quatre dollars et soixante-dix-neuf cents.

Le noir, bouche bée, fixait Waronker.

— Comment ça ? articula-t-il, au comble de la stupéfaction.

— Eh bien, le shérif adjoint Shellman est témoin que vous venez de déposer un acompte pour réparation des dommages que vous avez causés. Maintenant, la question est la suivante : êtes-vous en mesure de régler le solde d'une manière ou d'une autre ?

Cecil Rice resta la bouche ouverte encore quelques secondes, n'en croyant pas ses oreilles.

— Vous voulez que je paie ? s'exclama-t-il finalement. C'est bien ça ? Vous voulez que je paie ?

Grant Waronker affecta une mine vaguement contrariée.

— Monsieur Rice. Un jour on a dû vous l'expliquer, mais il est possible que cela soit sorti de votre mémoire : tout citoyen est responsable de ses actes. Vous comprenez ? Quand on casse quelque chose, on paie. On rembourse. Le comté d'Owens est le propre assureur de son matériel. Et il n'a ni les moyens ni l'intention de supporter les frais des dégâts causés par un petit délinquant de passage comme vous.

Cecil Rice considéra longuement les deux hommes qui lui faisaient face.

— OK, dit-il. J'ai pigé. Vous voulez du fric. Mais moi je vois pas les choses comme ça. Si j'ai commis une infraction, j'ai le droit d'être jugé. C'est le juge qui dira ma peine, pas vous. C'est comme ça que ça marche la justice, à ce que je sais. C'est pas au shérif de me juger.

Waronker approuva d'un signe de tête.

— C'est comme ça que ça *devrait* marcher, corrigea-t-il. Mais il n'y a pas de juge de paix, ici, à Haydenton. Il y a un juge itinérant qui vient régler les affaires tous les derniers mardis du mois. Il est passé la semaine dernière. Vous ne pourrez être jugé que d'ici quatre semaines. Et le juge Dodds n'aime pas non plus qu'on casse le matériel du comté. Alors, à mon avis, il vous condamnera à payer les frais de réparation. En plus, je lui demanderai d'imputer les jours d'immobilisation du véhicule. Et par-dessus le marché, il vous faudra payer les frais de votre incarcération.

— Les frais de mon incarcération ?

— Oui. Vous allez attendre le juge un mois. Puis vous allez devoir effectuer une peine de travail d'intérêt collectif pour vous acquitter de votre dette. Or le comté d'Owens n'entend pas payer les frais d'incarcération des délinquants.

Waronker désigna Shellman.

— C'est Mme Shellman, la femme du shérif adjoint ici présent, qui fournit les repas des détenus. Avec les coûts d'entretien et frais divers de la prison, le tarif de détention est fixé à dix-sept dollars par jour. Si vous restez donc au total quarante-cinq jours — une supposition —, il vous en coûtera un peu plus de sept cents dollars à ajouter à votre remboursement. Vous voyez qu'il est intéressant pour vous de payer au plus vite ce que vous devez au comté.

Abasourdi par la démonstration, Cecil Rice resta muet un long moment puis sembla prendre une décision.

— Je veux un avocat, lança-t-il subitement. Je connais mes droits et je veux un avocat.

Waronker secoua la tête.

— Il n'y a pas non plus d'avocat à Haydenton, monsieur Rice. Le plus proche avocat est à Carver City, à deux cent cinquante kilomètres d'ici.

— Je veux lui téléphoner ! s'obstina le noir. J'ai le droit de passer un coup de téléphone. Vous le savez très bien. Je connais mes droits, je vous dis !

— Il n'est aucunement question de vous priver de vos droits civiques, monsieur Rice. Vous avez le droit de passer un appel téléphonique *local.* Vous pouvez par exemple appeler qui vous voulez dans la circonscription d'Haydenton. Mais s'il s'agit d'un appel interurbain, il sera à votre charge. Or vous n'avez pas les moyens de passer ce coup de téléphone.

— Comment ça ? Et mon argent ?

— Je suis navré, mais jusqu'à nouvel ordre il est placé sous séquestre à titre de provision pour les frais de réparation du véhicule que vous avez endommagé. De ce fait, il ne peut être affecté à aucun autre usage.

— Je veux appeler en PCV ! s'écria le noir.

Waronker fit un signe de tête négatif.

— Impossible. Le comté d'Owens ne désire pas

prendre le risque que votre demande de PCV soit refusée.

— Vous n'avez pas le droit ! s'époumona Cecil Rice en se levant pour manifester son indignation.

Mais d'une poussée sur la poitrine Shellman le renvoya en arrière et il retomba assis sur la chaise. Waronker replia calmement le fax et le fourra dans sa poche. Puis il se pencha et approcha son visage à quelques centimètres de celui du noir.

— Vous vous trompez, monsieur Rice, dit-il lentement. Ici, j'ai tous les droits. Je représente les gens du comté, et les gens du comté n'aiment pas les gens comme vous. Ils n'aiment pas avoir à dépenser de l'argent pour les individus de votre espèce. Ils ne souhaitent qu'une chose, c'est que les individus de votre espèce aillent se faire pendre ailleurs. Alors je vous pose encore une fois ma question : êtes-vous disposé à régler le solde de la réparation du véhicule que vous avez délibérément accidenté ?

Cecil Rice réfléchit un moment durant lequel il commença à prendre vraiment conscience de la situation.

— Je n'ai pas d'autre argent, finit-il par dire.

— Ce n'est pas grave, monsieur Rice. Je vous l'ai expliqué, vous allez effectuer un travail d'intérêt collectif qui remboursera la communauté. Après quoi, j'avertirai les autorités fédérales de votre présence ici et vous nous débarrasserez le plancher. Est-ce que ça vous va ?

Il sentait qu'il était dans de sales draps, Cecil Rice. Il était bien conscient que son intérêt était de rester le moins longtemps possible entre les mains de ces deux flics de cambrousse. Il préférait encore ceux d'Albuquerque.

— Non, ça ne me va pas, finit-il par dire. Je veux que vous préveniez tout de suite les autorités fédérales. Vous n'avez pas le droit de me garder ici !

Waronker se redressa.

— Bon, dit-il. Je vois que vous n'avez pas compris. Tant pis, on verra plus tard.

Il se tourna vers son l'adjoint.

— Zack, emmène-le, s'il te plaît. Je n'ai pas que ça à faire.

Shellman attrapa le noir par le col et le conduisit sans ménagement vers la sortie du bâtiment.

— Où est-ce qu'on va ? Où est-ce que vous m'emmenez ? se mit à glapir le prisonnier en passant la porte.

Sans daigner lui apporter de réponse, Waronker retourna à son bureau. Là, il décrocha le téléphone et appela l'hôtel de ville.

— Doug ? C'est Grant. Comment ça se présente ? Il va y avoir du monde à cette réunion ?

Le visage du shérif s'assombrit.

— Ils sont au courant pour le tirage au sort ?

Il hocha la tête plusieurs fois, visiblement ennuyé.

— Bon. Il va falloir du doigté, conclut-il. Ils sont déjà assez remontés comme ça. Je compte sur toi. À tout à l'heure.

Il se renversa dans son fauteuil, ôta ses lunettes fumées et se frotta les yeux. Il était contrarié. Il avait horreur de jouer les arbitres dans les affaires à problèmes, surtout au beau milieu de son mandat. Les électeurs sont des gens tellement imprévisibles.

3

LORSQU'IL arrivait que l'on parle d'Haydenton dans la presse de l'État, on n'hésitait pas à employer les termes de « riante petite cité de la frontière sud ». Car si la ville n'avait pratiquement rien gardé de sa gloire passée, elle s'était efforcée de devenir une bourgade agréable, à la population paisible et laborieuse.

Après avoir longtemps été une simple étape sur une des pistes de l'Ouest à l'époque de la colonisation, Haydenton avait connu un brusque changement de destin au tournant du siècle, lorsqu'on avait découvert dans sa région d'importants gisements de minerai argentifère. En un an sa population avait décuplé et, en 1901, soit cinq ans après l'ouverture des mines, la ville comptait plus de quinze mille habitants, plusieurs banques, un terminal de chemin de fer qui la reliait au réseau de la Santa Fe et jouissait d'une prospérité insolente dans l'immensité désertique de cette partie du continent.

Mais l'exploitation intensive eut vite raison des filons et, dès 1910, la ville connut le début d'un irréversible déclin. On continua pourtant durant des années à extraire un minerai plus pauvre, à prospecter le cuivre et les pierres précieuses, mais à l'époque de la Dépression il fallut bien se rendre à l'évidence, le temps des fortunes rapides et de l'abondance de richesses n'était plus qu'un lointain souvenir.

Les habitants se tournèrent alors vers l'élevage et l'agriculture. Les ranchers occupèrent les hauts plateaux pour leurs bovins et dans les vallées les populations aménagèrent des systèmes d'irrigation complexes et efficaces permettant toutes sortes de cultures, qu'il s'agisse de fourrage ou de céréales, de tomates ou de fruits. Ainsi, de nos jours, Haydenton est-elle cette petite ville active de quelque sept mille habitants, traversée d'une large rue principale agrémentée d'un terre-plein central où s'étale une pelouse bien entretenue et superbement fleurie. Ce qui, l'été venu, ne laisse pas d'étonner le visiteur de passage, alors que le soleil brûle impitoyablement le désert environnant.

Cecil Edolphus Rice ne vit rien de tout cela. Tandis que Zack Shellman le conduisait à l'autre bout de la ville, il était trop occupé, menottes toujours aux poignets, à se demander quelle était la meilleure façon de se sortir du pétrin où il s'était fourré.

La voiture s'arrêta dans un coin reculé de l'agglomération, à côté d'un hangar agricole. En face, il y avait un terrain bordé d'une haute enceinte grillagée à l'intérieur de laquelle se dressaient deux longues tentes militaires kaki. Au-dessus du portail, grillagé lui aussi, il y avait un panneau avec une inscription : « Comté d'Owens. Centre de détention provisoire ». Shellman donna deux coups de klaxon brefs.

— On est où, ici ? demanda Rice. Qu'est-ce que c'est ce truc ?

— Tu sais pas lire ? rétorqua Shellman. C'est écrit dessus.

Au même moment, une lourde silhouette apparut dans l'ombre du hangar.

— Bert ! lança Shellman. J'ai un client pour toi.

L'ombre s'évanouit pour réapparaître quelques instants plus tard. Cette fois, on distinguait clairement un fusil à pompe sous le bras du type qui arrivait en claudiquant. Quand l'homme s'arrêta à deux pas de la voiture, Rice ne put s'empêcher d'éprouver une vague frayeur.

C'était un gaillard massif à l'âge incertain, peut-être dans les soixante-cinq ans, le poil jaune et ras sur le crâne, et le visage défiguré par un œil borgne à la paupière collée.

Shellman alla le saluer puis vint chercher Rice.

— Descends, lui dit-il en tenant la portière. Je vais te montrer ta chambre.

Sans un mot, le garde-chiourme ouvrit le portail et s'effaça pour les laisser passer.

— C'est une prison, ça ? fit Rice en pénétrant dans l'enceinte.

— C'est tout ce que le comté peut t'offrir, se contenta de répondre Shellman. Si tu cherches une taule climatisée et en dur il faudra que tu ailles te faire gauler ailleurs.

Il écarta les portes de toile de l'une des tentes et montra à Rice deux rangées de châlits avec des couvertures militaires pliées dessus.

— Pour l'instant, t'es le seul pensionnaire, expliqua-t-il. Il y a pas beaucoup d'amateurs pour séjourner ici. Comme ça, tu pourras changer de lit tous les soirs si tu as envie...

Rice le regardait, incrédule.

— Vous êtes vraiment sérieux ? s'enquit-il d'un ton hésitant. Je vais vraiment rester ici ? Ça serait pas pour m'impressionner que vous faites tout ça ?

— La nuit, tu dormiras entravé, continua Shellman sans se soucier des questions de Rice. Bert est payé pour garder son œil sur toi pendant la journée. Il bosse en face dans le hangar. Mais on tient pas à payer des heures de nuit.

Puis Shellman laissa retomber les pans de toile et entraîna Rice derrière la deuxième tente.

— Là, c'est la douche et les cabinets, poursuivit-il en lui indiquant une cahute en planches dans un angle du terrain. Il y a de l'eau trois fois par jour une demi-heure. Le matin à sept heures, à midi pile et le soir à sept heures également. Si tu veux conserver de quoi boire pour le reste du temps, tu remplis la vache qui est dans la cabane. Vu ?

Rice était tellement effaré par ce qu'il voyait et entendait qu'il n'en trouvait pas ses mots.

— On vous a dit qu'on était au vingtième siècle ? finit-il par dire. On vous a dit que les gens avaient des droits, et que même des types comme moi étaient pas censés être enfermés dans des camps de concentration ?

Shellman resta impassible.

— T'es pas au vingtième siècle, mon gars. T'es à Haydenton.

Il tira de sa poche une clé qui pendait au bout d'une chaînette et lui ôta les menottes.

— Je te laisse. Bert t'expliquera le règlement intérieur.

Sans plus de cérémonie, il tourna les talons et regagna sa voiture.

— Hé ! cria Rice. C'est complètement dingue tout ça ! Qu'est-ce que je fous ici ? Combien de temps je vais rester ?

— C'est ton problème, répliqua Shellman en se mettant au volant. Si tu veux sortir, tu t'arranges avec le shérif.

Sur quoi, il claqua la portière et démarra. Rice regarda la voiture disparaître au coin de la rue et se tourna vers le vieux Bert qui le lorgnait du coin du portail de son unique œil.

— C'est quoi, cette histoire de règlement intérieur ? lui demanda Rice pour essayer d'engager la conversation.

Bert continua de le regarder de travers un bon

moment avant de répondre. Puis, pour la première fois depuis son apparition, il parla.

— Écoute-moi bien, petit, dit-il d'une voix rauque et cassée. C'est simple. Il y a qu'une règle, ici. Une seule. Faut pas m'emmerder, et puis c'est tout. T'as compris ?

Rice se figea. Il lui fallut un peu de temps pour rassembler ses esprits. Je suis chez des dingues, se dit-il. C'est ça. Je suis chez des dingues. Quand je raconterai ça, personne ne me croira.

— OK, Bert. OK, acquiesça-t-il finalement avec un geste conciliant. J'ai compris. Parfaitement compris.

Bert le toisa encore quelques secondes comme s'il cherchait à savoir si on se payait sa tête. Puis il se décida à refermer le portail grillagé, lança un dernier coup d'œil à Rice et retourna à son hangar.

Seul au milieu de l'enceinte, Rice fit du regard un long tour d'horizon. On entendait le bruit des voitures circulant dans les rues adjacentes. L'endroit était calme, l'air devenait bien chaud, tout allait bien. Sauf que personne ne savait qu'il était là et que personne n'allait venir le tirer de la panade. Pas de doute, il avait de quoi se faire du souci.

Lorsqu'il arriva en vue du bureau du shérif, Zack Shellman aperçut plusieurs voitures sur le parking et un petit attroupement devant l'entrée. Il se gara et s'approcha des quatre hommes qui étaient là.

— Salut les gars ! lança-t-il avec un sourire. Qu'est-ce qui vous amène ?

Il y avait Calvin Blain, le vétérinaire, un type toujours tiré à quatre épingles qui gagnait bien sa vie et qui était connu pour ne jamais se séparer d'une radiocassette sur laquelle il écoutait de la musique classique toute la journée. « Les animaux aiment ça, disait-il, et moi aussi. »

Il y avait également Andy Cuthbert, un maraîcher qui faisait de la culture intensive sous serres et dont les affaires n'allaient pas trop mal non plus. À côté de lui se trouvait Scott Novick, un rancher qui s'occupait de son élevage depuis un bureau climatisé d'Haydenton, laissant à son fils le soin de courir les montagnes et de gérer la ferme qui se trouvait à une trentaine de kilomètres sur le plateau.

Enfin, il y avait Kenny Bradner. C'était le plus jeune des quatre. Il avait tout juste la trentaine et tenait le seul magasin de radio, télé, téléphone et CB de la ville. Il connaissait tout le monde car il était bien rare qu'un habitant d'Haydenton n'ait pas recours à ses services un jour ou l'autre, que ce soit pour réparer une télé, installer un autoradio ou régler une parabole. C'était un homme mince et de petite taille, au visage chafouin, toujours coiffé à la diable avec des lunettes de travers sur le nez.

— Salut, Zack, dit celui-ci, qui fut le dernier à serrer la main de l'adjoint. On est venus parce qu'il paraît qu'il y a du nouveau pour le tirage au sort. Ça court sur la CB en ce moment. On dit que ça s'est passé hier à Carver City. Il y a du neuf?

Shellman afficha une mimique étonnée.

— Du neuf? Pas que je sache. Je suis pas au courant.

Ce qui était vrai. Mais même s'il avait été informé, il n'en aurait pas dit plus. La consigne était de s'abstenir de toute déclaration officielle devant Kenny Bradner.

— Il est là, Boyd? poursuivit Bradner qui savait très bien à quoi s'en tenir avec le bureau du shérif. S'il y a du neuf, lui il doit savoir, non?

— Il est pas là, fit Shellman. Il est parti tôt ce matin avec McDonough. Il attend un groupe de randonneurs. Il est allé préparer le parcours.

— Il sera pas à la réunion? s'inquiéta Bradner.

— Il m'a pas dit qu'il serait pas là, fit Shellman.

Bradner hocha la tête.

— De toute façon, s'il y a du neuf, ça se saura à la réunion, hein ?

— Oui, je suppose, dit Shellman sans vouloir se prononcer.

Face à Shellman, les quatre hommes se consultèrent du regard, hésitant à prendre une décision.

— Bon, fit Cuthbert pour résumer. Il y a qu'à attendre la réunion. Je suppose qu'on sera fixés.

— Et Josh, il est où ? demanda soudainement Novick. On l'a pas trouvé en passant à son garage.

— Il est parti chercher une bagnole accidentée du côté d'Ore Pits, expliqua Shellman. Vous inquiétez pas, il sera là.

Il essaya de conclure avec une plaisanterie :

— Il sait que le maire va offrir à boire. Et c'est pas le genre à louper un apéro !

Autour de lui les hommes émirent quelques ricanements polis, mais la saillie ne remporta pas un franc succès.

— Bon, eh bien on s'en va, décida Bradner. On se verra tout à l'heure.

Les quatre hommes retournèrent à leur voiture et quittèrent le parking. Shellman entra dans le bureau du shérif et alla directement voir Waronker.

— Qu'est-ce qu'ils voulaient ? demanda celui-ci.

— Des nouvelles du tirage au sort. Il y a du neuf ?

Waronker hocha la tête.

— On n'est pas dedans, laissa-t-il tomber. C'est Hallock qui a été désigné. Et encore, seulement cinq têtes !

À ces mots, Shellman se montra sincèrement consterné.

— C'est pas vrai ! s'exclama-t-il. Il manquait plus que ça. On va pas pouvoir les tenir !

— Ça va être dur, reconnut Waronker en soupirant.

Mais à mon avis ils vont surtout s'en prendre à Boyd, comme d'habitude.

— Il sera là ?

— Oui. Vers midi, je pense. Tu le connais, il a pas l'habitude de se défiler.

Il réfléchit quelques secondes puis afficha, peut-être pour la troisième ou quatrième fois de la matinée, ce sourire sournois et supérieur que tout le monde lui connaissait et qui était très apprécié de la majeure partie de ses électeurs.

— Franchement, ajouta-t-il, je préfère être à ma place plutôt qu'à la sienne !

4

Quelques heures plus tôt, tout à fait au nord du comté et à environ cent cinquante kilomètres d'Haydenton, deux véhicules tout-terrain finissaient de gravir un long chemin de montagne dans la lumière blafarde et bleutée du petit matin. Celui qui ouvrait la route, encore tous feux allumés, était une Hummer, un de ces petits transports de troupes bâchés dont la dénomination militaire était M 998 et que les soldats appelaient plus simplement un « Humvee ». Avec son large empattement, son centre de gravité très bas malgré une importante garde au sol et sa conception fruste d'une robustesse à toute épreuve, le Humvee avait maintenant remplacé la Jeep dans toutes les unités américaines et semblait appelé à connaître la même célébrité et la même longévité que son aïeule. Mais en l'occurrence il ne s'agissait pas d'un véhicule de l'armée, car il arborait des plaques civiles, tout comme le 4 × 4 qui le suivait, un Chevrolet bleu métallisé, récent et d'apparence confortable, sur les flancs duquel on pouvait lire en lettres blanches : « Agence fédérale de l'environnement ».

Les deux véhicules stoppèrent là où finissait la piste, sur un terre-plein herbeux et bordé de sapins, pratiquement au sommet de la montagne qu'ils avaient lentement gravie.

L'homme qui descendit du Humvee était un grand gars solide, carré d'épaules, équipé d'une épaisse vareuse, d'un pantalon de treillis et de lourds rangers. Par son accoutrement, par sa chevelure courte et disciplinée et l'aisance de ses mouvements, cet homme d'une quarantaine d'années donnait à première vue l'image de quelqu'un habitué de longue date à commander et à être commandé. Pourtant, lorsqu'il contempla le paysage grandiose qui prenait forme dans la lueur de l'aube et s'étalait à perte de vue, son visage affichait une sorte de masque à la tristesse, amplifiée par le dessin de sourcils légèrement tombants, comme sous l'effet d'une inquiétude permanente. L'impression de puissance qu'il dégageait s'en trouvait curieusement altérée, une certaine vulnérabilité venant le disputer à un austère tempérament forgé par l'expérience. Il s'appelait Cameron Boyd.

À cet instant, les rayons naissants du soleil frappèrent Hillary Peak, qui culminait à l'est à près de quatre mille mètres, et l'horizon livide s'embrasa de pourpre.

— C'est magique ! ne put s'empêcher de dire le deuxième homme qui avait quitté le Chevrolet et s'était approché à son tour.

Il s'agissait de Jim McDonough, un gars de vingt-deux ans, presque un gringalet, raidi à l'excès par le port de l'uniforme et du blouson réglementaires de la police du comté, le visage parsemé de taches de rousseur et marqué sous le menton par les points d'une acné persistante.

— Si tu m'accompagnais plus souvent, tu verrais des choses comme ça presque tous les jours..., fit Boyd avec un sourire malicieux.

Le jeune homme se montra embarrassé.

— Le shérif Waronker n'aime pas trop que je passe

mon temps avec vous, m'sieur Boyd. D'après lui, si je veux apprendre le métier de policier, il vaut mieux que je m'occupe des affaires d'ordre public avec ses délégués.

Le sourire de Cameron Boyd s'élargit.

— C'est sûr que c'est plus intéressant que de courir les bois et faire respecter les lois fédérales sur la protection des espèces et de l'environnement !

— C'est pas ce que je voulais dire, m'sieur Boyd, protesta Jim. Je suis qu'un flic stagiaire que le shérif a bien voulu accepter dans son équipe. Je fais ce qu'on me dit de faire.

Cameron Boyd hocha la tête.

— Et tu as bien raison, Jim. C'est comme ça qu'on apprend.

Il avait prononcé ces paroles avec le plus grand sérieux, mais Jim McDonough n'était pas certain qu'elles soient exemptes de toute raillerie. S'il n'avait tenu qu'à lui, Jim aurait volontiers admis qu'il aimait bien Boyd et que, dans le fond, cela ne lui déplairait pas d'aller l'escorter par monts et par vaux pour ses inspections de terrain. Mais c'était impossible. Boyd était de l'autre côté, complètement de l'autre côté de la barrière. Jim soupira.

— Vous savez, m'sieur Boyd, vous avez même de la chance que j'aie pu vous accompagner ce matin pour amener votre Humvee ici. Le shérif Waronker était pas très chaud.

— Je sais, je sais...

Depuis ces derniers mois, les choses ne s'étaient pas arrangées. Sous la pression des ranchers et des populations rurales, les frictions qui pouvaient exister entre les autorités locales et les autorités fédérales n'avaient fait que s'amplifier. Dans certains comtés de l'État on en était même déjà passé des menaces à peine voilées à une sorte de rébellion qui pouvait à tout moment mal tourner.

— Je dois même vous dire une chose, reprit Jim McDonough, c'est qu'à l'avenir j'ai l'impression que vous ne pourrez plus trop compter sur moi...

Cette fois-ci, Cameron Boyd se tourna vers le jeune homme et le fixa droit dans les yeux.

— Qu'est-ce que tu essaies de me dire, Jim ?

Jim McDonough baissa la tête.

— Je suppose que je ne devrais pas vous en parler, mais le shérif Waronker m'a dit hier soir que ça serait la dernière fois. Qu'à partir de maintenant vous n'aurez qu'à vous débrouiller tout seul.

Cette révélation ne surprit qu'à moitié Cameron Boyd. Il savait bien que plus les échéances électorales du comté se rapprocheraient, plus le shérif Waronker lui mènerait la vie dure.

— Il m'a dit qu'il allait vous en parler, ajouta le jeune homme comme pour s'excuser. Il pense même que...

D'un geste, Cameron Boyd lui coupa la parole.

— Arrête-toi là, Jim. Tu n'es pas censé raconter ce qui se passe dans le bureau du shérif, même si tu estimes avoir de bonnes raison pour ça. Règle numéro un, quand on représente l'autorité publique : moins on en dit, mieux ça vaut.

Devant la confusion qui se peignit sur le visage du jeune homme, Boyd lui adressa un sourire et une claque amicale sur les épaules.

— Allez, tu ne m'as rien dit et je n'ai rien entendu, conclut-il. On le rentre, ce Humvee ? Tu veux le conduire ?

Le visage du jeune homme s'éclaira comme par enchantement.

— Si je veux ! s'exclama-t-il. C'est un sacré engin !

À ce moment, même l'uniforme ne parvint pas à cacher que Jim McDonough était resté un gamin de seize ans malgré les vingt-deux affichés par son état civil.

Tandis que le jeune homme allait prendre place dans le tout-terrain, Cameron Boyd se dirigea vers une bâtisse de pierres et de planches construite au pied de la pente, à l'orée du bois de sapins qui couvrait ce point le plus élevé de Tocuma Range. Il enleva le cadenas qui fermait les battants de la porte cochère, ouvrit celle-ci en grand et guida le Humvee qui s'approchait en marche arrière.

— Ça ira comme ça ? lança Jim en rangeant le véhicule du mieux qu'il put au fond de l'étroit hangar.

Boyd acquiesça d'un geste.

— C'est bon.

Jim McDonough coupa le contact et sauta à terre.

— Il vous faudra combien de temps pour venir le récupérer avec vos randonneurs ? demanda-t-il.

— On pourrait y arriver en quatre jours de marche, mais je compte cinq. Ça dépend des gens que j'accompagne. Une fois j'ai mis six jours, mais dans l'équipe j'en avais deux qui traînaient vraiment la patte.

Ils regagnèrent le pick-up Chevrolet qui les attendait sous le soleil maintenant bien levé.

— C'est pas trop dur en cette saison ? poursuivit Jim. Il commence à faire sacrément chaud !

— À vrai dire, c'est dur tout le temps. Parce que ça fait quand même une sacrée trotte ! Mais là, on aura deux jours un peu difficiles dans le désert et sur les hauts plateaux. Avant et après, dans les montagnes, ça sera supportable.

Les deux hommes s'installèrent dans le Chevrolet, Boyd au volant. Ils avaient deux bonnes heures et demie de route pour rentrer à Haydenton et Boyd lança sans attendre le 4 × 4 sur la pente cahoteuse par laquelle ils étaient arrivés. Pendant une bonne partie du trajet, pour éviter de revenir sur les sujets qui fâchaient, il raconta au jeune policier stagiaire comment il s'était procuré à un prix avantageux son Humvee, directement chez AM General Corporation, le fournisseur de l'armée, à une époque où le constructeur n'avait pas encore envisagé de proposer une version civile de son tout-terrain.

5

LA MATINÉE était déjà bien avancée lorsque Joshua Cadmus, au volant de sa grosse dépanneuse cabossée, réapparut en ville tractant l'épave de la Subaru. Il se rendit directement à son garage qui faisait office de fourrière pour les véhicules qu'il ramassait sur réquisition du shérif. Là, il abandonna la voiture au toit aplati et aux portières enfoncées au milieu d'une multitude de carcasses à différents degrés de délabrement. Puis il se rendit dans son bureau crasseux, encombré d'un invraisemblable fouillis et infecté d'une tenace odeur de cambouis, et téléphona au bureau du shérif.

— Zack ? C'est Josh. Je viens de ramener la Subaru. C'est quoi, au juste, cette bagnole ?

Zack Shellman lui fit un résumé des événements du matin.

— Et ce nègre, c'est qui ? insista Cadmus. Il va la réclamer sa caisse ?

Josh Cadmus hocha plusieurs fois la tête tandis que Shellman poursuivait ses explications.

— Si c'est une voiture volée, dans l'état où elle est, même l'assurance voudra pas la récupérer. Qu'est-ce que j'en fais, alors ?

À l'autre bout de la ligne, l'adjoint du shérif lui donna quelques consignes.

— OK, OK, reprit Cadmus. Je la laisse dans un coin pour l'expert, si jamais il vient. Après on verra… À tout à l'heure.

Il raccrocha, et pour lui c'était déjà tout vu.

Il retourna à l'épave, souleva la tôle pliée du capot, inspecta brièvement le moteur et alla chercher ses outils. Après quoi, avec l'indifférence appliquée d'un charognard, il entreprit de dépecer le véhicule pièce par pièce de tout ce qui lui semblait de quelque valeur. Comme d'habitude, si par extraordinaire l'expert venait à passer, il ne serait au courant de rien. Il dirait qu'il avait trouvé la voiture dans cet état. Et comme d'habitude, l'expert lui jetterait un coup d'œil appuyé, tout à fait conscient que sur certains marchés parallèles les pièces japonaises se vendaient plutôt un bon prix. Et en fin de compte, l'expert hausserait les épaules, en se disant que ce n'était pas ses oignons et que dans des contrées comme celle-ci il fallait bien gagner sa croûte d'une manière ou d'une autre…

Joshua Cadmus était l'un des deux mécaniciens-garagistes de la ville, mais certains habitants, plutôt que de recourir à ses services quand son concurrent était débordé, n'hésitaient pas à se rendre à Ashton, petite localité à quinze kilomètres à l'ouest, pour les travaux de réparation et d'entretien de leur véhicule. Pourtant bon ouvrier dans sa partie, Josh Cadmus ne jouissait pas d'une excellente réputation.

Tout d'abord, chacun savait que le montant de ses factures dépendait avant tout des échéances mensuelles qu'il avait à payer, plus tous les arriérés. Ensuite, il était connu pour ses sautes d'humeur imprévisibles, et sa dégaine ne contribuait pas à inspirer confiance à qui que ce fût.

De grande taille, vigoureux, il arborait un faciès ovale et lourd, barré d'une épaisse moustache et mangé d'une barbe qu'il ne rasait guère qu'une ou deux fois par mois. Ses cheveux, longs et gras, d'un noir de jais, tombaient sur ses épaules, et ses jeans, ses chemises, toujours maculés, dégageaient une puissante odeur d'huile, de crasse et de transpiration. Il toisait généralement ses clients de toute sa hauteur, d'un regard sombre et violent, totalement indéchiffrable, qui ne leur permettait pas de savoir s'il se contentait de les mépriser tranquillement ou s'il allait tout à coup leur casser la figure.

Enfin et surtout, pour ceux qui étaient au courant, ce qui était le plus dur à admettre dans le personnage, c'était ce qu'il avait fait de Molly, sa compagne de lit depuis une bonne dizaine d'années. Au début, on avait vu avec un certain attendrissement ce gaillard approchant la trentaine s'intéresser à Molly, cette pauvre Molly qu'on plaignait volontiers, qui n'avait pas toute sa jugeote et qui se retrouvait toujours dans des situations impossibles à force de se laisser basculer par tous les garçons qui insistaient un peu. Mais ensuite il avait fallu se rendre à l'évidence, sans trop en parler d'ailleurs, par respect de la vie privée, comme on disait. C'était précisément parce que la pauvre fille était un rien retardée mentale que Josh Cadmus avait jeté son dévolu sur elle. Il était maintenant admis à Haydenton que, depuis des années, il passait sur elle toutes ses lubies, que ce soit ses accès d'humeur ou certains délires d'alcôve plus secrets sur lesquels personne ne tenait à se prononcer. Car après tout, si depuis tout ce temps ils étaient encore ensemble, c'est que d'une manière ou d'une autre chacun devait y trouver son compte.

Quoi qu'il en soit, Josh Cadmus ne s'intéressait nullement à ce qu'on pensait de lui. Il suivait son train-train dans son univers de ferraille, de moteurs toussotants et de fûts d'huile de vidange, avec ce visage constamment renfrogné et hostile propre à décourager quiconque aurait voulu s'occuper de ses affaires. C'est d'ailleurs concentré sur un boulon récalcitrant, l'esprit parfaitement vide, la tête enfouie sous le filtre à air de la Subaru, qu'il entendit les coups de sifflet. Il se redressa aussitôt, comme envahi par une soudaine rêverie. Il posa sa clé à pipe, s'essuya les mains à un chiffon et se dirigea vers son atelier.

Dans la pénombre du bâtiment de tôle ondulée il régnait une chaleur étouffante. Avec une petite crispation au ventre qui n'était que l'anticipation du plaisir d'un rituel rodé de longue date, Josh Cadmus s'avança jusqu'au vasistas situé au-dessus d'un des établis et regarda avec avidité à l'extérieur.

Pour Josh, l'arrière de son atelier était le plus bel endroit du monde. Il donnait sur une partie de sa propriété qu'il avait cédée quelques années auparavant à la ville afin que l'école puisse agrandir son terrain de sport. Et, depuis lors, ce vasistas était devenu le lieu d'un spectacle unique dont il ne se lassait pas, celui des cours de gymnastique. Il connaissait par cœur les horaires des filles et à la belle saison comme maintenant, alors que l'année scolaire arrivait à son terme et que l'été s'annonçait, c'était chaque jour un délicieux déballage de petits derrières dans des shorts colorés et de nichons tressautant sous les tee-shirts.

Il connaissait pratiquement toutes les filles qui venaient s'exercer à deux pas de son atelier. Pas par leur nom, bien sûr, encore que certaines étaient des filles de clients ou de connaissances. Mais tous les visages lui étaient familiers. Ou plutôt, ceux qu'il choisissait avec soin au cours d'observations patientes et répétées, qu'il attendait ardemment d'une semaine sur l'autre, et qu'il séquestrait dans sa tête, à portée de fantasme, prêts à servir. Les images qu'il chérissait le plus étaient celles de ces adolescentes charnues, arrivées parfois sans qu'elles s'en doutent à cet apogée fulgurant de la beauté juvénile dont le temps était compté et qui ne se répéterait jamais plus.

Mais outre cette collection de corps souples et

soyeux, de corolles grandes ouvertes ployant gracieusement sur leurs tiges à quelques mètres de son vasistas encadré de toiles d'araignées, son vrai trésor, celui qui lui laissait immanquablement la gorge sèche chaque fois qu'il y songeait ou chaque fois qu'il le voyait, c'était Sigrid, la prof de gym. La grande Sigrid Thomsen, toujours aussi belle et inaccessible que par le passé, élancée, robuste, taillée comme une guerrière, resplendissante du feu de ses blondeurs, menant au doigt et à l'œil sa volière de demoiselles bariolées.

Elle était justement là, de profil, le sifflet entre les dents, mains sur les hanches, jambes écartées, à régner sur sa troupe à qui elle enseignait aujourd'hui des gestes d'autodéfense et certains rudiments d'arts martiaux.

Changeant de posture, elle en profita pour jeter un rapide coup d'œil vers le vasistas, et Josh Cadmus se renfonça instinctivement dans la pénombre. Elle l'avait vu. Ou si elle ne l'avait pas vu, elle savait de toute façon qu'il les épiait.

Au début, il y avait deux ou trois ans, il ne s'en cachait même pas et venait le long du grillage du terrain de sport, faisant mine de chercher des pièces au milieu du cimetière de véhicules entassés. À diverses reprises il avait même tenté un « salut ! » jovial en direction de la jolie prof, mais n'avait jamais reçu en retour que des bonjours indifférents.

Et puis un après-midi, alors que ses élèves regagnaient le gymnase et les vestiaires, Sigrid Thomsen s'était approchée du grillage et s'était plantée devant lui.

— Josh ! avait-elle dit. Il faut que tu arrêtes de venir traîner au milieu de tes carcasses à chaque fois que je fais un cours. Mes filles ont l'impression que tu sors exprès pour les reluquer et elles n'aiment pas ça.

Pris au dépourvu, il n'avait pas su profiter de la situation pour lui parler, comme il en rêvait, du bon vieux temps où eux-mêmes avaient grandi dans cette école d'Haydenton. Il s'était contenté de balbutier, renfrogné, qu'il était chez lui et qu'il pouvait agir comme bon lui semblait. Mais depuis ce jour, il s'était bel et bien abstenu de rôder dehors quand les gamines faisaient leurs galipettes sur le terrain, et s'était contenté de les observer piteusement derrière sa vitre, laissant se durcir le devant de son pantalon au gré de ses convoitises secrètes.

Un coup de klaxon le fit sursauter et une voix lui parvint de l'extérieur :

— Josh ! T'es là ?

Sortant du garage, il découvrit Scott Novick au volant de son 4 × 4.

— Salut, Josh. T'as une minute ? On pourrait causer avant de retrouver les autres.

— Qu'est-ce qui se passe ?

— Monte. Je vais te raconter.

Tandis que Josh prenait place à côté de lui, Scott Novick sortit deux bières du compartiment réfrigérant de la voiture et en tendit une au garagiste. Le gros éleveur n'aimait pas trop l'idée de Josh Cadmus s'installant avec ses jeans tachés de cambouis sur ses sièges en cuir, mais vu la situation il fallait rassembler toutes les forces vives.

— La rumeur n'est pas très bonne, dit-il en décapsulant sa boîte. Je crois bien qu'il va falloir tirer un trait aussi sur cette saison.

— Ça sera pas la première. C'est officiel ?

— À mon avis, ça sera officiel tout à l'heure. L'important, c'est de se mettre d'accord pour savoir ce qu'on fait.

— On est dans un pays libre, rétorqua Josh. On fait ce qu'on veut.

Scott Novick savait qu'on ne pouvait pas demander à Josh Cadmus de raisonner dans la nuance. C'était un inconvénient, mais c'était aussi un avantage.

— Je sais bien, Josh, dit-il. Ça devrait être comme ça.

Il fit mine de réfléchir.

— Ce que je me demande, c'est si on pourrait pas s'arranger avec Boyd. Après tout, il aurait qu'à rester plan-plan dans son bureau. Mais je vois pas comment lui expliquer. C'est dommage. On se connaît tous ici, et on n'arrive même pas à se mettre d'accord...

Novick attendit la réaction du garagiste. Elle vint, après une bonne minute de silence.

— Boyd y se croit malin parce qu'il a été militaire, mais c'est qu'une tête de nœud. Et faudrait pas qu'il me hérisse le poil trop longtemps.

Novick accueillit cette déclaration avec un hochement de tête sentencieux. Il n'était pas mécontent. C'était pour ce genre d'attitudes que Josh Cadmus s'avérait un allié précieux.

— T'as raison, Josh. Il tire trop sur la corde. Quand je pense que je l'ai connu gamin et qu'aujourd'hui il nous emmerde l'existence !

Josh avala une longue goulée de bière.

— Un de ces quatre, la corde elle va péter, dit-il en réprimant à moitié un rot.

Novick acquiesça.

— C'est sûr, c'est sûr. On sait jamais ce qui peut arriver.

Il démarra le 4 × 4. Josh claqua sa portière et Novick fit une marche arrière.

— Faut quand même y aller mollo, ajouta-t-il. On veut pas faire d'histoires.

Josh Cadmus tourna vers l'éleveur un faciès hilare.

— Qui c'est qui veut faire des histoires ? Personne veut faire des histoires !

Et il vida d'un trait le reste de sa bière.

6

L'HÔTEL de ville d'Haydenton était un curieux bâtiment qui avait été entièrement rénové dans les années soixante et que le maire de l'époque avait doté d'une façade à colonnade et chapiteaux dans le plus pur style virginien. Ce qui ne laissait pas de surprendre et de paraître un rien prétentieux dans cet Ouest aux vastes étendues sauvages. Mais c'était l'idée que l'équipe municipale se faisait alors de la grandeur civique et avec le temps, la patine des intempéries et l'invasion des rosiers grimpants, tout le monde avait fini par s'y habituer.

Quelques voitures étaient déjà arrivées et pas mal de monde avait commencé à se rassembler. Outre Novick et Cadmus qui serraient des mains à la ronde, il y avait pratiquement au grand complet la fine fleur de l'Association des chasseurs, pêcheurs et protecteurs de la nature d'Haydenton, du Mouvement des droits des propriétaires et de quelques factions antifédéralistes qui n'avaient pas encore pignon sur rue. Vers midi et quart, tout ce beau monde s'engouffra dans l'hôtel de ville à l'invitation du maire qui s'était présenté sur le perron.

Tandis que la salle des fêtes se remplissait et que les arrivants prenaient place dans un brouhaha de chaises et d'éclats de voix, le maire, Douglas Mayfield, s'approcha du shérif Waronker.

— Grant, restez avec moi sur l'estrade, lui dit-il à l'oreille. Je crois préférable que l'autorité du comté soit bien visible...

Tous deux prirent place face à l'assemblée et Doug Mayfield demanda le silence.

— Chers amis, commença-t-il, je suis heureux de vous voir si nombreux pour ce rendez-vous annuel préludant à la saison du gros et du petit gibier dans notre comté. Je sais quel intérêt vous portez tous à la chasse, à la pêche et au respect de l'environnement, comme le rappelle si bien la dénomination de l'une des plus anciennes et honorables associations de cette ville...

Il ponctua cette allusion d'un sourire aimable à l'intention de Bertram Henning, le doyen et président d'honneur des chasseurs d'Haydenton, un vieillard blanchi mais encore vigoureux qui siégeait au premier rang.

— ... Comme chaque année, continua le maire, les autorités fédérales ont défini le cadre législatif de la saison, notamment pour ce qui concerne les espèces protégées, et les autorités de l'État ont pris les dispositions nécessaires à son application...

Il marqua une pause. Le silence était maintenant devenu total dans la salle.

— ... Je dois vous dire tout de suite, reprit-il avec un sourire qui se voulait communicatif et encourageant, que vous pouvez vous préparer à profiter pleinement de la saison qui débutera dans quelques semaines. Car pour le petit gibier à poil et à plumes, les conditions de l'an passé ont été reconduites sans changement !

Doug Mayfield avait essayé de mettre un peu d'enthousiasme dans sa voix, mais sa déclaration souleva à peine un intérêt poli.

— Et le gros, alors ? lança quelqu'un dans l'assemblée. On est venus pour ça, Doug. Accouche !

Il y eut un brouhaha. Le maire jeta une œillade à Waronker qui se trouvait à ses côtés puis fit un geste d'apaisement en direction de la salle.

— Je sais. Je sais bien que vous êtes là pour ça, et je ne vais pas vous faire attendre.

Il s'arrêta néanmoins pour chercher ses mots, car il n'avait pas une excellente nouvelle à leur apprendre. Finalement, il prit une inspiration et se lança.

— Pour le gros, dit-il, les restrictions de l'an passé ont été également reconduites. Je dois vous informer que la chasse à l'ours est totalement interdite et que la chasse au mouflon est contingentée.

La rumeur s'amplifia et des exclamations fusèrent.

— Si c'est pour nous dire ça que tu nous as invités, c'était pas la peine ! remarqua un barbu du nom de Donnelly arborant une casquette au logo des armes Winchester.

— Et il est pour qui, le contingent ? S'il avait été pour nous, je suppose que t'aurais commencé par là, ironisa un autre.

Le maire essaya de reprendre la parole :

— Mes amis, mes amis... s'il vous plaît... le tirage au sort a eu lieu hier à Carver City...

— On le sait déjà ! cria Bradner qui avait répandu la nouvelle dans la matinée.

— C'est pour qui ? hurla une autre voix dans le chahut.

Avec la mine d'un homme contraint de boire la coupe jusqu'à la lie, le maire se résolut à achever sa déclaration.

— La ville qui a été régulièrement tirée au sort cette année, prononça-t-il d'un ton morne, c'est Hallock. Et le contingent est de cinq têtes seulement. Chaque licence a été fixée à trois cents dollars pour une tête...

— Encore du fric pour l'État fédéral ! s'égosilla quelqu'un.

— Comme si les impôts suffisaient pas ! fit un autre. En plus, on n'a même plus le droit de chasser !

— Qu'est-ce qu'on est censés tirer, pour le gros ? Des coyotes ?

— Certainement pas ! s'interposa aussitôt une voix ferme.

Les têtes se tournèrent et on aperçut Cameron Boyd qui était entré parmi les derniers et se tenait les mains dans les poches en haut de l'allée encombrée de chaises.

— Je vous rappelle que dans notre État le coyote est également un animal protégé, dit-il sans élever le ton. Je tiens à votre disposition la liste de toutes les espèces de la faune et de la flore qu'il est demandé à chaque citoyen de respecter.

— Tu nous emmerdes, Boyd ! cria un gros type debout contre un mur.

— Je ne vous emmerde pas, rétorqua tranquillement Boyd. Je vous rends service. Vous n'avez pas l'air de comprendre que sans cette réglementation il n'y aurait déjà plus rien à chasser.

— Et sans l'Agence fédérale, ça serait encore mieux, lança à son tour Cuthbert, le maraîcher. On t'aurait pas toujours sur notre dos !

— Arrête, Andy, lui répondit Boyd. Tu le sais bien, que je ne suis pas sur votre dos. Ce que vous faites, c'est votre problème, pas le mien. Je ne suis pas payé pour maintenir l'ordre. Ça, ça concerne le shérif. Moi, je fais juste mon boulot d'inspecteur de l'environnement, et c'est un boulot utile pour la communauté.

— Si passer ton temps à cafter tout ce qu'on fait au bureau fédéral de Carver City t'appelles ça un métier, c'est ton affaire. Moi, j'appelle ça du mouchardage.

C'était Josh Cadmus qui venait de parler. Assis à côté de Novick, il n'avait même pas pris la peine de se tourner vers Boyd, histoire de lui montrer à quel point il le méprisait. Un silence se fit, dans l'attente de la réaction de Boyd.

— Je vois qu'il faut que je vous fasse un dessin, se contenta de répliquer celui-ci, toujours d'une voix égale. Dans l'État, il y a des terres fédérales, c'est-à-dire des terres qui appartiennent à la nation. Ou à tout le monde, si vous préférez... Je sais qu'il y a des gens, des fermiers par exemple, des éleveurs, qui pensent que comme elles appartiennent à tout le monde elles leur appartiennent aussi à eux, et même principalement à eux. Ça fait des histoires un peu partout en ce moment, ça fait des bagarres, mais je veux que vous sachiez une chose. Ce ne sont pas les agents fédéraux, dont je fais partie, qui cherchent des crosses. Notre boulot, c'est de nous assurer que ces terres restent le bien de la nation, que chaque citoyen peut en profiter et que les règles fédérales qui permettent justement à chacun de bien en profiter sont respectées. C'est tout.

Dans le silence qui suivit, personne ne sembla vouloir relancer la polémique. Puis, du milieu de la salle, on entendit à nouveau s'élever la voix de Josh Cadmus :

— Écoute, Boyd. Si tu veux vraiment faire un boulot utile pour la communauté comme tu dis, alors continue à organiser tes excursions à la con et t'occupe pas du reste. Sinon il va finir par t'arriver des bricoles...

L'assemblée se figea et on n'entendit plus un seul raclement de pieds.

— Des bricoles ? Qu'est-ce que tu veux dire par là, Josh ? C'est des menaces ?

Cette fois-ci, Josh Cadmus préféra rester muet. Il venait de produire son petit effet et cela lui suffisait.

— Je tiens à rappeler à tout le monde, reprit Cameron Boyd en haussant juste un peu le ton, qu'on a beau être ici entre amis, ça vaut quand même la peine de faire attention à ce qu'on dit. Et que les menaces vis-à-vis d'un employé fédéral sont un crime qui peut être puni d'une amende de deux cent cinquante mille dollars et de dix ans d'emprisonnement...

Quelques huées accompagnées de deux ou trois sifflets accueillirent ces paroles et Scott Novick décida qu'il était temps d'intervenir. Il se leva pesamment et regarda autour de lui, attendant visiblement que l'agitation s'apaise.

— Chaque année c'est la même chose, commença-t-il. Ça serait pourtant pas plus mal si on approchait le problème d'une manière plus constructive.

Le silence se fit à nouveau.

— Le problème, continua Novick, c'est que les lois sont pas toujours faites par des gens très malins...

Il y eut quelques ricanements.

— ... Elles sont faites par des gens qui ne connaissent pas grand-chose au terrain. Par exemple, les mouflons du désert. D'accord, c'est une espèce qui s'est globalement raréfiée sur le continent. Mais on sait tous que dans notre coin leur cheptel n'est pas menacé, et même qu'il y en a de plus en plus. C'est pourquoi je crois que si on en tirait quelques-uns par-ci, par-là, ça ferait du tort à personne et ça calmerait sûrement les esprits...

Des applaudissements crépitèrent aussitôt dans les rangs. Novick leva la main.

— Autre chose, dit-il. Les ours. Là, je reconnais que par chez nous il n'y en a plus beaucoup, mais ceux qui restent font des ravages. Il y a encore une semaine, on a eu deux veaux massacrés et à demi dévorés sur le plateau des Tuscamoras. Alors je pose la question : on fait de l'élevage pour les ours ou pour gagner notre croûte ? Ce que je propose est simple. Si les lois fédérales sont pas au point, il y a qu'à demander au Conseil du comté d'organiser une ou deux battues pour se protéger des ours et pour freiner la croissance du cheptel de mouflons, et tout le monde sera content. C'est pas plus compliqué.

Sur quoi il se rassit, fixant du regard Waronker et le maire. Ce dernier se sentit obligé d'intervenir.

— À quoi ça servirait, Scott ? demanda-t-il. Tu sais bien que les comtés qui ont pris ce genre de lois sont en procès avec le gouvernement et que dans l'attente du jugement ils n'ont pas le droit d'appliquer leur décision... Qu'est-ce que ça leur rapporte ?

Tout le monde se mit à parler en même temps et la montée soudaine de ce brouhaha contribua à détendre l'atmosphère. Pourtant, après quelques instants, une voix féminine, claire et forte, se fit entendre dans la pièce :

— Est-ce qu'il y aurait par hasard dans cette assemblée un homme avec des couilles ?

Les discussions cessèrent à nouveau instantanément et tous les regards convergèrent vers celle qui venait de parler. C'était Sigrid Thomsen, une des rares femmes qui s'étaient déplacées à la réunion.

— J'en sais rien, Sig, lança un plaisantin. T'as qu'à venir vérifier !

Une salve de rires égrillards accueillit la repartie.

— Qu'est-ce qu'elle veut, cette gouine ? marmonna Novick à l'intention de Josh Cadmus qui piquait du nez, curieusement gêné par l'intervention de la prof de gym.

Cadmus se contenta de hausser les épaules.

— Je pose cette question, poursuivit Sigrid Thomsen sans se démonter, parce que je n'entends ici que des types qui parlent d'aller glorieusement tirer sur des ours et des mouflons avec des fusils 30-30 à viseur télescopique... Alors je voudrais savoir si c'est nécessaire d'avoir des couilles pour réclamer le droit d'abattre des animaux qui ne savent même pas qu'ils sont chassés, et encore moins d'où part le coup !

Toute la population d'Haydenton concernée de près ou de loin par la chasse connaissait bien Sigrid Thomsen. Les hommes parce que la plupart auraient eu du mal à nier qu'ils n'avaient pas un jour ou l'autre songé à coucher avec elle ; les femmes parce qu'elle affichait une féminité outrancière de garçonne insolente qui les laissait pratiquement sans prise sur elle. Mais personne ne lui contestait sa passion et son talent pour la chasse, et encore, pas n'importe laquelle : la chasse à l'arc.

— C'est pas ça, madame Thomsen, se mit à argumenter gauchement un type obèse et couperosé. La chasse, c'est un droit, et l'usage des armes aussi, alors y a pas de raison qu'on puisse pas faire ce qu'on veut...

— Je vais vous dire, moi, ce qu'on peut faire, reprit Sigrid Thomsen sans tenir compte des paroles du type. Pour les ours, je suis d'accord, c'est hors de question. Encore qu'on puisse se retrouver en situation de défendre sa vie. Mais pour les mouflons, c'est sûr qu'il y en a beaucoup. Il y en a de tous âges, et pas mal de vieux. Ces vieux-là, on devrait pouvoir les tirer. Ça ne nuirait pas à l'espèce, ça ferait de la nourriture pour les charognards, et ça équilibrerait les troupeaux.

— Et t'as une licence spéciale, pour ça ? lança le chasseur à la casquette Winchester.

— Non, je n'ai pas de licence, mais je sais ce qu'il est bon de faire même quand on n'en a pas le droit. Poursuivre à pied, patiemment, une harde de mouflons, les approcher à vingt mètres ou moins pour décocher une flèche mortelle au plus vieux, ça c'est quelque chose qui ne peut pas être considéré comme nuisible. Ça grandit le chasseur et ça donne quelque chance à la bête. C'est autre chose que de les tirer au fusil comme à la fête foraine !

— Et tu vas faire ça toute seule comme une grande ?

— Je ferai ça toute seule si je pense que c'est une bonne chose. C'est pas une loi à la gomme qui m'en empêchera. Et je montre mes couilles à qui veut les voir ! conclut-elle avec un sourire provocant.

Il n'y eut personne pour la prendre au mot ou pour lancer une plaisanterie salace de plus. Tout le monde savait qu'elle ne parlait jamais en l'air. Chaque année, elle partait au moins une fois pour une huitaine de jours dans les Appalaches traquer le cerf, et elle avait ramené plus d'un trophée. Elle avait même fait l'objet d'un article dans *Le Chasseur à l'arc,* un mensuel spécialisé.

— Je tiens à dire que les propos de Mlle Thomsen n'engagent qu'elle-même, se contenta de commenter le maire, et qu'en tant que membre du personnel enseignant de notre école elle pourrait montrer un peu plus d'égards pour les lois des États-Unis...

Il se tourna vers Waronker comme pour rechercher son assentiment.

— Je crois que nous arrivons au terme de cette réunion, continua-t-il. Je vais donner la parole au shérif et je vous demande, comme vous l'avez toujours fait, d'agir en citoyens responsables. À chacun d'entre vous je souhaite d'ores et déjà un excellent été et un non moins excellent automne !

Sous de maigres applaudissements, il s'effaça pour laisser place à Waronker sur le devant de l'estrade. Celui-ci prit son attitude la plus officielle.

— Je tiens à rappeler également que cette réunion était tout à fait amicale. À ma connaissance, il n'est pas prévu de compte rendu et je souligne qu'aucune menace n'a été proférée ici contre quiconque. En tant que shérif du comté, je vous demande de prendre connaissance de la loi fédérale afférente à la prochaine saison de chasse et d'agir en conséquence. Je vous remercie.

Les applaudissements épars moururent misérablement et Doug Mayfield tenta de ranimer l'ambiance.

— Et maintenant, chers amis et concitoyens, j'espère que tout le monde sera d'accord si je vous dis qu'il est grand temps de se rafraîchir le gosier. Approchez-vous donc des tables !

Un bruyant remue-ménage agita aussitôt la salle des fêtes, et tandis que les groupes se formaient, verres à la main, et que la rumeur grossissait, deux personnes semblaient laissées de côté, Cameron Boyd et Sigrid Thomsen. Celle-ci adressa un sourire à l'employé fédéral et s'approcha de lui.

— Salut, Cam ! J'ai l'impression qu'on a une maladie contagieuse, tous les deux...

Cameron Boyd lui renvoya son sourire et il y eut dans son expression plus d'émotion qu'il n'aurait voulu en montrer. Elle ne changeait pas, Sigrid. Toujours aussi belle, aussi altière, prête à la provocation, et séduisante, malgré ses grands airs d'amazone.

— Tu as peut-être été un peu rude avec eux, répondit-il. Ce n'est pas forcément la meilleure manière d'entretenir les bonnes relations...

Elle haussa les épaules.

— Il n'y en a pas un là-dedans qui mérite qu'on essaie d'avoir de bonnes relations avec lui.

Elle aussi dévisageait Cameron Boyd avec une insistance trop marquée. Comme si tous deux avaient quelque chose en commun, mais que tout avait déjà été dit une bonne fois pour toutes.

— On devrait se voir de temps en temps, Cam, dit-elle soudain, le regard franc et direct.

Boyd lui sourit à nouveau en hochant la tête.

— Je t'ai déjà dit, Sigrid. À mon avis, il vaut mieux pas.

L'expression de Sigrid Thomsen ne sembla pas affectée par cette rebuffade et resta tout aussi avenante.

— Si je me souviens bien, il y a une époque où tu ne disais pas non quand je te proposais de passer chez moi...

Boyd soupira légèrement, gêné par cette allusion au passé.

— On était des gamins, Sig. Ça fait plus de vingt ans...

— Vingt ans...

Sigrid Thomsen jeta un coup d'œil autour d'elle comme si elle cherchait un indice pouvant lui prouver que le temps n'avait pas passé à ce point. Et de toute évidence, à la vue des citoyens qui bâfraient au buffet, elle ne trouva pas ce qu'elle cherchait.

— Tu as peut-être raison, Boyd, dit-elle finalement. On s'en est pas rendu compte, mais on a dû devenir comme eux...

Le charme était rompu. Elle lui toucha le bras amicalement.

— Porte-toi bien et quand tu n'auras vraiment plus d'amis à Haydenton, passe me voir...

Elle le salua d'un geste et s'éloigna.

— Et toi, ne fais pas trop la mariole avec ton arc et tes flèches, lui lança-t-il.

— Tu m'as entendue tout à l'heure, Boyd. Je fais ce que je veux !

Et elle quitta la salle des fêtes.

Depuis l'extrémité du buffet où il se trouvait en compagnie de Novick et de quelques autres, Josh Cadmus n'avait rien perdu de l'échange entre Sigrid Thomsen et Cameron Boyd. Sans savoir vraiment si c'était à cause de l'alcool ou d'une autre excitation, Josh avait senti monter en lui une fureur confuse faite de jalousie et de frustration. Cette grande pouffiasse ! À tous les coups ce connard de Boyd avait dû recommencer à la tringler comme par le passé ! Elle se croyait tout permis, la salope. On disait même qu'elle gnougnoutait les gamines du lycée !

Il était parvenu à un tel point d'exaspération qu'il se fit verser un quatrième double whisky.

7

Cecil Rice était assis sur le sol, à l'ombre de l'une des tentes de la prison de toile d'Haydenton. Sur ses jambes croisées en tailleur il avait posé le plateau-repas que Zack Shellman avait fini par lui apporter aux environs de treize heures trente.

— Excuse pour le retard, avait dit celui-ci. D'habitude on sert la soupe à midi, mais là on avait une petite réunion à la mairie.

Sous le film transparent qui couvrait le plateau, il y avait une salade de légumes, un hamburger, une minuscule tranche de melon et du pain de mie. De toute évidence, Mme Shellman n'entendait pas se fouler pour le menu des prisonniers.

— J'espère que t'as pris la peine de faire une réserve d'eau, parce que ça plombe ici, et tu vas avoir chaud, avait ajouté Shellman en retournant à sa voiture.

Ça plombait en effet. Tout en mastiquant le hamburger graisseux, Cecil Rice prit le temps de réfléchir une nouvelle fois à sa situation. Il avait fait une première connerie en volant cette voiture à Albuquerque pour se rendre en Californie. Une deuxième en empruntant les routes secondaires plutôt que les autoroutes, et une troisième en suivant les conseils de ce garagiste de Silver City qui lui avait indiqué la piste permettant d'éviter le crochet par Haydenton. S'il avait fait tout ça, c'était pour arriver au plus vite à Bakersfield où il était convenu d'un rendez-vous avec un type qui lui avait promis de l'employer comme convoyeur de cocaïne en demi-gros. C'était toujours ça, en attendant d'essayer de se remettre à son compte. Mais maintenant, tous ces beaux projets étaient à l'eau.

Il continua de manger en ruminant sur son sort, et lorsque le plateau fut parfaitement nettoyé de toute nourriture, il se leva et se dirigea vers le portail de l'enceinte.

— Bert ! cria-t-il.

Il dut appeler encore à deux reprises avant que le vieux garde-chiourme sorte de la pénombre du hangar, de l'autre côté de la rue, traînant les pieds et tenant son fusil à pompe à deux mains.

— Qu'est-ce que tu veux ?

— J'ai réfléchi. Je veux voir le shérif.

Le vieux Bert fit un imperceptible signe de tête et retourna sans un mot dans le hangar.

N'importe quoi, songeait Rice, n'importe quoi, mais sortir d'ici.

Le bureau de l'Agence fédérale de l'environnement se trouvait dans le même bâtiment que celui du shérif, et le Conseil du comté, propriétaire des murs, ne cachait pas la satisfaction qu'il éprouvait de louer au gouvernement une quarantaine de mètres carrés et un garage à un prix prohibitif. Mais en fait tout le monde y trouvait son compte. Le shérif, parce qu'il gardait un œil sur ce que faisait Boyd, et l'Agence fédérale de l'environnement parce que le voisinage des forces de l'ordre rappelait utilement qu'elle représentait elle aussi une autorité publique.

Lorsque Cameron Boyd gravit le perron du bâtiment et se dirigea vers la porte de son bureau, il trouva une jeune femme qui attendait devant celle-ci.

— Vous êtes monsieur Boyd ?

— Oui.

Elle lui tendit aussitôt la main.

— Je suis Maureen Meigs. Prête pour l'aventure !

Petite mais agréablement proportionnée, le visage fin et avenant, encadré d'une chevelure brune coupée court, elle était vêtue d'un jean et d'un tee-shirt large et donnait d'elle-même l'image exacte de ce qu'elle était : une femme de vingt-sept ans à la fragilité trompeuse et certainement capable d'affronter des situations inattendues. Elle avait posé contre le mur un énorme sac à dos qui lui arrivait presque aux épaules.

Boyd lui serra la main en lui rendant son sourire.

— Vous êtes en avance. Le Greyhound est déjà passé ?

— Je ne sais pas. Je suis venue par mes propres moyens. En stop… Est-ce que vous avez des W-C ? demanda-t-elle tout à trac.

Boyd fut un instant pris de court.

— Des W-C ? Bien sûr, bien sûr. Si vous voulez entrer.

Il ouvrit son bureau et s'effaça devant la jeune femme qui s'élança sans attendre à l'intérieur.

— Au fond, sur votre gauche, précisa-t-il.

La porte des toilettes claquait déjà et, tandis qu'il entrait à son tour, il entendit malgré lui la jeune femme se soulager longuement.

Lorsqu'elle réapparut, elle fourrait son tee-shirt dans son jean et semblait encore plus rayonnante.

— Je suis désolée, dit-elle, mais je n'y peux rien. Quand ça me prend, il faut faire vite, sinon c'est la catastrophe.

Boyd la considéra d'un regard interrogateur.

— Petit problème de rétention urinaire, expliqua-t-elle. C'est comme ça depuis que je suis toute gamine. Quand ça vient, ça vient. Il suffit de le savoir.

Elle sortit sur le passage couvert du bâtiment pour revenir aussitôt, traînant avec elle son imposant sac à dos. Elle l'installa maladroitement contre une armoire métallique.

— Vous avez fait du stop avec tout ce barda? s'étonna Boyd.

Elle rit.

— J'avoue qu'il est un peu trop chargé. Vous savez, on a du mal à se séparer de certaines affaires, même si c'est pour une randonnée de survie…

— Oh ! il ne s'agira pas de survie, loin de là. Ça sera parfois peut-être un peu rude, mais certainement pas de la survie !

Maureen Meigs se posta alors devant l'imposante carte du comté qui ornait l'un des murs.

— C'est là que ça va se passer?

— C'est là. On partira en fin d'après-midi, quand tout le monde sera arrivé et que la chaleur commencera à tomber. Je vous aiderai à faire le tri dans votre sac, sinon vous ne ferez pas deux heures de marche.

— Je crois que vous avez raison.

Son regard avait quitté la carte pour aller se poser sur une photo encadrée où se trouvaient plusieurs militaires devant des transports de troupes.

— C'est vous, ça?

Elle indiquait du doigt une des silhouettes en uniforme.

— C'est moi. Il y a cinq ans. Au Koweït.

— Vous avez fait la guerre?

— J'ai participé à l'assaut terrestre final.

Elle le regardait avec une certaine insistance, comme pour essayer de cerner le personnage.

— Et vous n'êtes plus dans l'armée?

— Non. Mon contrat était renouvelable tous les

cinq ans et arrivait à terme l'année suivante. Je n'ai pas renouvelé.

Elle hocha la tête comme si elle comprenait exactement ce qu'il voulait dire.

— C'est un peu comme moi. J'ai fait des études de pharmacie et depuis trois ans je vends des médicaments derrière un comptoir... Je crois bien que, d'ici peu, il ne faudra pas me pousser beaucoup pour chercher un autre travail.

Elle était curieuse, cette fille, songeait Boyd. Franche et observatrice, ouverte sur le monde et sur les gens, pas du tout le genre des femmes seules qu'il voyait débarquer pour tenter l'expérience d'une randonnée sauvage. Pour la plupart il s'agissait d'écologistes à tous crins, d'adeptes un peu évaporées du *new age* ou de primitivistes fanatiques de la réconciliation avec mère Nature.

— Et c'est la pharmacie qui vous amène à Haydenton ? lui demanda-t-il.

— Non.

Elle le regardait avec droiture, comme pour l'avertir qu'il posait une question indiscrète mais qu'elle était parfaitement capable de répondre sans se dérober.

— Je suis venue ici pour tirer un trait sur une mauvaise passe de ma vie et pour me regarder moi-même d'une nouvelle manière, si c'est possible.

Boyd lui sourit.

— Eh bien, vous ne risquez pas d'être déçue. Vous verrez que cinq jours de marche dans les montagnes et les hauts plateaux désertiques, ça mène généralement à considérer les choses sous un autre angle.

Elle sourit à son tour, surprise de se sentir déjà en confiance, si loin de chez elle, face à cet étranger et dans ce lieu inconnu qu'elle venait à peine de découvrir.

— Ça ne me dérange pas qu'on m'appelle

Maureen, dit-elle, mais tous les copains m'appellent Mo. Alors, c'est comme vous voulez.

— Entendu, Mo. On fera comme ça...

Il jeta un coup d'œil à sa montre. Le Greyhound devrait arriver d'ici trois quarts d'heure.

Le shérif Waronker s'avança face au portail de la prison et frappa le grillage à plusieurs reprises du plat de la main. Cecil Rice finit par surgir de l'une des tentes en se frottant les yeux.

— Je faisais juste une petite sieste, dit-il en s'approchant.

— C'est pas en faisant la sieste que tu vas régler tes comptes avec la loi... Alors, ça y est? Tu as changé d'avis ?

Rice eut une mimique résignée.

— J'ai pas vraiment le choix, je pense.

— Quand on est un homme digne de ce nom, on a toujours le choix, prononça sentencieusement Waronker. Mais toi t'es qu'un type qui a le choix entre travailler pour moi et travailler pour moi. Et je vois que ta décision est la bonne, conclut-il sans prendre la peine de ricaner de son humour.

— Qu'est-ce que je dois faire ?

— Bosser. Mais on n'est pas chiens. Tu gagneras six dollars de l'heure, c'est-à-dire quarante-huit dollars par jour. En dix jours, tu peux effacer ton ardoise. Et si tu fais pas le guignol, on te fait grâce des frais d'hébergement.

Cecil Rice eut un hochement de tête profondément démoralisé. Travailler huit heures par jour pendant dix jours... Même en prison, la vraie, on ne lui avait jamais demandé ça.

— Ça te va ?

— Ça me va, ça me va, marmonna-t-il.

— OK. C'est Bert qui s'occupera de toi. Et n'essaie

pas de le prendre pour un guignol, parce que c'est pas un gars subtil. Il appuiera sur la gâchette et ça sera tout.

— À vos ordres, chef, fit Rice sans enthousiasme.

Le shérif Waronker tourna les talons et regagna sa voiture.

8

Le 4×4 de Scott Novick se rangea devant le garage de Josh Cadmus et Novick laissa tourner le moteur.

— Ça va aller ? demanda-t-il.

À ses côtés, Cadmus n'avait pas l'air de vouloir s'arracher du siège. Il fixait un point mystérieux au-delà du pare-brise, comme s'il découvrait l'endroit pour la première fois.

— Tu veux que je t'aide à descendre ?

Cadmus fit un signe de tête négatif. Il sembla prendre sa respiration puis ouvrit la portière et se laissa lentement glisser à l'extérieur, prenant contact avec le sol comme s'il n'était pas certain de le trouver sous ses pieds.

— C'est bon ? s'enquit Novick encore une fois.

Cadmus lui répondit par un grognement et un geste de la main.

— Alors je te laisse. Je vais retrouver les autres. On va rediscuter un peu de tout ça et voir ce qu'on peut faire.

Cadmus claqua la portière un peu trop violemment et Novick disparut avec son 4 × 4.

Josh se sentait les jambes lourdes. Il se lança néanmoins dans son atelier avec une belle assurance d'ivrogne. Il aurait été incapable de dire combien de verres il avait bus, mais si on se figurait que c'était le mauvais whisky du maire qui allait le mettre par terre, on le connaissait mal.

Pourtant, arrivé dans la pénombre du bâtiment, il dut se passer les doigts dans les cheveux pour chasser les picotements désagréables qui lui couraient sur le haut du crâne. Il tenta de s'intéresser aux deux voitures en chantier montées sur les ponts et que leurs propriétaires devaient récupérer en fin de journée. Puis, tout bien considéré, il préféra aller s'asseoir sur la chaise bancale qui se trouvait devant l'établi.

Là, tout aussi avachi que sur le siège de Novick, il s'enfonça dans la même torpeur insidieuse et épaisse qui l'avait saisi dans la voiture. Ses paupières se fermaient lentement lorsqu'une succession de sifflements stridents et cadencés vinrent lui vriller les tympans.

— La garce ! grogna-t-il en refaisant surface. Qu'est-ce qu'elle fout encore ?

Il se haussa péniblement jusqu'au vasistas et jeta un regard au-dehors.

Sur le terrain de gym, c'était un émerveillement de justaucorps rouges et miroitants et de vestes bleues satinées qui défilaient et marquaient le pas en tous sens. Toutes les escouades de majorettes étaient réunies et voletaient comme une parade multicolore de papillons sous la houlette inflexible de Sigrid Thomsen, elle-même en grand uniforme et casquette à plumet.

Josh Cadmus cligna plusieurs fois des yeux car il crut que c'était un rêve. Pourtant, peu à peu, l'éblouissement des nymphettes virevoltant sous le soleil dissipa les brumes de l'alcool et il se rappela que comme chaque année elles préparaient le défilé du 4 Juillet. Lorsqu'il fut bien réveillé, son regard se jeta d'une gamine à l'autre avec une voracité sexuelle sans retenue.

Il y en avait une qui devait avoir une telle touffe dans

le slip qu'une profusion de poils noirs jaillissait éhontément en haut de ses cuisses comme une broussaille mal taillée. Il y en avait une autre à la silhouette si bien dessinée et à l'entrejambe si large que c'en était une invite indécente et Cadmus se voyait déjà de sa grosse pogne en train de l'agripper par là et l'attirer à lui. Il y en avait une autre encore, toute en croupe rebondie et démesurément charnue, qui se dandinait sans grâce et semblait avoir été sculptée dans le seul but de copuler jusqu'à plus soif. Il y en avait tant, une telle myriade, que le regard de Josh se brouillait à vouloir les saisir toutes.

Il sentit soudainement monter de son bas-ventre une douleur irradiante et aiguë qui le fit se casser en deux. C'était sa chair, turgide et comprimée, qui le terrassait comme une torture.

Le souffle court, complètement dessoûlé mais l'esprit maintenant surchauffé par un besoin irrépressible, Josh Cadmus quitta subitement l'atelier, sauta dans sa voiture et se rendit à son domicile, quelques rues plus loin.

Il entra précipitamment dans sa maison en planches à la façade défraîchie et mal entretenue et se rendit à la cuisine. Molly n'y était pas. Il regarda dans le séjour en désordre où la télé était allumée, sans le son. La pièce était vide également.

— Molly !

Il poussa la porte de la chambre à coucher et la trouva là, étendue sur le lit, les yeux dans le vague, à attendre que le temps passe. Elle tourna à peine la tête lorsqu'il fit irruption. Il se tint debout, à deux pas du lit, prenant un instant le temps de la contempler, comme pour s'assurer qu'il s'agissait bien d'elle. Rien n'était moins sûr. Molly avait cessé d'exister.

Elle n'avait jamais été jolie, elle n'avait jamais été maligne, mais tant qu'il y avait eu en elle quelque chose qui ressemblait à de la vie, elle avait pu passer pour une femme. Depuis qu'elle avait accepté de rester dans la maison de Josh, qu'elle ne prenait plus soin d'elle, ne sortait presque pas, ne voyait pratiquement personne, elle n'était plus que le tas informe qu'il avait sous les yeux. Elle passait toutes ses journées à divaguer d'une pièce à l'autre, l'esprit aussi vide que le frigo de la cuisine et aussi désordonné que toute la maison. Elle ne faisait jamais rien, et ce n'était que sous la menace, ou tout simplement après une raclée, qu'elle consentait à s'occuper d'une lessive ou à cuire des œufs sur le plat. Molly avait cessé d'exister, elle le savait, et cela lui convenait parfaitement.

Quand Josh rentrait au milieu de la journée, c'était généralement pour ses envies à l'improviste, et de cela aussi elle se moquait. Il la prenait n'importe quand, n'importe où, pour un coït rapide et violent, et la laissait là où il l'avait trouvée, comme un verre qu'on pose après une bonne rasade. En le voyant dans le cadre de la porte, avec ses yeux rouges et son pantalon tout gonflé, elle sut tout de suite que ça allait recommencer. Mais aujourd'hui, elle n'était pas d'accord.

— J'veux pas, Josh, dit-elle d'une voix à peine audible.

— Tu veux pas quoi ?

Il avait ouvert le placard et fourrageait dans le fouillis de vêtements empilés pêle-mêle.

— J'veux pas de toi, dit-elle plus fortement.

— Ah oui ?

À moitié enfoui dans le placard, il retournait tout.

— Tu l'as toujours, ton uniforme ?

Elle le regarda sans comprendre.

— Tes trucs de majorette. Tu te souviens ? Tu les as toujours ?

Molly trouva le moyen d'émettre un petit rire étranglé.

— T'es fou, Josh Cadmus. Complètement fou.

Mais au fond du placard, au milieu des remugles de

vêtements sales, Josh venait de trouver ce qu'il cherchait. Il se tourna vers Molly en brandissant un pitoyable petit boléro bleu tout tire-bouchonné, tacheté de poussière et dont les galons ternis étaient à moitié arrachés.

— Enfile ça, lui dit-il en jetant le vêtement sur le lit.

Il défit son pantalon et se trouva à demi nu, son sexe violacé saillant entre les pans de sa chemise.

Molly se recroquevilla sur le lit et rabattit sur ses cuisses découvertes la blouse sale et usée qu'elle portait à tout moment de la journée.

— J'veux pas, j'te dis ! cria-t-elle. J'ai mes affaires !

— Je m'en fous, moi, de tes affaires, dit-il, étrangement calme. Tu sais bien que ça me dérange pas. Allez, mets ça.

Il s'approcha et lui tint la petite veste sous le nez. Elle s'en saisit brusquement et l'envoya dinguer à l'autre bout de la pièce. Les lèvres de Cadmus formèrent alors un mauvais rictus.

Avec une violence haineuse, il se jeta de toute sa masse sur Molly, arracha la blouse qu'elle serrait contre elle et la dénuda en quelques secondes.

Les gros seins blafards de Molly se répandirent comme une gelée et il commença à s'acharner sur elle à grands ahans, indifférent à ses cris qui emplissaient la pièce et aux mouvements qu'elle faisait pour le repousser.

— Arrête, Josh, arrête ! hurlait-elle.

Mais il se convulsait avec une fureur de bête en rut que rien ne pouvait contenir, la malmenant en tous sens sous les coups de boutoir terribles qu'il lui infligeait, au point qu'elle cognait de la tête sur le panneau du lit.

Il arriva très vite à son paroxysme d'excitation et, dans un grognement rauque qui se mêlait aux criaillements pitoyables de Molly, il s'effondra sur celle-ci en soufflant bruyamment.

Il resta immobile quelques secondes, puis s'aperçut qu'à cause de ce qu'avait dit Molly il y avait des traînées rougeâtres sur les draps et sur leurs corps. C'était bizarre. La chambre sentait leurs sécrétions acides et l'odeur fade du sang. Et puis, par hasard — mais était-ce vraiment par hasard ? — son regard s'arrêta sur quelque chose au milieu du fatras du placard ouvert face au lit. Il se leva, le bas-ventre tout barbouillé de sperme et de menstrues, saisit le bâton métallique et brillant et se tourna vers Molly.

Celle-ci ne comprit pas tout de suite. Mais quand Cadmus vint lui saisir les chevilles pour lui écarter les jambes, elle sursauta de terreur, puis hurla à pleine gorge, à pleins poumons, hurla, hurla au rythme atroce de la souffrance qui la ravageait. Très vite, il n'y eut plus de cris. Cadmus se calma peu à peu, s'assit au bord du lit, écarquillant les yeux, complètement vidé.

Il se rendit dans la salle de bains sordide et se nettoya sommairement sous le robinet du lavabo. Après quoi, il se rhabilla puis retourna à son garage sans plus s'inquiéter. Il avait deux bagnoles à livrer pour six heures.

9

Le car Greyhound arriva avec quinze minutes de retard, à trois heures et demie. Cameron Boyd, accompagné de Maureen Meigs, se posta à la descente, arborant son blouson frappé du logo de l'Agence fédérale de l'environnement. Parmi les passagers qui sortirent du bus, un blond athlétique d'un bon mètre quatre-vingt-dix, traits réguliers et coupe en brosse à la Grace Jones, se présenta à lui.

— Salut ! Je suis Jed Hanson. Jed « Laser » Hanson pour les gens du ring, précisa-t-il.

— Bonjour, fit Boyd en lui serrant la main. Moi c'est Cameron Boyd, et voici Maureen Meigs. Elle est arrivée un peu avant vous.

Jed Hanson abaissa son regard de trente centimètres pour saluer la jeune femme.

— Salut ! dit-il.

— Salut.

Tandis qu'ils échangeaient des poignées de main, deux autres passagers vinrent les rejoindre. Un tout jeune homme à lunettes et visage de collégien, et un type à la quarantaine sonnée, bronzé, portant beau et qui pouvait passer pour un bellâtre de boîte de nuit.

— C'est pour la randonnée ? demanda le jeune homme. Je m'appelle Colin Squibb.

— Et moi, c'est Rod Benkelman, fit l'autre avec

un détachement d'homme habitué aux relations publiques.

Tout le monde se salua à nouveau. Le chauffeur ouvrit les soutes et les passagers descendus allèrent récupérer leurs bagages.

— C'est tout ce qu'il y a ? demanda Benkelman en réapparaissant avec son sac à dos. On est seulement tous les quatre ?

— Vous deviez être six avec un couple de Phoenix, expliqua Boyd. Mais ils ont annulé avant-hier à cause d'un deuil dans leur famille.

— Eh bien, c'est pas plus mal, lança Benkelman à la ronde. Ça sera intime comme balade !

Boyd conduisit à pied sa petite troupe jusqu'à son bureau qui se trouvait non loin de là. Quand tout le monde fut rassemblé dans le petit espace, il se plaça devant la carte murale et requit l'attention.

— Bien, dit-il. Je vais vous présenter sommairement ce que nous allons entreprendre ensemble. Tout d'abord, je dois vous dire que c'est une expérience qui a débuté l'an passé. L'Agence fédérale de l'environnement a imaginé de proposer au public des excursions dans certains domaines fédéraux interdits aux développements économiques non réglementés et où elle mène une importante action de sauvegarde. Ces excursions ont pour but de sensibiliser le public à notre mission, de le rapprocher de la réalité d'un environnement qu'il méconnaît et de lui faire partager certaines des richesses naturelles dont nous assurons la protection... Attention, je tiens à rappeler qu'il ne s'agit pas de stages de survie ou de nomadisme primitif comme en proposent certains organismes privés...

— Ah bon, on ne va pas faire du feu avec des silex ? plaisanta Benkelman.

— Vous pourrez essayer si vous voulez, fit Boyd avec un sourire, mais par mesure de précaution nous emporterons des allumettes.

Il se tourna vers la carte.

— Voici donc le comté d'Owens. Comme c'est souvent le cas dans l'Ouest, il a une superficie immense, un peu plus de quarante-neuf mille kilomètres carrés. Et comme c'est souvent le cas aussi, il est pratiquement désert, avec seulement trente-sept mille habitants. Soit, comme certains se plaisent à le dire, trois quarts d'habitant au kilomètre carré.

— Jusqu'ici, ceux qu'on a rencontrés étaient entiers, remarqua à nouveau Benkelman. J'espère que ça continuera !

— Ce qui va surtout se passer, c'est qu'on en rencontrera plus du tout.

Il posa un doigt sur la carte à l'endroit où se trouvait Haydenton.

— Vous avez dû voir sur le dépliant que notre itinéraire va nous mener d'Haydenton à un refuge situé sur l'un des sommets de Tocuma Range, tout à fait au nord du comté. Pour y arriver, nous partirons dès ce soir. Nous traverserons successivement deux massifs montagneux, la chaîne des Tuscamoras et la chaîne de Silver Mount. Puis nous traverserons le désert Nopahute, remonterons la vallée du Realston et le flanc sud-est des Tocumas, jusqu'au refuge en question. Il y a près de cent cinquante kilomètres à parcourir. On doit pouvoir y arriver sans peine en cinq jours.

Il marqua une pause pour laisser les membres du groupe, concentrés sur la carte, s'imprégner de ce commencement de réalité de leur aventure.

— Il y a des risques ? demanda soudainement Colin Squibb de sa petite voix.

— Oui. Il faut garder à l'esprit qu'il y a certains risques. La nature n'est pas un endroit où le risque n'existe pas. Mais depuis l'an passé j'ai déjà dirigé cinq randonnées et il n'y a jamais eu de problème majeur.

— C'est quoi, le danger principal ? fit Benkelman. Les bêtes sauvages ?

— Le danger principal, c'est la déshydratation. Nous serons dans une contrée désertique ou semi-désertique pratiquement tout au long de la randonnée.

Il afficha un air sérieux pour bien leur faire prendre conscience qu'ils allaient quand même se trouver confrontés à un mode de vie un peu rude.

— Chacun de nous emportera suffisamment d'eau pour éviter ce genre de désagrément, poursuivit-il. Mais afin que nous puissions maintenir une bonne cadence de marche, nous ne pourrons pas nous surcharger. Ce qui fait que nous aurons tout ce qu'il nous faut pour chaque étape, sans plus.

— Qu'est-ce que vous voulez dire par là ? demanda Hanson.

— Je veux dire que nous aurons un équipement minimum. Pas de tente, pas de réchaud à gaz, rien de superflu. Pour chaque étape, nous emporterons des rations alimentaires nous assurant mille cinq cents calories par jour. Je vous préviens, c'est suffisant pour être actif, mais sûrement pas pour être rassasié. Il est impératif de se déplacer avec un paquetage minimum.

— Ça me convient parfaitement, dit Hanson. Je suis venu ici pour perdre des kilos.

— Et c'est quoi, ces rations alimentaires ? fit Benkelman.

— C'est un mélange à base de céréales, de protéines végétales, de haricots, de noix, de germes, etc. Le régime carné se limitera à de la viande séchée en petites portions.

— Et on emportera tout ça ?

— Pour un jour et demi de marche seulement. Nous avons un point de ravitaillement qui nous attend à Silver Mount, avant la traversée du Nopahute.

— C'est quoi ce point de ravitaillement? demanda Hanson.

— Une cabane avec des vivres dans un trou de rochers.

— Et pour dormir? fit Maureen Meigs.

— On dormira à même le sol. Vous pouvez garder un tapis isolant si vous voulez. L'important, c'est d'avoir un poncho imperméable qui conserve la chaleur car on va rencontrer par endroits de très fortes amplitudes. La nuit, le thermomètre descend à treize ou quatorze degrés.

Jed Hanson siffla entre ses dents.

— C'est pas vraiment une virée en Pullman que vous nous proposez là, dit-il.

— Pour moi, ça ira, fit Benkelman. Je suis là pour me changer les idées et pour me bagarrer avec du concret. S'il faut dormir par terre, on dormira par terre...

Dans l'ensemble, Boyd était plutôt satisfait. Hormis le jeune dont il perçait mal les motivations et qui ne montrait pas d'enthousiasme particulier, il pensait qu'il avait une assez bonne équipe.

— Si vous voulez, dit-il, on va s'occuper maintenant de vos sacs. Dans le cas où il vous manquerait des choses essentielles, nous avons ce qu'il faut ici.

Pendant l'heure qui suivit, il dirigea la préparation des paquetages, les examinant un à un. Il distribua certains équipements mieux adaptés, tria impitoyablement le contenu de chaque sac afin de laisser de côté tout le superflu.

— Pas de rasoir, pas de dentifrice, pas de gant de toilette, pas de vêtements de rechange..., énuméra-t-il.

— Pas de rechange? fit Maureen.

— Ça ne sert qu'à alourdir les sacs. L'important, c'est d'avoir tout le nécessaire, mais rien que le nécessaire. D'accord?

— Mais à quoi on va ressembler au bout de cinq jours ?

— On sera crevés, on sentira tous le putois, et on s'en fichera complètement, dit Benkelman.

La jeune femme soupira devant cette conception toute masculine de l'hygiène et déballa à contrecœur une bonne pile de sweats, de jeans et de petit linge.

— Je peux quand même emporter ma montre, non ? fit Hanson.

— Elle ne vous servira pas à grand-chose, mais vous pouvez la garder si vous y tenez. Par contre, vérifiez que vous avez bien tout ce qui est porté sur la liste minimum qui vous a été envoyée.

— On prend de l'argent ? demanda Squibb.

— Je peux vous assurer que vous n'aurez à aucun moment l'occasion de le dépenser, dit Boyd. Je vous conseille d'ailleurs à tous de laisser ici vos objets de valeur, quels qu'ils soient. En les emportant, vous ne pouvez que vous surcharger ou les perdre...

Quand les paquetages des quatre randonneurs furent prêts, Boyd s'occupa de son propre équipement. Il vérifia le contenu de la trousse médicale d'urgence avant de la glisser dans son sac, rangea quelques effets personnels et alla récupérer un appareil dans un des placards.

— Qu'est-ce que c'est, ce truc ? demanda Benkelman.

— Une VHF.

Il contrôla la charge des batteries et testa l'émission et la réception en se calant sur la fréquence du bureau du shérif.

— On a vraiment besoin de ça ? insista Benkelman.

— Pour la sécurité, fit Boyd

Rod Benkelman le regarda bizarrement. Pour la première fois depuis son arrivée, il parut contrarié.

— Écoutez, dit-il. C'est quand même un défi, cette randonnée, non ? Alors autant tout faire pour que ça en reste un. Si on part avec la radio, ça veut dire quoi ? Pourquoi pas des téléphones cellulaires et des walkmans, pendant qu'on y est ?

— Rassurez-vous, là où on va, les téléphones cellulaires ne seraient pas d'une grande utilité. Il n'y a aucun relais hertzien. En revanche, en cas de gros pépin, je peux vous dire que vous serez content de pouvoir communiquer par radio. De toute façon, c'est moi qui la porte, cette VHF, pas vous.

— C'est pas une question de poids, ronchonna Benkelman. C'est une question de défi, c'est tout.

Sans tenir compte de la soudaine humeur de Benkelman, Boyd rangea la VHF dans son sac et referma celui-ci.

— Bien, dit-il. On est pratiquement prêts. Il reste à signer les feuilles de décharge. Si vous voulez bien en prendre connaissance...

Il leur distribua un feuillet recto que tous lurent aussitôt. Benkelman prit la peine de marmonner à voix haute :

— « Je soussigné, etc., etc. participe de plein gré et en pleine connaissance de cause, etc., déclare ne pas engager de poursuite auprès de l'Agence fédérale de l'environnement en cas de etc., etc., suis conscient que je pourrais avoir à marcher trente à quarante kilomètres par jour, que mon alimentation sera réduite et que je pourrais éventuellement souffrir d'une déshydratation modérée... »

Il releva la tête.

— C'est mignon, ça, « déshydratation modérée », dit-il. Si c'est pour remonter le moral des clients ce papier, c'est pas sûr que ça marche. Mais moi je suis prêt. Je signe des deux mains.

Quand tout le monde eut signé, Boyd proposa à ses randonneurs d'aller prendre un dernier repas civilisé dans un restaurant qu'il leur indiqua.

— J'ai encore deux ou trois choses à régler, leur dit-il, et je vous rejoindrai après. On partira vers sept heures. Ça vous va ?

Tous opinèrent et quittèrent le bureau. Quand il fut seul, Boyd passa quelques minutes à ranger divers feuillets et documents en quatre dossiers distincts qu'il glissa sous enveloppe, puis il se rendit chez le shérif Waronker, c'est-à-dire à la porte à côté.

Quand Waronker le vit entrer dans son bureau, il ne manifesta aucun signe de bienvenue. Boyd n'en attendait pas de lui.

— Grant, dit ce dernier. Je vous ai apporté les dossiers de mes randonneurs. Je voudrais vous demander comme d'habitude de les garder dans votre coffre. Il y a un peu d'argent, des cartes de crédit et des boucles d'oreilles.

Il tendit les quatre enveloppes au-dessus du bureau. Le shérif Waronker ne fit aucun geste pour les prendre. Il se contenta de fixer Boyd.

— Boyd, dit-il d'un ton ennuyé. Le comté vous rend beaucoup de services. On vous héberge. On vous prête assistance dans votre travail. En cas de requête, on est tenus de se mettre à votre disposition pour faire respecter l'ordre public. Nous faisons tout cela et vous, que faites-vous en retour ? Vous faites un excès de zèle sur les terres fédérales. Vous vous brouillez avec les gens d'ici qui vous connaissent depuis votre enfance pour des points de principe... Comment voulez-vous que je m'arrange de ça ? Qu'est-ce que je dois faire ?

Boyd déposa les enveloppes au milieu du bureau, tira une chaise et s'assit face à Waronker.

— Shérif, répondit-il. Vous savez très bien ce qui se passe. Vous savez que je fais correctement mon boulot. Vous savez que Novick et les autres éleveurs du Mouvement des droits des propriétaires et de la suprématie locale grignotent les terres fédérales sous prétexte qu'elles sont vacantes. Vous savez qu'ils défoncent à coups de bulldozer les routes et les pistes fédérales qui contrarient leurs désirs d'expansion. Vous savez que dans le comté voisin il y a eu des voies de fait contre des employés fédéraux. Je vous retourne la question : qu'est-ce que je dois faire avec ça ?

— Les employés fédéraux avaient démoli une clôture protégeant un point d'eau pour leur bétail, rétorqua Waronker.

— C'était un point d'eau sur les terres fédérales, Grant ! Ils n'avaient pas le droit de le clôturer. Vous le savez parfaitement !

— Et alors ? Elles ne peuvent pas boire, les vaches ? On est en train de s'offrir une guerre des barbelés alors qu'on est censés faire régner l'ordre et la tranquillité. Vous ne pourriez pas lâcher un peu Novick et les autres et cesser de les provoquer en dressant constat sur constat de leurs faits et gestes ?

— C'est simple, Grant. Dites aux éleveurs de respecter les terres fédérales et tout ira bien. Ce n'est pas moi qui vous fais des ennuis. Ce sont eux. S'ils s'en tenaient à la loi, vous mèneriez une vie paisible... et vous seriez réélu les doigts dans le nez !

Il se leva.

— Je pars avec mes randonneurs tout à l'heure. On fait l'itinéraire habituel. J'ai emporté la VHF. En cas d'urgence je compte sur vous. Mais il ne devrait pas y avoir de problème...

Il lui fit un salut de la main et se dirigea vers la porte. Au moment où il allait sortir, Waronker l'appela.

— Boyd !

Boyd se retourna. Le shérif était toujours figé sur son fauteuil, l'air menaçant et acculé d'une bête aux abois.

— Vous pouvez compter sur mon assistance en cas de besoin, car c'est mon devoir. Mais je vous préviens : c'est moi qui juge de l'urgence. De plus, à partir de maintenant je ne pourrais plus vous apporter mon aide en personnel ou d'une quelconque autre manière. Je n'ai plus les moyens. Il faudra vous débrouiller tout seul. Et remportez vos enveloppes. Mon coffre est plein.

Les deux hommes se mesurèrent du regard un instant, puis Boyd revint vers le bureau pour récupérer les enveloppes.

— Ils vous tiennent par les couilles, Grant, dit-il simplement. Ça ne doit pas être facile pour vous…

Sur quoi, il sortit et referma délicatement la porte derrière lui.

Un peu plus tard, il retrouva les randonneurs au restaurant et mangea avec eux. À la fin du repas tout le monde se sentait fin prêt pour le début de l'aventure. Un peu avant sept heures, ils se rassemblèrent pour effectuer une ultime vérification de leur paquetage devant le bâtiment du comté, sous les regards de Zack Shellman et de quelques curieux. Quand le soleil commença à rougir à l'ouest ils passèrent les sangles de leurs sacs et descendirent le perron du bureau de la police. Boyd en tête, les randonneurs se lancèrent sur la route 95 pour y chercher la piste qui leur ferait traverser la chaîne des Tuscamoras.

Se retournant, Maureen Meigs adressa un salut de la main et un sourire à Shellman et Waronker qui les regardaient s'éloigner. Elle n'obtint aucun signe en retour.

10

LORSQUE Molly reprit connaissance, la douleur était telle qu'elle semblait avoir engourdi tout son bassin. Elle ne sentait plus dans ses cuisses refroidies qu'un infime fourmillement et dans son bas-ventre qu'une torpeur glacée qui la contractait et la fouaillait de l'intérieur. C'était une souffrance qui avait dépassé les limites du supportable et, bizarrement, elle qui n'avait jamais accouché songea aux tortures des enfantements difficiles.

Elle ouvrit les yeux et regarda entre ses jambes. Ce qu'elle vit était inconcevable, grotesque, au point d'en être risible. Le bâton de majorette était là, fiché dans son corps comme une prothèse étrange et inexplicable, dégoulinante de ses pertes.

Au bord de la nausée, elle s'arc-bouta et saisit l'objet pour s'en défaire, mais son geste amplifia la douleur à un point tel qu'elle dut lâcher prise et qu'elle retomba sur le lit avec un gémissement de bête.

Elle souffla de longues minutes comme un gros animal blessé, prisonnière d'un supplice implacable, terrorisée à la seule idée d'esquisser à nouveau un mouvement.

Mais l'horreur de cet objet incongru enfoncé dans son corps l'emporta soudain. Dans une rage subite, elle s'en empara, l'arracha d'un geste violent et irréfléchi, hurlant comme une possédée, et le jeta loin d'elle.

Un caillot noir et gros comme le poing suivit l'embout de caoutchouc du bâton et le sang jaillit aussitôt d'elle comme d'une bonde.

Épouvantée, le regard brouillé par les larmes, suffoquée par les sanglots, Molly contempla stupéfaite cette débâcle inondant le lit. Gémissant de plus belle, elle cacha misérablement de sa main cette source affreuse qui rougissait tout, avec l'absurde espoir de colmater le flux.

Le liquide coulait imperturbablement entre ses doigts. Elle tenta de se lever, parvint au prix d'un effort terrible à s'agenouiller sur le lit, toute dégoulinante, et s'affaissa à nouveau, vaincue par la douleur, par la peur, par sa faiblesse.

Alors, comme elle en avait si souvent l'habitude, elle laissa le temps passer, sa main poisseuse de sang toujours collée contre elle, impassible, comme si son esprit se vidait au même rythme que son corps.

Elle vit l'ocre pourpre de la fin de l'après-midi s'obscurcir lentement, puis la pénombre insidieuse du soir arriver par la porte entrouverte de la chambre. Elle aurait pu faire un ultime effort pour se lever, pour atteindre le téléphone du salon et tenter de sauver ce qui lui restait de vie.

Mais, peut-être pour la première fois, Molly se prit à penser. Elle revit en peu de temps son enfance triste, sa jeunesse ballottée, les années sans saveur et sans intérêt qu'elle avait passées avec Josh. Sans amertume, elle en conclut que si la vie était ce qu'elle avait vécu, rien au monde ne pourrait maintenant la convaincre que ça valait la peine de continuer. Elle ne fit plus aucun mouvement et s'arrêta même de pleurer.

Indifférente, elle sentit la large flaque froide de son sang qui s'étendait, collant sous ses fesses et sous son dos. Puis, entre ses grosses cuisses, l'hémorragie ne fut bientôt plus qu'un mince filet se tarissant peu à peu. Lentement, sa peau déjà blême devint crayeuse, et son souffle se fit imperceptible. Et, avant de fermer les yeux, elle constata que dans la chambre la nuit n'était pas loin.

Molly mourut vers neuf heures et demie. Au même moment, Maureen Meigs, qui suivait Boyd, fit une halte et se retourna pour contempler la vallée. Depuis plus de deux heures qu'ils marchaient, ils avaient gravi le premier contrefort des Tuscamoras et les autres randonneurs en profitèrent pour souffler un peu. Ils étaient arrivés à un endroit où la pente offrait un répit. Loin en contrebas, la vallée abritant Haydenton était envahie par l'ombre bleu nuit du crépuscule et une multitude de taches lumineuses dessinaient le plan géométrique de la ville.

Tous, hormis Boyd, avaient le visage rougi par l'effort, et le jeune Squibb, qui lambinait trente mètres derrière tout le monde, rejoignit péniblement le groupe. Sans se soucier du paysage que les autres admiraient, il s'assit lourdement sur le sol.

— On s'arrête là ? demanda-t-il.

Boyd le jaugea d'un coup d'œil rapide.

— Non, dit-il. C'est juste Maureen qui veut profiter de la vue. On a à peine fait la moitié de l'étape. On a encore deux heures de trotte.

Squibb secoua la tête.

— Je suis crevé, dit-il. Je n'avais pas pensé que ça serait si dur.

— Si dur ? fit Boyd avec un sourire. On n'a pas fait six kilomètres !

Il avait l'habitude. Cette vieille piste forestière qui grimpait en haut des Tuscamoras était un excellent parcours de mise en condition. Assez raide pour dégourdir les jambes, pas suffisamment pour décourager les bonnes volontés, elle constituait à ses yeux un parfait hors-d'œuvre pour les groupes qu'il menait.

— Tu as déjà fait de la marche ? demanda Boyd.

— Des balades, oui. Mais cent cinquante kilomètres, jamais.

— Tu vas voir, ça va aller tout seul.

Il se tourna vers les autres :

— Je propose qu'on ne s'attarde pas. Il fera complètement nuit d'ici une demi-heure et on n'aura pas de lune. Autant profiter de ce qui reste de clarté le plus longtemps possible.

Ils reprirent leur marche et s'enfoncèrent plus avant dans la montagne, laissant derrière eux la ville et toute trace de civilisation.

Bientôt, dans le silence épais de la nuit, marchant en file indienne, ils pouvaient à peine se distinguer les uns des autres, ombres juste un peu plus denses que l'obscurité qui noyait tout. Régulièrement, ils trébuchaient sur des rocs ou des racines, et leur progression se ralentit.

— Ça va ? lança Boyd après une bonne heure de ce régime.

— Ça va, fit la voix de Benkelman quelque part derrière lui. J'espère que vous avez votre qualification pour le pilotage sans visibilité, parce que moi je ne sais plus où je suis.

— T'es devant moi et tu marches pas assez vite, fit la voix de Hanson.

— Et Squibb ? demanda Boyd. Ça va ?

Il n'y eut pas de réponse.

— Il est où, Squibb ? insista-t-il.

— Derrière moi, dit Maureen.

Boyd s'arrêta et laissa monter à lui le reste de la file. Quand ils furent réunis, il fallut bien constater que Squibb manquait à l'appel.

— Il était loin derrière toi, Mo ? demanda Boyd.

— Je ne sais pas trop. Il traînait comme tout à l'heure et puis je n'ai plus fait attention.

Boyd sortit sa Mag-Lite de son sac et l'alluma.

— Attendez ici, dit-il.

Et il redescendit la pente d'un bon pas.

Une centaine de mètres plus bas, il appela Squibb. N'obtenant pas de réponse, il continua encore un peu.

— Squibb ? Tu m'entends ?

Il était invraisemblable que le jeune homme fût hors de portée de voix. Ou alors il s'était franchement égaré. Boyd jura intérieurement et s'en voulut de ne pas l'avoir pris avec lui en tête de la marche. Ça commençait bien !

Il s'interrogeait sur la façon de poursuivre sa recherche lorsqu'il perçut un raclement dans les cailloux. Il se dirigea vers le bruit.

— Squibb ?

Il marcha encore une quinzaine de mètres et faillit s'affaler sur le jeune homme assis à un détour du sentier, appuyé contre une roche.

— Qu'est-ce que tu fais là ? fit Boyd en lui éclairant le visage.

Squibb se détourna du faisceau sans répondre. Il avait le visage en sueur, les cheveux collés sur les tempes et sur le front, et le regard affolé.

— J'y arrive pas, dit-il dans un souffle.

— On n'en a plus pour longtemps, l'encouragea Boyd. Tu m'as entendu quand je t'ai appelé ?

Squibb fit un signe de tête affirmatif.

— Pourquoi tu ne m'as pas répondu ?

Squibb baissa la tête.

— J'ai la trouille, dit-il.

— La trouille ? La trouille de quoi ?

Autour d'eux, la montagne était totalement silencieuse. Dans le ciel, les étoiles scintillaient durement à perte de vue et envoyaient leur infime clarté se dissoudre dans la nuit. Il émanait de la nature une telle paix que la réaction du jeune homme était incompréhensible pour Boyd.

— Je ne sais pas de quoi tu peux avoir peur. Dans ces montagnes il n'y a rien à craindre. Il n'y a que nous...

— Et les serpents ? demanda Squibb subitement.

— Les serpents ?

— Oui. Dans le noir, on n'y voit rien de rien. Et si je marchais sur un serpent ?

Boyd l'observa avec une certaine commisération.

— Ne t'inquiète pas, dit-il. D'abord, dans cette partie aride de la montagne il ne doit pas y en avoir beaucoup. Ensuite, quand on marche ils perçoivent les vibrations du sol et nous évitent. Si on reste groupés, on ne doit pas avoir de problème. Si tu courais n'importe où, tout seul, dans la rocaille, sans faire attention, je ne dis pas. Mais ensemble sur cette piste, il n'y a pas de risque.

Il aida le jeune homme à se relever.

— Allez, dit-il. Marche devant. J'éclaire tes pas.

Ils remontèrent ainsi lentement la pente et, avant de rejoindre le reste du groupe, Boyd se décida à poser la question qui lui trottait dans la tête.

— Colin, dit-il, pour quelle raison t'es-tu inscrit à une randonnée de ce genre ? Qu'est-ce que tu pensais y trouver ?

— C'est pas moi qui me suis inscrit. C'est mon père.

— Et pourquoi ?

— Pour me faire les pieds, il paraît. C'est sûr qu'il n'y a pas mieux, dit-il avec un léger ricanement. Je ne les sens déjà plus...

Boyd ne fit aucune remarque, pourtant il était ennuyé. Ce type n'avait pas envie d'être là et il risquait de perturber les cinq jours de marche. Il allait devoir garder un œil sur lui.

Lorsqu'ils retrouvèrent les autres, Benkelman commençait à s'impatienter.

— Alors, on y va ? dit-il. Il fait pas très chaud dès qu'on s'arrête.

La température était tombée et ceux qui avaient interrompu leur effort sentaient monter le froid.

Tous repartirent, Boyd en tête et Squibb bien calé en sandwich entre lui et Benkelman. Vingt minutes plus tard, sans prévenir, Squibb se laissa une nouvelle fois tomber sur le sol et Benkelman trébucha sur lui en jurant. Boyd se chargea alors du sac du jeune homme et exhorta celui-ci à fournir un dernier effort. Ils parcoururent, épuisés, le reste du chemin sans un mot, Squibb vacillant à chaque pas et Boyd commençant lui-même à sentir la fatigue sous sa double charge.

Lorsqu'ils parvinrent à une sorte de petit plateau niché dans un creux de la montagne et que Boyd dit : « On y est ! », il y eut des grognements d'aise dans la colonne. Boyd indiqua où installer les sacs et comment préparer le bivouac autour d'un petit foyer de pierres noircies. Puis il prépara rapidement un feu à l'aide de bois laissé là en prévision et bientôt ils se rassemblèrent autour des premières flammes.

— Et Squibb ? s'inquiéta-t-il soudain, à nouveau alerté par l'absence du jeune homme.

— Il dort..., dit Maureen en indiquant une forme étendue à même le sol, à deux pas d'elle.

Boyd alla placer une légère couverture isotherme sur Squibb et revint près du feu.

— Allez ! dit-il. Maintenant on se restaure. On l'a bien mérité.

Et il entreprit de distribuer aux marcheurs exténués des biscuits de soja et de céréales.

11

LE RESTE de l'après-midi n'avait pas été très bon pour Josh. Tout d'abord, les effets de l'alcool combinés à l'intermède furieux avec Molly lui avaient laissé un sentiment nauséeux et lourd dont il n'était pas parvenu à se débarrasser. Ensuite, il n'avait pu venir à bout que d'une seule voiture et avait dû endurer les récriminations vexantes de l'autre client insatisfait en réprimant un féroce désir de l'emplâtrer.

Plus tard, après avoir fermé son garage, il s'était rendu chez Bradner qui avait annoncé à la mairie à qui voulait l'entendre qu'il tiendrait meeting dans son magasin.

Il retrouva là Cuthbert, Blain et une dizaines d'autres habitués qui partageaient les vues politiques de Bradner. Ce dernier professait avec l'appui d'un groupe de chrétiens fondamentalistes un credo anti-fédéral qui emportait l'adhésion de nombreux habitants de la région. Ce soir-là il recevait un certain Gifford, de Carver City, qui était censé apporter des nouvelles du front chrétien antigouvernemental. Flanqué de son invité en costume trois-pièces, Bradner proclamait son indignation face à la situation.

— Chaque jour nous sommes témoins de l'emprise croissante des décisions gouvernementales qui menacent notre communauté ! Chaque jour nous avons à supporter les brimades de lois que nous n'avons pas votées, que nous n'approuvons pas et qui asservissent le citoyen !

Malgré sa petite taille, Bradner savait qu'il pouvait dominer son auditoire. Il avait découvert depuis longtemps que le regard y était pour beaucoup et il ne lâchait jamais des yeux ses interlocuteurs.

— Plus le temps passe, moins nous pouvons compter sur nos élus. On l'a vu aujourd'hui, il n'y a rien à attendre de la mairie. Mayfield se dégonfle. Il n'y a pas grand-chose non plus à espérer du shérif. Waronker passe son temps à ménager la chèvre et le chou. C'est sur nous-mêmes, et seulement sur nous-mêmes, qu'il faut nous appuyer pour faire valoir nos convictions. En tant que citoyens libres de l'Amérique, nous avons le droit de dire ce qui convient le mieux à nos communautés locales, et d'agir en conséquence !

Assis à côté de lui, bras croisés sur la poitrine, l'invité l'encouragea d'un hochement de tête approbateur.

— Je crois que la plaisanterie a assez duré, continua Bradner. Ça fait cinq ans que les restrictions de chasse sont reconduites d'une année sur l'autre. Il est temps de savoir ce qu'on veut. Ou on se laisse mener par l'oreille comme des gamins, ou on agit en hommes et on fait respecter notre dignité.

— Qu'est-ce que tu proposes ? demanda Cuthbert.

— Je propose qu'on en revienne aux traditions. On a toujours chassé le mouflon en août. Il n'y a qu'à reprendre les vieilles habitudes. Je ne vois pas pourquoi ce que Sigrid Thomsen envisage de faire seule on ne pourrait pas le faire par groupes de deux ou trois comme par le passé. On abattra une dizaine de bêtes et personne ne s'en portera plus mal.

— Et Boyd ? fit Blain, le vétérinaire.

— Quoi, Boyd ? Il a tout le monde à dos. Il fera des procès-verbaux, et alors ? Waronker en est arrivé à un point où il ne lèvera pas le petit doigt pour l'assister, c'est couru. Et le gouvernement fédéral finira bien par se décourager. Il fera avec Boyd comme avec les agents du comté de Bend, dans l'Oregon. Il le retirera, tout simplement...

— C'est pas tout à fait pareil, insista Blain. Boyd, il est d'ici. Et dans le fond, tout le monde sait que c'est un type plutôt bien.

— C'est peut-être un type bien, reprit Bradner de plus belle, mais il se trompe. Il sert un mauvais maître ! C'est un homme dans l'erreur.

— C'est le ver dans le fruit ! lança Josh pour apporter sa contribution aux vociférations de Bradner.

Blain jeta un coup d'œil gêné à Gifford qui assistait à ce déballage avec une parfaite sérénité.

— Peut-être qu'on embête le révérend Gifford avec toutes nos petites histoires, dit-il. On pourrait lui laisser la parole pour passer à autre chose. En tout cas, moi j'ai déjà pris ma décision depuis la réunion de la mairie. Et je suis d'accord avec toi, Ken. On n'a qu'à aller à la chasse, un point c'est tout. On verra bien.

Cette conclusion ramena un peu de calme et Bradner présenta son invité. Andrew Gifford, ministre de l'Église du Christ ressuscité, le remercia aimablement et commença son sermon avec l'aisance d'un prédicateur habitué de longue date à être confronté à toutes les foules et toutes les situations.

Il rendit tout d'abord grâces à Dieu qui lui donnait force et discernement depuis si longtemps, puis s'étendit abondamment sur le combat que livraient actuellement les vrais chrétiens. Il rappela comment la coalition chrétienne était aujourd'hui parvenue à dominer le Parti républicain dans plus de vingt États. Il indiqua aussi qu'elle contrôlait plus de quinze pour cent des conseils d'établissements scolaires publics. Il expliqua comment le programme fédéral de vaccination infantile était un complot destiné à nuire aux enfants du peuple de Dieu et à les détruire. Il insista sur le fait que le monde était engagé dans une guerre spirituelle et que l'ultime bataille entre Dieu et Satan se déroulerait ici même, sur le sol d'Amérique. Enfin, il exhorta les tenants de la vraie foi à faire face courageusement car ils étaient menacés par une conspiration d'idéalistes, d'universitaires et de juristes qui prétendaient défendre la vertu et la liberté mais n'étaient en fait que des mercenaires antichrétiens.

Il conclut avec une allusion directe aux affaires d'Haydenton :

— Je vois qu'il y a dans votre ville, comme dans beaucoup d'endroits de ce pays, des chrétiens patriotes souffrant de ces iniquités administratives qui ne sont rien d'autre que le travail insidieux des forces du mal. Alors, je ne puis que vous rappeler les paroles de l'Ecclésiaste : « Délivre l'opprimé des mains de l'oppresseur. » Autrement dit, armez-vous de courage, de probité, et résistez. Que le Christ ressuscité veille sur vous et guide vos pas !

Après quoi, les discussions avaient continué sur ce ton dans le magasin de Bradner et Josh s'était lassé. Bien que largement acquis à tout ce qui se disait et s'entendait dans ce genre de réunion, il s'ennuyait vite de la raideur et du formalisme caractérisant les individus qui s'y rassemblaient. Il n'aurait pas vu d'un mauvais œil circuler quelques bières, mais la convivialité qui régnait dans ces sociétés se résumait le plus souvent à des tasses de thé et des jus de fruits. À la nuit tombante il s'excusa, remercia Bradner et les autres pour leur accueil, serra des mains et se rendit dans un bar pour siroter quelques bouteilles de Budweiser.

En rentrant chez lui vers onze heures, l'estomac surchargé de bière, il fut surpris de ne pas apercevoir de lumière par les fenêtres. Habituellement, Molly laissait tout allumé le soir, qu'elle dorme ou non. Il entra et se rendit droit dans la chambre à coucher. Lorsqu'il actionna l'interrupteur, il resta pétrifié. Ce qu'il avait sous les yeux, c'était un étal de boucherie.

Pendant un moment, quand il eut compris ce que signifiait l'immobilité livide de Molly, il ne fit pas la relation avec ce qui s'était passé au milieu de l'après-midi. Il se demanda sincèrement ce qui avait pu lui arriver, d'où venait tout ce sang. Il crut à un suicide. Il s'approcha même du cadavre pour examiner ses poignets, dans l'espoir de déceler des entailles. Et puis, peu à peu, quelque chose se réveilla en lui, mais il restait incrédule. Depuis le temps qu'il la pratiquait, il avait eu l'occasion de lui fourrer dans la motte toutes sortes de trucs sans qu'elle se soit jamais vraiment plainte, et il n'avait jamais vraiment pensé que ça pouvait entraîner ce genre de conséquences. Il n'en revenait pas. Molly était morte. Il n'éprouvait ni peine, ni horreur, ni sentiment d'aucune sorte, hormis la surprise, comme s'il découvrait subitement chez cette femme un talent qu'elle lui aurait habilement dissimulé tout ce temps. En plus de tout ce qu'elle était, ou plutôt de tout ce qu'elle n'était pas, Molly pouvait *aussi* être morte !

Une sorte de rage impuissante l'envahit peu à peu, tandis qu'il prenait conscience du fait que Molly, qui n'avait pas compté pour grand-chose dans sa vie et dans sa maison, était brusquement devenue un problème d'une dimension inimaginable, menaçant de l'emporter, menaçant sa propre existence.

On allait s'apercevoir qu'il l'avait démolie. On allait lui poser des questions. Il allait falloir s'expliquer. Tous les gens qui le connaissaient allaient le regarder d'une drôle de manière. Il allait devenir quelqu'un d'autre. Joshua Cadmus ne serait jamais plus Joshua Cadmus. Cette idée effrayante lui fit courir un frisson glacé sur l'échine et le révulsa. C'était impossible.

Son regard erra en tous sens dans la pièce, comme s'il espérait y découvrir une solution à l'insupportable problème qui maintenant lui nouait la gorge. Mais ses yeux revenaient immanquablement au corps dont les chairs flasques se creusaient déjà sous l'effet de la mort.

Enfin touché par une émotion humaine, une peur panique qui lui coupait la respiration, il battit soudainement en retraite et alla se réfugier dans le séjour.

Un verre de whisky à la main, il resta longtemps assis dans l'un des fauteuils branlants, le regard immobile, l'esprit concentré, s'efforçant d'analyser patiemment la situation et de trouver une issue. Lorsqu'il quitta le fauteuil, trois quarts d'heure plus tard, il se tenait fermement sur ses jambes, il avait dominé sa peur et savait exactement ce qu'il allait faire.

12

Le soleil n'était pas encore couché lorsque Rice avait sombré dans le sommeil. Il s'était endormi d'une masse, en quelques secondes, comme sous l'effet d'un anesthésiant. Bert l'avait ramené à la prison à sept heures pile, harassé, la bouche sèche et les muscles du dos tout endoloris.

Il s'était jeté dans la cabane sanitaire, avait bu comme une outre au robinet et s'était planté sous le jet de la douche jusqu'à la coupure automatique de sept heures et demie. Peu après, Zack Shellman lui avait apporté le plateau-repas du soir et l'avait entravé pour la nuit. Cela ne l'avait pas empêché de dévorer tout ce qu'il avait trouvé sous l'emballage de Cellophane, sans se soucier le moins du monde de ce que c'était. Puis il était allé s'étendre sur un des châlits près de l'ouverture de la tente et ne s'était pas relevé.

Vêtu d'un uniforme de détenu en nylon orange fluorescent, chaîne aux pieds, il avait passé tout l'après-midi le long d'un talus bordant l'entrée ouest de la ville. Sous l'œil vigilant de Bert, il avait arraché des broussailles, ramassé des détritus de toute sorte et pioché pour élargir le fossé de drainage. Il avait oublié que le travail pouvait ressembler à ça et il s'était demandé à plusieurs reprises comment des gens libres acceptaient de s'éreinter de la sorte pour gagner un salaire de misère.

Il dormait donc à poings fermés, d'un sommeil lourd et réparateur comme il n'en avait peut-être jamais connu depuis son enfance, lorsqu'il fut brutalement dérangé. Il grogna, se retourna et finit par ouvrir les yeux péniblement.

Assis sur le châlit, il essaya de faire remonter du fond de sa torpeur le bruit qu'il avait entendu. Il se rappela une sorte de vacarme métallique et un moteur de voiture, mais il n'aurait pu dire s'il s'agissait d'un rêve. Dans un cliquetis de chaîne, il quitta sa couche pour en avoir le cœur net.

Il trouva tout de suite l'origine de ce qui l'avait réveillé. Un seau. Un seau tout bosselé qui avait roulé jusqu'au milieu de la tente. Rice, perplexe, considéra l'objet un instant puis sortit, dans l'espoir de trouver une explication à ce fait insolite.

Dehors, le terrain de la prison baignait dans l'infime lueur jaune provenant des réverbères de la rue principale, deux cents mètres plus bas. Le silence était total. Sa chaîne à la main, il fit quelques pas et découvrit alors un second mystère, tout aussi surprenant que le premier : il y avait un trou béant dans l'enceinte. Le portail grillagé était grand ouvert.

Il avança encore et c'est au dernier moment, alors qu'il allait marcher dessus, qu'il aperçut l'épaisse silhouette étendue en travers de l'ouverture. Malgré l'obscurité, il ne lui fallut que quelques secondes, lorsqu'il se fut penché, pour reconnaître la trogne renfrognée du vieux Bert. Une trogne renfrognée à demi enterrée dans la poussière, avec une méchante tache sombre dégoulinant derrière l'oreille et dans la nuque.

Rice s'accroupit, secoua le corps inerte, sans obtenir de réaction. Il n'avait jamais vu de mort, il n'en avait jamais touché, mais il ne lui fallut pas longtemps pour comprendre que le vieux Bert ne se relèverait plus.

Complètement ahuri, Rice ne parvenait pas à s'expliquer cette succession d'événements. Tout ce qu'il comprit, c'est que les choses tournaient mal, très mal, et que d'une manière ou d'une autre quelqu'un avait prévu qu'il en ferait les frais. Il ne savait pas pourquoi, il ne savait pas comment, il était clair pourtant que ce mort avait été amené là pour lui, rien que pour lui, et qu'on l'avait réveillé afin qu'il le sache. Afin qu'il comprenne qu'à partir de cet instant, un danger terrible le menaçait.

Un frisson d'angoisse le parcourut. On allait sûrement lui tomber dessus d'une seconde à l'autre, bien que l'endroit fût désert et étrangement calme. Aucun bruit ne parvenait de la ville endormie. De toute évidence, il était seul. Seul avec Bert.

Il fallait réagir. Il fallait prendre une décision. Son esprit cafouillait, comme un moteur qui venait de caler et refusait obstinément de redémarrer. Il ne savait même pas quelle heure il était. Peut-être une heure du matin ?

Face à lui, de l'autre côté de la rue, il y avait le hangar de Bert dont la porte en tôle ondulée était entrouverte. Son cerveau se remit enfin à fonctionner. Là-dedans, il pourrait peut-être se débarrasser de sa chaîne. Et si en plus il y dégottait une bagnole, alors il avait une chance. Il contourna le corps, traversa la rue et pénétra dans le bâtiment obscur.

Ça sentait l'huile de camion. Il avança avec précaution sans rien distinguer. De la main, il suivit un mur et trouva un commutateur. Après une hésitation, il l'actionna et plusieurs tubes au néon s'allumèrent en tremblotant.

Il était face à deux balayeuses-arroseuses et à une remorque attelée à un tracteur. Mais aucune voiture.

Il jura entre ses dents. Puis il aperçut un petit réduit vitré sur la gauche et s'y rendit.

À l'intérieur, il découvrit tout de suite l'armoire à clés contre le mur. Il fouilla fébrilement parmi les trousseaux, essaya plusieurs petites clés, et à son grand soulagement l'une d'elles ouvrit les bracelets métalliques qui lui serraient les chevilles.

Il se débarrassa précipitamment de son entrave et s'intéressa alors au bureau où se trouvait un téléphone. Il ouvrit les tiroirs un à un, sans savoir ce qu'il cherchait. Au milieu de paperasses, il trouva un plan de la région. Il le sortit et continua à fouiller. Ce qu'il voulait maintenant, c'était une arme. Il s'arrêta et réfléchit. Le fusil à pompe. Où Bert le rangeait-il ?

Il le trouva dans un angle de la pièce. Il s'en empara aussitôt puis se figea dans son geste. Réfléchis, Rice, se dit-il. Réfléchis ! Il s'apercevait qu'il était en train de faire n'importe quoi. Son regard se mit à aller à toute vitesse du fusil à la carte, de la carte au téléphone, du téléphone au fusil, comme s'il cherchait à résoudre un rébus compliqué dont sa vie dépendait.

Le fusil, impossible. Trop dangereux. Il s'imagina en cavale, l'arme à bout de bras. Je ne peux tout de même pas me balader avec ça ! Il le rejeta dans le coin où il l'avait trouvé. Le téléphone. À qui pourrait-il bien téléphoner ? À qui pourrait-il expliquer qu'il était dans une panade sans nom, dans un trou perdu, avec un cadavre sur le pas de la porte ? Il abandonna l'idée d'appeler qui que ce fût et finalement se contenta de la carte qu'il fourra dans la ceinture de son jean.

Il sortit du petit bureau et explora une dernière fois le hangar. Il lui fallait absolument une arme, n'importe laquelle.

Il courut jusqu'à l'établi qu'il venait d'apercevoir derrière les balayeuses. Il se jeta successivement sur un marteau, puis sur un sécateur, et finit par trouver un couteau à greffer, qu'on avait bien en main, bien tranchant. Il fit alors demi-tour et s'enfuit comme un voleur. Au passage, il éteignit la lumière et se retrouva dans la petite rue, face à sa prison, face à Bert.

Et maintenant, qu'est-ce que je fais ?

Ils l'avaient réveillé et ils avaient ouvert le portail pour qu'il s'enfuie. Pour lui tomber dessus et le coincer au bon moment ! Voilà ce qu'ils avaient prévu. Ils voulaient lui coller un meurtre sur le dos ! Il ne fallait absolument pas qu'il descende dans la rue principale. Car même si ce n'était pas là qu'on l'attendait, il était persuadé qu'en essayant de forcer une voiture sur le bord d'un trottoir il allait être repéré tout de suite. Il fallait quitter la ville à pied. Mais qui allait s'arrêter pour prendre en stop un nègre, en pleine nuit, dans un bled pareil ? Il avait beau froncer les sourcils, son cerveau se refusait à fonctionner plus vite.

Il tourna la tête. À l'autre bout, la ruelle où il se trouvait partait se perdre dans le noir. Un noir impénétrable avec au fond, se découpant à peine dans le ciel, une masse plus noire encore. Les montagnes. Rice jeta un coup d'œil sur la carte coincée contre son ventre. C'était dingue. C'était complètement dingue, mais il n'avait pas d'autre idée.

Il retourna dans la tente récupérer son blouson, puis, après un dernier regard sur Bert, sur la prison, sur ce qu'il voyait d'Haydenton, il détala vers l'extrémité obscure de la rue et la nuit l'avala.

Dans le bureau du shérif, Zack Shellman était de veille. C'est-à-dire qu'il s'était endormi dans son fauteuil, face à une télé diffusant un programme nocturne sans intérêt. Il ne se passait pratiquement jamais rien, la nuit, à Haydenton, mais Waronker insistait pour qu'ils assurent des gardes à tour de rôle. Les citoyens appréciaient.

Il sursauta lorsque le téléphone sonna.

Émergeant avec peine, il décrocha et reconnut aussitôt la voix de Josh Cadmus.

— Qu'est-ce qui se passe, Josh ? demanda-t-il en se raclant discrètement la gorge.

— Je suis inquiet. Molly n'est pas à la maison.

Shellman regarda l'horloge au-dessus de la porte du bureau. Deux heures moins dix. Depuis quand Cadmus se montrait-il inquiet au sujet de Molly ?

— Elle est pas chez toi ? Qu'est-ce que tu veux dire ?

— Je suis rentré tout à l'heure et elle était pas là. J'ai attendu un peu et j'ai pensé à appeler chez vous. On sait jamais.

C'était vrai qu'une ou deux fois Molly avait provoqué des rivalités entre types qu'elle avait aguichés et qu'il avait fallu l'embarquer et la ramener chez Josh. Mais ce qui était sûr, c'est que, même dans ces cas-là, il ne l'avait jamais réclamée.

— Et elle pourrait être où, à ton avis ?

— J'en sais rien. Mais je lui avais demandé de faire un saut chez Bert pour voir s'il avait pas des bougies de tracteur à me passer. Je lui avais téléphoné dans l'après-midi, mais ça répondait pas.

— Il était à faire corver le nègre à l'autre bout de la ville.

Il y eut un silence. Shellman voyait mal ce qu'il pouvait faire pour Josh.

— T'es allé voir Bert ? lui demanda-t-il.

— Il a un caractère de cochon, Zack. Je me vois pas débarquer à cette heure-ci chez lui.

Ça, c'était sûr que c'était un coup à se faire recevoir pas très aimablement. Tout le monde connaissait le fusil à pompe de Bert. Mais de toute façon, qu'est-ce que Molly foutrait chez Bert à cette heure-ci ? Il avait du mal à imaginer le vieil ours en train de se faire accorder des gâteries.

— Tu veux que je l'appelle ? proposa-t-il finalement à contrecœur.

— Ça serait sympa, Zack…

Être sympa avec Josh Cadmus à deux heures du matin. C'était ça aussi le boulot de délégué du shérif…

— D'accord. Je te rappelle.

Il raccrocha et appela aussitôt la piaule de Bert qui jouxtait le hangar. Il laissa sonner une bonne dizaine de fois mais personne ne répondit. À tout hasard, il recomposa le numéro, sans autre résultat. Cette fois-ci, il fut intrigué. Bert aurait dû être dans son lit, et il avait beau ne plus être tout jeune, il n'était pas dur d'oreille.

Shellman rappela Josh.

— Ça répond pas, dit-il. Je vais aller faire un saut.

Il bascula le téléphone sur la VHF, prit les clés d'une voiture de patrouille et quitta le bureau.

Une dizaine de minutes plus tard, le téléphone sonna dans la maison du shérif et Mme Waronker maugréa dans son oreiller.

— Qu'est-ce qu'il y a ? demanda Waronker quand il eut reconnu Zack.

— On a un problème, Grant. Le nègre s'est barré et Bert est mort.

Waronker resta sans voix.

— J'arrive, dit-il simplement.

Lorsqu'il rejoignit Shellman, il avait passé à la hâte un survêtement et n'avait même pas pris le temps de se peigner. À la lueur des phares, dans cet accoutrement inhabituel et les yeux encore bouffis de sommeil, il parut dix ans de plus à Shellman.

Sans jeter un regard à son délégué, Waronker alla immédiatement se pencher sur le cadavre de Bert et l'examina sommairement.

— On lui a défoncé le crâne, dit-il. Ça fait pas longtemps. Il est pas encore froid.

Il se releva.

— Avec quoi on lui a fait ça ?

Shellman désigna quelque chose sur le sol, à quelques mètres d'eux, contre l'enceinte.

— Ici, dit-il.

Waronker s'approcha et vit une énorme clé à pipe pour boulons de quarante, tachée de sang à son extrémité coudée. Il se tourna vers Shellman :

— Qu'est-ce qui s'est passé, au juste ?

Shellman lui raconta le coup de fil de Josh Cadmus.

— Et Molly, dans tout ça ? Elle est où ?

— J'en sais rien. Elle a pas l'air d'être ici. J'ai regardé chez Bert et dans le hangar.

Waronker resta pensif quelques secondes.

— Bon. Je pense que les chances sont de notre côté, dit-il. Il s'est barré, mais il ne doit pas avoir plus de deux heures d'avance sur nous. Alors on va faire vite. Un, je m'occupe de téléphoner au coroner de Carver City pour les constatations médico-légales. Deux, je m'occupe aussi de Jim pour qu'il vienne tenir compagnie à Bert le temps que le coroner arrive. Trois, tu téléphones à Bradner et tu lui demandes de s'amener avec son meilleur chien.

— Bradner ?

— Oui. Bradner et les autres. Appelle aussi Novick, Cuthbert et Blain. Puisqu'ils veulent chasser, ils vont l'avoir, leur chasse. On va former un détachement assermenté pour une traque.

— Avec des voitures ?

— Avec des voitures et à pied. Il faudrait au total une dizaine d'hommes. Rassemble-les au bureau d'ici une demi-heure pour qu'ils prêtent serment. Fonce !

Shellman s'éclipsa aussitôt.

De son côté, Waronker réveilla Jim McDonough, l'informa de ce qui s'était passé et lui donna des consignes concernant la surveillance de Bert. Puis il appela le coroner qui lui promit d'une voix pâteuse d'être là en tout début de matinée. Maintenant, il lui restait à voir Cadmus.

Il se gara devant la maison décrépite. Cela faisait un moment qu'il n'avait pas rendu visite à Josh et le train de vie de ce dernier ne semblait pas s'être amélioré. Tandis qu'il posait le pied sur le plancher grinçant de la véranda, la porte s'ouvrit et Cadmus apparut.

— Grant ! fit-il, étonné. Qu'est-ce qui se passe ? J'ai appelé Zack tout à l'heure et j'ai pas eu de nouvelles...

— Je sais, je sais, fit Waronker. Je peux entrer ?

— Bien sûr.

Ça ne s'était pas arrangé non plus à l'intérieur. Waronker remarqua que la maison de Josh ressemblait exactement à son garage, c'était le même foutoir.

— Alors, raconte-moi, Josh, dit-il en se tenant au milieu du séjour. Qu'est-ce qu'y t'arrive ?

Josh recommença le récit qu'il avait fait à Shellman et Waronker l'écouta attentivement en hochant la tête.

— Je comprends pas, Grant, conclut Josh. Franchement, elle a pas l'habitude de traîner dehors à cette heure-là.

— Tu dis que tu l'as envoyée chez Bert ? fit Waronker, avec une pointe de soupçon dans la voix. Tu pouvais pas y passer toi-même ?

— En fait, je voulais aller chez Bradner mon boulot fini, et puis je m'étais dit aussi que ça lui ferait une sortie. Tu comprends, ce qu'elle aime, c'est passer tout son temps ici entre quatre murs...

Waronker songea que ça n'était sûrement pas pour faire le ménage, mais garda ses réflexions pour lui.

— Elle le connaît bien, Bert ? demanda-t-il.

— Pas plus que ça, je pense.

— Elle aurait pas pu voir une copine, par hasard, en rentrant ?

Waronker essayait de suggérer avec le plus de tact possible que Molly entretenait peut-être des relations personnelles avec des gens que Josh ne connaissait pas.

— Des copines ? fit Josh sans saisir l'allusion. Elle en a pas, des copines, Grant. Elle connaît tout le monde et elle connaît personne, tu le sais bien...

Waronker n'insista pas.

— On a un gros problème, Josh, finit-il par lâcher.

Il voyait bien que Josh le regardait avec un air à la fois inquiet et fuyant, et il se demandait pourquoi il était si nerveux. On jurerait qu'il est sous amphétamines, se dit-il.

— Bert est mort, dit Waronker. Et le type qu'on a alpagué hier matin s'est échappé dans la nature.

— Bert ? s'exclama Josh. Mort ? Mort comment ?

— Des coups sur le crâne. On ne sait pas encore comment ça s'est produit.

— Et Molly ?

— On ne sait pas non plus. Pas de traces. Mais peut-être que le nègre est au courant de quelque chose. On va faire une traque pour essayer de le coincer.

— Je veux en être ! dit aussitôt Josh.

Waronker ne cessait d'être surpris par Josh Cadmus. Ce type venait d'alerter la police pour retrouver sa bonne femme, celle-ci avait eu rendez-vous avec un type qu'on venait de trucider, et tout ce qui lui passait par la tête, c'était de filer battre la campagne !

— Tu crois pas que tu serais mieux ici à attendre Molly, si elle rentre ?

Josh ne put réprimer une mimique embarrassée.

— C'est sûr..., se justifia-t-il. Mais d'un autre côté, si le type qui s'est barré sait quelque chose, je veux bien le coincer avec vous...

Waronker hésita. Cadmus était une bonne recrue pour une traque, mais personne ne savait vraiment ce qu'il avait dans la tête.

— T'as téléphoné au dispensaire ? Peut-être qu'elle a été malade, qu'elle était pas bien.

Josh resta étrangement muet et se contenta de faire non de la tête.

— Et son médecin ? C'est qui son médecin ? Corley ? Deshler ? Hagerman ?

— Je sais pas, je sais pas, murmura Josh, soudainement accablé.

— Bon, alors écoute. Téléphone au dispensaire, téléphone aux toubibs, et si ça donne rien, vient nous rejoindre au bureau. On va pas partir tout de suite.

— Tu veux que je téléphone à cette heure-ci ?

— Ben oui. Les toubibs, c'est comme nous. C'est fait pour être réveillé au milieu de la nuit, non ?

Waronker retourna à sa voiture et Josh, debout sur la véranda, regarda celle-ci s'éloigner dans la rue mal éclairée. La sueur perlait sur son front et sa chemise collait à sa peau tant il avait transpiré. Pas un instant il n'avait imaginé que ce serait aussi éprouvant. Pas un instant il n'avait pensé que tout aurait basculé si vite. Il venait de s'apercevoir que Waronker était devenu pour lui un étranger, une entité dangereuse et menaçante. Depuis toujours le shérif avait été un proche, une relation familière et rassurante. Aujourd'hui, c'était un ennemi. Et bientôt, tous seraient ses ennemis. Il ferma les yeux de toutes ses forces parce que le monde vacillait.

13

Sur le parking du bureau du shérif un rassemblement s'était déjà formé. Plusieurs véhicules stationnaient en désordre et quelques têtes bien connues à Haydenton patientaient en discutant avec Shellman. Tous avaient revêtu leur tenue de chasse et certains tenaient négligemment leur fusil sous le bras. Quand Waronker arriva et sortit de sa voiture, les têtes se tournèrent vers lui et il y eut de brefs saluts.

— C'est dur, pour Bert, fit Novick, l'air sombre.

— C'est surtout dégueulasse de s'attaquer à un type de son âge, renchérit Cuthbert. Le gars qui a fait ça, il mérite pas de s'en tirer.

— C'est quel genre ? s'enquit Donnelly, son éternelle casquette Winchester vissée sur le crâne. Un vrai méchant ?

Waronker les interrompit d'un geste de la main.

— Une minute, dit-il. Chaque chose en son temps. J'ai demandé à Zack de vous réunir pour constituer une force citoyenne afin de nous épauler. Est-ce que tous les présents ici sont volontaires pour y participer ?

Il y eut un concert d'acquiescements.

— On serait pas là si on était pas d'accord, Grant, fit Blain.

— Bon. Alors entrez tous dans mon bureau pour prêter serment et après on discutera.

Tout le monde se retrouva dans le hall d'accueil et Waronker se plaça face à la troupe qui l'avait suivi.

— Levez la main droite et répétez après moi, dit-il en faisant lui-même le geste : « Je déclare être volontaire et me mettre à la disposition de la police du comté d'Haydenton... »

Un marmonnement s'éleva de la troupe tandis que Waronker poursuivait :

— « ... et je m'engage par serment à apporter une assistance fidèle et loyale au shérif du comté dans l'exercice de la loi, et de respecter son commandement tout le temps que durera ma mission, celle-ci étant révocable par lui à tout moment. »

Les volontaires finirent de réciter leur texte dans un brouhaha incompréhensible. Waronker abaissa alors son bras.

— Merci, les gars. Vous ne serez pas de trop. Il vous reste à remplir et à signer la feuille d'enrôlement temporaire que va vous distribuer Zack.

Quand ce cérémonial fut achevé, Shellman tendit une poignée d'étoiles à Waronker.

— Approchez, dit-il, et épinglez ça sur votre veste.

Il se mit à distribuer les badges de cuivre comme on distribue des préservatifs dans les centres prophylactiques.

— Bien, dit-il, tandis que les hommes se décoraient de leur insigne. Jusqu'à nouvel ordre, vous faites partie de la police du comté. Est-ce que vous avez vos armes ou désirez-vous être équipés avec du matériel de la police ?

— Je crois qu'on a tout ce qu'il nous faut, dit Novick. On a nos habitudes, ajouta-t-il en échangeant un sourire avec la troupe des enrôlés.

— Comme vous voulez. Maintenant, je vais vous expliquer ce qui va se passer. On va constituer un groupe motorisé et un groupe à pied.

Il désigna les volontaires.

— Novick, Bradner, Cuthbert et Blain, vous resterez avec moi pour la traque à pied. Les autres, vous serez sous le commandement de Donnelly et vous allez vous répartir en quatre voitures par équipes de deux. Je veux deux voitures sur la route 95, une à l'ouest vers Ashton, l'autre à l'est vers Silver Pass. Plus une équipe sur la route 361 qui mène à Yarbridge et l'autre sur la 318 de Hallock. Vous patrouillerez sur ces axes et éventuellement sur les pistes qui les bordent. Vous calerez votre CB sur notre fréquence et vous resterez en contact permanent. Si vous localisez le fugitif, vous faites signe. Pas d'action héroïque avant d'en avoir reçu l'ordre. C'est compris ?

Donnelly hocha la tête respectueusement.

— Pour répondre à la question que tu m'as posée tout à l'heure, continua Waronker à l'attention de Donnelly, le gars que vous allez rechercher ne m'a pas donné l'impression d'être un gros dur. Mais il est en cavale, et donc potentiellement dangereux. On ne sait pas s'il est armé et je vous conseille d'agir avec précaution. Il s'appelle Rice, Cecil Rice. Noir, vingt-six ans, vol de voiture, dealer, a déjà fait deux séjours en prison.

— Est-ce qu'on a le droit de tirer ? demanda Donnelly.

— Si le fugitif montre un comportement agressif pouvant mettre vos vies en danger, vous avez l'autorisation de tirer. D'autres questions ?

Les hommes concernés se consultèrent du regard et firent des signes de tête négatifs.

— Bon, alors exécution !

À peine le groupe de Donnelly fut-il sorti que Josh Cadmus fit son apparition dans le hall. Il était équipé de pied en cap en treillis militaire pour une battue de longue haleine et, outre un puissant fusil à viseur télescopique, il portait sur les épaules un havresac bardé d'équipement.

— Eh bien ? lui demanda aussitôt Waronker.
— Rien, dit Josh.
— Nulle part ?
Waronker l'observa. Dans son accoutrement de mercenaire, Josh Cadmus semblait particulièrement redoutable et le shérif n'était pas fâché de le voir se joindre à eux. Pourtant, il ne pouvait se défaire de l'idée que Josh n'était pas dans son assiette. Il se tourna vers Novick et les trois autres et leur expliqua le problème de la disparition de Molly.
— Le noir l'aurait emmenée avec lui ? fit Novick, incrédule. Qu'est-ce que c'est que cette histoire ?
Waronker fit un geste évasif.
— On n'en sait rien. Pour l'instant, il n'y a pas d'explication.
Il s'adressa à Josh :
— Je suppose que ça ne servirait à rien d'insister pour que tu restes ici à attendre des nouvelles de Molly, dit-il.
Cadmus ne répondit pas.
— Alors, lève la main droite et répète après moi.
Et tandis que Josh Cadmus prêtait serment à son tour, au-dehors les voitures du groupe motorisé démarrèrent et quittèrent le parking.
Quand Waronker en eut fini avec Josh, il se tourna vers Shellman.
— Tu restes ici, Zack, lui dit-il. Tu t'occupes de la boutique et tu ne t'éloignes pas trop de la VHF. On pourrait avoir besoin de tes services. Nous, on va aller voir à la prison comment orienter les recherches.
Ils abandonnèrent Shellman à son poste de veille et Waronker conduisit ses recrues jusqu'au cadavre de Bert, suivi de Bradner au volant de son tout-terrain.
Devant la prison, ils trouvèrent Jim McDonough en uniforme impeccable, tout juste un peu plus blême qu'à son habitude, qui montait la garde. Il avait eu l'idée de couvrir le cadavre d'une bâche en plastique

trouvée dans le hangar et Bert s'était transformé en petit monticule énigmatique en travers du portail.

Les hommes se réunirent autour de l'étrange sépulture et Waronker souleva un coin de la bâche pour dévoiler le visage du vieux bonhomme. Le corps avait commencé à se raidir et un curieux rictus déformait maintenant les muscles faciaux.

— On aura la peau du salaud qui a fait ça, dit Cuthbert entre ses dents. Qu'est-ce que t'en dis, Josh ?

Josh fixait intensément le cadavre.

— T'as raison, Andy, dit-il d'une voix blanche. Faudra avoir sa peau.

Waronker rabattit la bâche.

— Amène ton chien, Ken, s'il te plaît, dit-il à Bradner qui était à côté de lui.

Bradner alla ouvrir la porte arrière de son quatre-quatre et fit sauter à terre un superbe bloodhound fauve à taches noires qui le suivit docilement.

— Fais-lui renifler la tente où Rice était installé et vois ce que ça donne.

Bradner emmena le chien et lui ordonna de flairer le châlit où avait dormi Rice, ainsi que la couverture rejetée à la hâte qui traînait à moitié sur le sol. Le chien fureta ensuite de sa propre initiative dans toute la tente puis tira sur sa laisse vers la sortie.

— Cherche, Joker, cherche ! l'encouragea Bradner.

Dans l'enceinte de la prison, Joker parcourut nez à terre les pistes invisibles laissées par Rice dans ses déambulations jusqu'à la cabane sanitaire. Lorsque Bradner jugea que son chien s'était suffisamment imprégné des traces qu'on lui demandait d'identifier, il l'amena au portail où les autres suivaient leur manège sans mot dire.

Joker accorda à peine un coup de truffe distrait à la bâche qui couvrait le cadavre puis, avec la surprenante détermination d'un jouet téléguidé, il se dirigea sans attendre vers le hangar, entraînant son maître avec lui.

— M'étonnerait qu'il soit encore là-dedans, fit Waronker en prenant la suite.

— Il a dû y entrer pour piquer quelque chose et Bert l'aura surpris, suggéra Josh.

— Possible.

En quelques secondes, Joker guida Bradner et les autres à chaque endroit où Rice était passé. Puis, satisfait de son travail, il s'immobilisa et considéra son maître d'un œil interrogateur, attendant de nouvelles consignes.

— Il est allé dans le bureau, mais il n'a pas touché au fusil, observa Waronker.

— Si le fusil est resté là, ça veut dire que Bert était même pas armé quand il lui a fracassé le crâne, dit Novick, écœuré.

— À tous les coups, il a dû descendre sur la grand-rue et piquer une bagnole, dit Josh.

— Si c'est le cas, à cette heure-ci il est loin, fit Cuthbert.

— Il n'y a qu'à ramener le chien dehors. On va bien voir, dit Waronker.

Ils se retrouvèrent tous à l'extérieur et Bradner descendit la rue sur quelques mètres, tirant son chien. Joker flaira un long moment en tous sens, répondant avec la meilleure volonté aux encouragements de son maître, mais il finit par abandonner et se figea, bredouille, face à Bradner.

— Si Joker ne trouve rien dans la rue, c'est sûr que le gars n'est pas passé par là. Où alors il aura volé une voiture qui se trouvait garée juste à côté du portail.

— Ou alors il serait parti de l'autre côté, avança Novick.

— De l'autre côté ? s'exclama Josh. Il n'y a que les montagnes. Ça serait stupide.

Mais dès qu'il fut mené à l'autre bout de la rue, Joker commença à flairer frénétiquement et à tirer sur sa laisse de toute sa vigueur. Finalement, il se planta face à la nuit où se dissimulaient les montagnes et poussa un unique grognement, bref et rauque, ce signal que Bradner attendait toujours avec impatience quand il cherchait à débusquer le gibier.

— Il s'est barré par là ! cria-t-il aux autres.

Tout se rassemblèrent autour du chien et se consultèrent du regard.

— On tente le coup ? fit Novick.

— Il a trois ou quatre heures d'avance sur nous, maintenant, dit Waronker.

— Ouais, mais si on fait une bonne traque, il a pas beaucoup de chances, dit Cuthbert.

Waronker se tourna vers Josh :

— Qu'est-ce que t'en penses ?

Josh Cadmus était resté silencieux et aucune trace d'enthousiasme ne se lisait sur son visage. Pourtant il sembla se ranger à l'avis commun.

— Je pense qu'on n'a pas le choix, dit-il. Il faut aller le chercher là-dedans.

Waronker hocha la tête.

— D'accord, les gars. On y va.

Il donna des consignes à Jim puis, sans attendre, la troupe s'ébranla à la suite de Bradner, lui-même entraîné par son chien surexcité.

14

PINCÉE par le froid de la nuit, Maureen Meigs se réveilla en sursaut. Pour dormir, elle avait revêtu tout ce qu'elle avait emporté dans son sac et malgré cela elle était transie. Elle n'osa pas bouger, de peur que s'échappent les infimes poches de chaleur subsistant autour de son corps, sous son poncho. Elle passa un long moment à respirer le souffle frais de la montagne qui courait au ras du sol.

Les yeux grands ouverts, incapable de retrouver le sommeil, elle contempla le ciel nu et lisse piqueté d'étoiles au-dessus de la silhouette allongée de Boyd, à un mètre d'elle. Au moment du coucher, le guide avait suggéré aux randonneurs de dormir les uns contre les autres pour bénéficier d'un maximum de chaleur corporelle mais, par pudeur ou simple retenue entre personnes qui venaient juste de se rencontrer, aucun n'avait suivi sa recommandation. Maintenant, à y songer, Maureen s'en voulait presque de ne pas aller se blottir contre cette forme paisible endormie à côté d'elle qui inspirait à la fois confort et sécurité. Ce n'était bien sûr que pure spéculation de l'esprit. Elle ne se voyait pas, au beau milieu de la nuit, en train de se glisser subrepticement sous le poncho de Boyd pour se coller contre lui. Qu'irait-il penser ?

Elle continua donc de rêvasser, le regard perdu dans

la profondeur vertigineuse des astres et des constellations, prenant pour la première fois le temps de s'étonner de la situation où elle se trouvait.

Elle avait agi sur un coup de tête. Il y a des moments où l'on ressent confusément que l'unique salut est dans la fuite et Maureen en était passée par là. À vingt-sept ans, elle avait l'impression d'avoir fait un tour complet d'horloge qui la ramenait à un point de départ, au début d'un nouveau cycle qui cette fois-ci devrait absolument être le bon, le définitif. Sa jeunesse, ses études, ses débuts professionnels et sa liaison en dents de scie avec Stephen lui apparaissaient maintenant comme un long parcours incertain qu'elle n'avait contrôlé que par instants, mais dont elle se tirait finalement sans trop de casse et qui devait lui servir pour repartir de plus belle. C'était cela, sûrement, qui s'appelait l'expérience. La somme hasardeuse d'une longue succession de choix que l'on n'a pas vraiment faits.

Stephen. Encore une fois, le côté irrévocable, sans appel, de leur séparation lui fit éprouver un douloureux pincement au cœur. Elle n'avait pas achevé le deuil de cette rupture, de cet arrachement à jamais, de cette partie de soi-même que l'on abandonne à l'autre, comme une amputation à vif, sans espoir de retrouver un jour intactes sa propre innocence et la sincérité de ses élans.

Elle avait vécu avec lui quatre années durant et ils avaient partagé le même appartement ces huit derniers mois. Il était plus âgé qu'elle de plusieurs années et lorsqu'ils s'étaient rencontrés il lui avait tout de suite paru voguer avec une tranquille assurance sur l'océan prometteur de la vie. Elle s'était laissé séduire par cette image rassurante de skipper de publicité et avait découvert auprès de lui une part d'elle-même qu'elle méconnaissait. Tout d'abord, sous l'emprise ambiguë d'une certaine brutalité charnelle, sa nature de femme s'était pleinement épanouie par le biais d'une subite avidité sexuelle qu'elle n'avait jamais soupçonnée chez elle. Ensuite, ses relations avec Stephen lui avaient apporté un statut social flambant neuf, celui d'une femme qui pouvait s'afficher comme telle en toute circonstance. Stephen travaillait pour un important consortium fabriquant et exportant des tubes de pipelines. Il parcourait la planète en tant que conseiller technique sur des chantiers colossaux, et l'aura de sa réussite rejaillissait sur elle, la nimbant comme par magie d'un surplus de qualités et de personnalité qu'au reste elle n'avait jamais sollicité. À ses côtés, elle s'était habituée à vivre une sorte de rêve. Et puis, peu à peu, sans que les choses se soient franchement gâtées entre eux, elle avait commencé à douter.

Durant ses longues et fréquentes absences, elle n'éprouvait aucun plaisir à jouer le rôle de l'« amie » de Stephen. Comme dispensée de s'affubler d'un habit ordinairement porté par pure complaisance, elle retrouvait alors avec plaisir son autonomie de femme seule. Et lorsqu'ils étaient à nouveau réunis, il lui semblait chaque fois qu'un certain temps leur était nécessaire pour réapprendre à incarner les personnages qu'ils étaient censés représenter. Malgré ses assiduités parfois touchantes, Stephen lui apparaissait de plus en plus comme un homme qui se méconnaissait lui-même et se trompait sur ce qu'ils étaient tous deux. Elle sentait en lui une face cachée qui lui resterait inaccessible à jamais. Son passé peut-être, son aptitude à se suffire totalement à lui-même, ses aventures occasionnelles plus que probables, tout cela confirmait chaque jour avec plus de certitude qu'il n'était pour elle qu'une sorte d'étranger intime. Et quand il lui avait proposé de l'épouser, elle avait pris peur.

Elle avait longuement tergiversé, s'était dérobée autant de fois qu'il avait insisté, poussée par une intuition obscure l'exhortant à ne pas s'engager avec cet homme, rongée par l'inquiétude et l'appréhension.

Ce fut lui qui proposa la séparation. Avec toute l'indifférence juridique d'une rupture de négociations faute d'entente entre les parties, il suggéra tout à trac d'abandonner l'appartement dans lequel ils avaient en dernier recours tenté une ébauche de vie conjugale, et de reprendre chacun sa liberté.

Quatre années de relations communes avaient ainsi été soldées en quelques jours, et c'était la raison qui la faisait se trouver cette nuit-là étendue à flanc de montagne, comme pour une immolation, frigorifiée et meurtrie par les inégalités du sol.

À l'est, l'obscurité se mit à bleuir lentement, et bientôt Maureen vit renaître le monde dans la prime lueur de l'aube. Peu après, le grand athlète blond, Hanson, se leva en maugréant contre le froid et alla uriner à l'écart en se frictionnant les bras. Puis ce fut Benkelman qui se réveilla et resta assis sur sa couche à contempler l'immensité devant lui.

Quand Maureen se tourna vers Boyd, elle s'aperçut qu'il ne dormait pas. Couché sur le flanc, il l'observait depuis un moment déjà. Il lui sourit.

— Bien dormi ?

— Non. Trop froid.

— On va essayer de se réchauffer.

Il se leva prestement et alla ranimer le feu de la veille. Puis il fit chauffer un récipient et distribua bientôt dans des quarts un café fumant.

— D'ici une heure le soleil sera levé et on commencera à avoir chaud, dit-il. On va partir sans tarder pour profiter le plus possible de la fraîcheur.

— Quand vous voulez, dit Benkelman. Je ne demande qu'à me mettre en jambes.

Boyd lui jeta un coup d'œil. L'élégance un peu factice de Benkelman avait commencé à se dissiper sous l'effet de la nuit. Piqué d'une barbe drue de près de vingt-quatre heures, cheveux ébouriffés et vêtements froissés, il se mettait à ressembler à un trappeur des bois.

— Je vous préviens, on marchera tranquillement, reprit Boyd. Ce n'est pas la peine de faire du zèle tôt le matin. On a une sacrée étape à se mettre dans les pattes d'ici ce soir. Autant se ménager.

— On va marcher toute la journée ? fit Hanson. Sous le soleil ?

— Si on veut arriver avant la tombée de la nuit à notre point de ravitaillement, je ne vois pas d'autre moyen. Avant de lever le camp, je voudrais d'ailleurs vous faire deux ou trois petites recommandations.

Tous les visages se tournèrent vers lui.

— Nous allons passer cette première chaîne de montagnes et nous rapprocher du Nopahute à travers une contrée de plus en plus aride. Nous avons suffisamment d'eau pour la journée. Mais il est impératif de la consommer avec discernement. À partir de dix heures, nous ferons une pause toutes les heures et nous boirons chacun un quart de litre d'eau, pas plus. De treize à quinze heures, nous ferons une halte pour échapper au soleil zénithal. Puis nous remarcherons jusque vers neuf heures ce soir.

— Et qu'est-ce qu'on servira pour le déjeuner ? demanda Benkelman en plaisantant.

— Très peu de chose, répondit Boyd avec sérieux. Le processus de la digestion nécessite beaucoup d'eau. Or nous devons nous efforcer d'utiliser celle-ci dans le seul but de conserver un taux d'hydratation à peu près normal.

— C'est quoi « à peu près normal » ? intervint Jed Hanson.

— C'est une perte qui n'excède pas deux à trois pour cent du taux habituel.

— Si on perd plus on voit des mirages, c'est ça ? dit Benkelman.

— Pour votre information, à cinq pour cent de perte, en dehors de la soif on commence à ressentir des nausées et des faiblesses. Vers dix pour cent, on éprouve le tournis, des maux de tête et des difficultés pour marcher. À quinze pour cent de déshydratation on se met à voir flou, la langue gonfle, on n'entend pratiquement plus et on perd toute sensibilité épidermique.

— Et après ?

— Au-delà de quinze pour cent c'est la mort.

Cette réponse fut suivie d'un long silence.

— C'est sympa de faire du tourisme avec vous, conclut Benkelman. On apprend des choses.

Boyd lui renvoya un sourire amusé.

— Ne vous inquiétez pas, on va s'en tirer. Mais c'est vrai qu'un désert comme le Nopahute peut être dangereux. Autant le savoir tout de suite.

Il se leva.

— Allez ! on range et on s'en va. Vérifiez qu'on ne laisse aucun déchet derrière nous. Colin, jette de la terre sur le feu, s'il te plaît.

Le jeune Squibb s'exécuta puis resta à côté de Boyd, visiblement embarrassé.

— Qu'est-ce qu'il y a ? lui demanda Boyd.

Squibb hésita.

— Pour les serpents, monsieur Boyd, dit-il d'une petite voix. Est-ce qu'il y a vraiment un risque ? Franchement, ça me fiche la trouille...

Boyd ne put s'empêcher de jeter sur le jeune homme un regard vaguement apitoyé.

— O.K. Deux mots sur les serpents, lança-t-il pour attirer l'attention des autres. Puisque vous voulez tout savoir, je vais vous gâcher la journée pour de bon. Sachez qu'il y a vingt-sept espèces de serpents à sonnette réparties sur le territoire des États-Unis et celui du Mexique. Ceux qu'on peut trouver dans le coin sont le *Crotalus atrox,* ou diamantin de l'Ouest, et le

Crotalus scutulatus, ou crotale du Mojave. Des deux, le plus dangereux est le mojave, parce qu'il frappe sans se manifester auparavant et parce que son venin est non seulement hémotoxique mais neurotoxique. En agissant sur le cerveau, il occasionne des troubles respiratoires graves qui peuvent éventuellement conduire à l'asphyxie… Ça vous va ?

Les randonneurs restèrent une nouvelle fois muets face à l'exposé de Boyd.

— Une petite précision quand même, ajouta ce dernier. Le mojave et le diamantin élisent plutôt domicile dans les espaces sableux et les rocailles désertiques. On n'y est pas encore. Pour l'instant, à cette altitude, on ne risque pas trop d'en rencontrer. Et, de toute façon, c'est toujours moi qui marche devant. Donc, vous n'avez rien à craindre. Pas d'autres questions ?

— Non merci, ça ira, fit Benkelman. Vous nous parlerez des scorpions, des tarentules et des chasseurs de scalps ce soir avant de dormir pour qu'on fasse de beaux rêves. D'accord ?

— Promis ! rétorqua Boyd, de plus en plus amusé par le bonhomme.

Une dizaine de minutes plus tard, ils étaient fin prêts pour repartir à l'assaut de la montagne.

— Allez, en route ! décréta Boyd.

Et les quatre randonneurs s'élancèrent à sa suite, tournant le dos à l'horizon qui rougeoyait de plus belle vers l'est.

15

Les heures glacées précédant l'aube n'avaient pas été une partie de plaisir non plus pour Cecil Rice. Dans sa course éperdue, il avait découvert que rien n'était plus difficile que de gravir les pentes d'une montagne dans l'obscurité presque totale. Il ne comptait plus les fois où il avait trébuché, où il s'était affalé même, de tout son long, sur le sol caillouteux et encombré d'une végétation rase bardée d'épines. Il s'était déchiré les paumes à plusieurs reprises en se recevant à terre et à chaque enjambée il s'était meurtri un peu plus les chevilles et les tibias. Mais il avait poursuivi sa progression sans faiblir et, dans l'immense vide silencieux de la nuit, le cauchemar d'Haydenton semblait s'être évanoui à jamais.

Il avait d'abord couru droit devant lui, sans but, attaquant la masse compacte de la chaîne montagneuse qui se dessinait sous les étoiles, poussé par la panique plus que par la raison. Puis, arrivé sur une première crête, avant de laisser définitivement derrière lui les lumières falotes de la ville, il s'était orienté. Car Cecil Rice, s'il avait peu bénéficié dans sa vie de l'égalité des chances et des autres bienfaits de l'enseignement public, savait parfaitement comment retrouver le nord sur la voûte céleste.

Durant les trois années qu'il avait passées au pénitencier de Clarkson, il avait en diverses occasions complété son maigre savoir, notamment au contact d'un vieux détenu de soixante-huit ans piqué d'astronomie. Arthur Bascombe, pensionnaire du pénitencier depuis dix-neuf ans, lui avait révélé les rudiments des merveilles de l'univers et il se rappelait encore comment le vieux taulard lui avait enseigné le système solaire.

— Tu vois, petit, lui expliquait-il avec des gestes de la main. À supposer que le soleil soit une grosse boule orange d'un mètre trente de diamètre, haute comme ça hein ? Eh bien, à côté la Terre ne serait qu'une petite bille bleue grosse d'à peine un centimètre et située cent cinquante mètres plus loin... Et Pluton, la plus éloignée des planètes, serait une bille encore moitié plus petite que la Terre à six kilomètres de là !

Dans l'univers fermé du monde carcéral, Cecil Rice avait ainsi été initié au vertige des distances inimaginables. Et ce soir, pour la première fois, il avait pu mettre en pratique une connaissance transmise par le vieux noir condamné à perpétuité pour la mort accidentelle d'une caissière de supermarché lors d'un braquage raté.

Avec l'assurance d'un navigateur, il avait prolongé cinq fois l'extrémité du Grand Chariot et localisé l'étoile Polaire. Puis il avait repris sa marche forcée sans la quitter de l'œil, droit vers le nord.

Hormis le fait que cet État était composé d'immenses étendues pratiquement inhabitées, il n'avait qu'une idée assez imprécise de l'espace dans lequel il s'enfonçait. Il avait décidé d'attendre les premières lueurs du jour pour faire le point sur la carte qu'il avait emportée et essayer d'organiser au mieux sa fuite.

Il marcha ainsi obstinément plusieurs heures, le souffle court, le cœur tambourinant à grands coups réguliers dans sa poitrine. Bientôt il distingua les formes des rochers, puis les broussailles et les troncs malingres de quelques arbres. Les étoiles pâlirent peu à peu et la fidèle Polaire finit par se dissoudre dans le bleu délavé du jour naissant. Rice s'arrêta, se tourna vers l'est en reprenant haleine et constata que l'aurore était là. Il s'assit, aspirant l'air goulûment, et, avant même que le soleil n'apparaisse, il s'efforçait déjà de déchiffrer la carte.

Il ne lui fallut pas longtemps pour comprendre qu'il était au milieu de nulle part. S'il y avait Haydenton derrière lui à une bonne dizaine de kilomètres maintenant, devant il n'y avait rien. La plus proche route était à quelque chose comme vingt kilomètres à l'ouest. C'était celle qui menait d'Ashton à Yarbridge. À tous les coups on devait déjà l'y rechercher.

Tout à fait à l'est, à une quarantaine de kilomètres, à l'autre bout des monts Tuscamora, il y avait la 318 qui conduisait à Hallock. Il s'agissait de la route où il s'était fait gauler la veille par cette enflure de shérif. Et au milieu c'était le flanc nord des Tuscamoras, plus un désert et encore des montagnes. Rien que ça ! Peut-être quatre-vingt-dix ou cent bornes avant la route 50 qui reliait Hallock à Velma, à l'extrémité nord du comté !

Malgré l'air frais qui balayait la montagne, il sentit la sueur perler à nouveau à grosses gouttes sur ses tempes. Ce n'était plus parce qu'il avait chaud, mais parce qu'il avait peur.

Je vais crever là-dedans, songea-t-il. Je vais y laisser ma peau.

Il avait conscience que sa seule chance d'échapper à ceux qui lui avaient monté ce traquenard était de fuir exactement dans la direction où ils ne penseraient pas qu'il se rendrait. Et cette direction, c'était plein nord, à trois bons jours de marche, sans village, sans rivière, sans point d'eau indiqué sur la carte.

Il prit sa tête dans ses mains, accablé, et resta un long moment dans cette position.

Puis il revint à la carte et l'étudia à nouveau avec la plus grande attention.

Quelque part à droite, au milieu de tout ce vide, il y avait bien une chiure de mouche marquée « Fat Hills ». Avec une piste en pointillé qui venait de la 318. Qu'est-ce que ça pouvait être ? Un bled ? Un ranch ? Cela lui paraissait bien improbable.

Il retourna le problème dans sa tête et finit par se rappeler le labyrinthe de pistes par lequel il avait tenté d'échapper au shérif Waronker vingt-quatre heures plus tôt. La région était truffée de sites miniers comme un gruyère. Fat Hills devait être une de ces mines. C'était l'explication la plus plausible. Avec un peu de chance, s'il y parvenait, il pourrait peut-être s'y procurer de l'eau. Et alors...

Quelque chose comme un plan prit forme dans son esprit. Pour un peu, il aurait retrouvé sa bonne humeur de gros malin arrogant qui filoutait à qui mieux mieux sur les trottoirs des grandes villes.

Car avec de l'eau, suffisamment d'eau, il pouvait tenter la traversée de ce désert. Il sentait bien que ça ne serait pas de la rigolade, mais ça paraissait possible. Personne n'irait imaginer qu'il avait fui par là. Et après le désert, après les montagnes de Tocuma, il trouverait bien un routier black, un frère, à une station-service, sur la route 50, qui l'emmènerait loin de tous ces culs-terreux siphonnés.

Pourtant, avant de penser au désert, il fallait arriver à la chiure de mouche. Rice calcula qu'elle devait être à environ vingt-cinq kilomètres. La première épreuve commençait maintenant. En plus, il faudrait faire gaffe. Il ignorait qui se trouvait à Fat Hills et, s'il était recherché, on fouillerait certainement dans ce coin-là aussi. Tout bien considéré, il n'avait pas le choix.

Le soleil était maintenant levé. Il allait lui permettre de déterminer clairement la route nord-est qu'il devrait suivre pour essayer de rejoindre ce point sur la carte. Si, lorsqu'il se remit sur pied, les muscles contractés de ses jambes le firent cruellement souffrir, quelques centaines de mètres plus loin il ne sentait déjà plus rien et il fonçait au plus droit sur le chemin invisible qu'il s'était tracé.

16

— COMMENT il a fait pour passer par là ? grommela Bradner en marquant une pause pour souffler.

— C'est simple, fit Cuthbert, un peu plus bas. Il se doute bien qu'on va lui filer le train et il a dû cavaler comme un lapin droit devant lui.

— Même un lapin aurait du mal à détaler là-dedans, remarqua Blain en indiquant d'un geste le tapis de broussailles où ils s'enfonçaient jusqu'à mi-jambe. Il doit être crevé. Il ira pas loin.

Depuis près d'une heure et demie l'équipe de Waronker progressait avec la plus grande peine sur la piste de Rice. À plusieurs reprises, Joker avait perdu la trace du fugitif et le groupe s'était fourvoyé dans des culs-de-sac à la suite du chien indécis. Depuis quelques minutes Joker semblait tenir un nouveau cap, mais Bradner s'était mis à douter de l'animal. Il se tourna vers Waronker :

— Qu'est-ce qu'on fait, Grant ? J'ai l'impression que Joker court après n'importe quoi.

— Sur un terrain pareil, c'est pas facile pour lui, fit Waronker. Une traque, c'est une traque. C'est pas gagné d'avance.

D'un revers de manche, il essuya la sueur qui imprégnait son visage. Dans le feu de l'action ils s'étaient lancés un peu rapidement aux trousses du noir et il sentait bien comme Bradner que ça n'allait pas être facile. Si le gars était vraiment parti se perdre dans les montagnes, ils risquaient d'en avoir pour un moment avant de mettre la main dessus.

— À mon avis, reprit-il, s'il s'était planqué à proximité d'Haydenton, on l'aurait déjà trouvé. Mais comme dit Andy, il doit être en train de crapahuter par là-haut. Il va peut-être falloir s'organiser autrement.

— Le jour va se lever, observa Novick à côté de lui. On avancera plus facilement.

— Oui, mais lui aussi, dit Cuthbert.

— De toute façon, intervint Blain, il a pas tellement d'issues pour s'en tirer. Il faudra bien qu'il rejoigne une route à un moment ou à un autre, ou qu'il essaye de trouver de quoi boire et se nourrir. Y a qu'à renforcer les équipes de Donnelly sur la 361 et la 318, et on mettra le grappin dessus.

— C'est pas sûr, dit Waronker, dubitatif.

— On n'a pas les moyens de quadriller tout le comté, Grant, insista le vétérinaire.

— Je sais. Mais il est peut-être assez stupide pour espérer s'en sortir en s'enfonçant vers le Nopahute. Tout ce qu'il y gagnera, c'est d'y laisser sa peau, et il faudra retrouver sa carcasse. On peut pas le laisser courir.

— Il connaît le terrain ? demanda Novick.

— M'étonnerait. Il est pas du tout d'ici. C'est un type des villes. Il doit être mort de pétoche à l'heure qu'il est.

Il se retourna vers Josh Cadmus.

— Qu'est-ce que t'en penses, Josh ?

Celui-ci n'avait pas ouvert la bouche depuis leur départ. Il avait suivi docilement la troupe que menaient Bradner et son chien, s'égarant à la suite des autres sans émettre de protestation, ce qui n'était pas dans ses habitudes. Waronker s'en était aperçu et ne savait pas à quoi attribuer ce comportement. Josh Cadmus semblait ruminer quelque chose dans son coin.

— Si on court après le gibier, fit Josh, c'est pas sûr qu'on l'attrape. Mais si on court pas après, c'est sûr qu'on l'attrapera pas. Et c'est pas en s'arrêtant pour discuter qu'on met des chances de notre côté.

— On a le droit de réfléchir, non ? fit Blain, un peu piqué.

Josh l'ignora.

— On est trop nombreux, Grant, reprit-il. Le nègre, il est tout seul là-haut à cavaler, et nous on est six à jacasser.

— Qu'est-ce que tu proposes ? dit Waronker.

— On n'a qu'à se séparer. Avec Bradner et le chien, on peut continuer à suivre la piste en avançant d'un bon pas. On verra bien où ça nous mène. Toi, tu pourrais rentrer à Haydenton et faire un saut à Fat Hills en bagnole. C'est le seul endroit où le nègre peut se pointer s'il veut chercher de l'aide ou de l'eau.

— Il sait même pas que ça existe, Fat Hills, objecta Waronker.

— On sait jamais, fit Josh. N'importe comment, c'est mieux de se partager le travail entre nous. Et puis t'es pas en tenue pour une équipée pareille, Grant.

Waronker était toujours habillé de son jogging, de son blouson et de ses chaussures de ville. Dans sa précipitation, il avait même omis d'emporter le Stetson dont il ne se séparait jamais.

— C'est peut-être une idée, dit-il avec une certaine réticence. Je pourrais redescendre avec Blain et, si Scott et Andy étaient d'accord, ils resteraient avec vous. À quatre ça irait, non ?

Il ne voyait pas d'un très bon œil Cadmus et Bradner livrés à eux-mêmes pour mener la traque. Novick et

Cuthbert n'étaient guère plus dignes de confiance, mais il sentait que leur présence ne serait pas inutile.

— Ça irait, confirma Josh sans tergiverser. On n'a qu'à se donner rendez-vous en fin de journée à Fat Hills. On verra alors où on en est.

Lorsque Waronker et Blain rebroussèrent chemin, le soleil apparaissait tout juste derrière les Stonewall Mountains, de l'autre côté de la vallée d'Haydenton. Bradner encouragea son chien à reprendre la poursuite de plus belle et Joker, avec la meilleure volonté qui soit, se remit à fureter en tous sens, la truffe au ras du sol. Les quatre hommes reprirent alors leur ascension derrière lui.

Ils marchèrent ainsi pendant près d'une heure, observant Joker qui ne ménageait pas sa peine et qui leur lançait de temps à autre un regard penaud comme pour s'excuser de ses hésitations.

— M'est avis que ça fait longtemps qu'il a perdu la piste du nègre, souffla Cuthbert à Novick qui fermait la marche. On se crève pour rien.

— T'as une meilleure idée ?

— On monte jusqu'à Cedar Point et on guette à la jumelle.

— C'est pas à côté mais c'est vrai que de là-haut on peut surveiller un joli morceau de terrain…

Ils exposèrent leur plan à Josh et Bradner et tous quatre tombèrent d'accord pour se séparer à leur tour en deux groupes.

— On sera à Cedar Point en fin de matinée, expliqua Cuthbert. On y fera le guet le plus longtemps possible. On a tout ce qu'il faut.

— Quoi qu'il arrive, ralliement à Fat Hills ce soir ou dans la nuit, dit Novick.

Ils se quittèrent peu après sur un signe de main et chaque groupe s'éloigna dans la direction qu'il s'était fixée.

17

JOSH, resté seul avec Bradner, marcha longtemps en scrutant le sol, à l'affût du moindre indice pouvant trahir la présence de Rice. Il était absorbé dans ses recherches quand Joker s'arrêta soudain et montra des signes d'excitation.

— Qu'est-ce qui se passe, bonhomme ? Tu as trouvé quelque chose ? fit Bradner à son chien.

Joker tira sur sa laisse, reniflant en tous sens.

— Cherche, cherche ! l'aiguillonna Bradner.

Le chien poussa un gémissement rauque et s'élança subitement sur un petit raidillon à flanc de montagne. Bradner et Josh le suivirent au pas de course pour ne pas ralentir son ardeur et se retrouvèrent bientôt à quatre pattes en train de gravir une paroi rocailleuse qui semblait mener à un terre-plein.

— Il doit y avoir quelque chose là-haut, souffla Bradner à Josh. Si c'est notre gars, qu'est-ce qu'on fait ?

Une lueur sauvage passa dans le regard de Josh.

— On lui donne pas le temps de s'expliquer.

Bradner le considéra d'un œil inquiet puis sa face s'illumina d'un sourire complice. Il venait de comprendre ce que voulait Josh. Une vraie chasse. Que ça devienne une vraie chasse ! Il allait être servi, le type là-haut !

Ils avancèrent en bondissant silencieusement d'une

roche à l'autre, précédés du chien qui s'efforçait de faire bonne contenance dans cet exercice d'escalade.

À quelques mètres du sommet, Bradner retint Joker et les deux hommes passèrent devant lui. Ils échangèrent un rapide coup d'œil et, sur un signe de Josh, ils donnèrent l'assaut final à la pente qu'ils avaient gravie.

Ils débouchèrent sur le terre-plein comme deux marines s'attaquant à un nid de mitrailleuses.

— Salut les gars ! s'entendirent-ils interpeller en prenant pied sur leur objectif.

Ils se figèrent.

Devant eux se tenait Sigrid Thomsen, tranquillement adossée à un rocher, en tenue complète de camouflage, cheveux ramenés sous une casquette de chasseur, son arc, son carquois et son havresac posés à côté d'elle.

— Vous en avez fait du bruit pour grimper jusqu'ici, leur lança-t-elle d'un ton railleur. Si c'est comme ça que vous chassez, vous ramènerez pas grand-chose...

Josh et Bradner échangèrent un regard, sidérés.

— Qu'est-ce que vous faites là, Sig ? fit bêtement Bradner.

— Et vous ? rétorqua Sigrid. Ne me dites pas que vous vous baladez comme ça par hasard au milieu des Tuscamoras !

Il y eut un silence durant lequel les deux hommes échangèrent un regard.

— Désolés, reprit finalement Bradner. On a suivi le chien qui s'est mis sur votre piste et nous a menés jusqu'à vous.

Sigrid Thomsen fit un mouvement négatif de la tête.

— C'est pas ma piste qu'il a suivie. C'est ça.

Elle se leva et s'approcha d'eux en tenant un excrément d'animal au creux de la main. Elle écrasa entre ses doigts la matière friable pour leur montrer qu'elle n'avait pas encore séché.

— Ils sont passés par là il n'y a pas très longtemps, dit-elle. Hier soir, je pense. Ils sont quatre ou cinq.

Bradner la regarda, ébahi.

— Des mouflons ? articula-t-il.

Sigrid acquiesça.

— Vous chassez le mouflon ?

Elle leur adressa un large sourire.

— Pas du tout. Je repère leurs passages. Rien d'autre. Et vous ?

— On est à la recherche d'un type, dit Bradner.

— Vous recherchez quelqu'un dans la montagne ? Vous voulez me faire croire ça ?

— Un type qui a buté le vieux Bert. Waronker a réquisitionné une force citoyenne pour le rattraper, ajouta-t-il en montrant du pouce le badge étoilé qu'il portait sur son blouson. On pense qu'il a filé dans la montagne.

Et il lui raconta en détail les derniers événements.

— En plus, conclut-il, Molly a disparu. Il semblerait que le gars en question y soit pour quelque chose...

— Molly ? s'exclama Sigrid.

Elle jeta un long regard sur Josh Cadmus qui détourna les yeux.

Comme tout le monde à Haydenton, Sigrid Thomsen connaissait bien Molly. Elles avaient le même âge et, bien qu'elles n'aient jamais été de vraies copines, Sigrid avait toujours été apitoyée par cette fille gauche à deux doigts d'être idiote. Bien des années auparavant, elle lui avait même prodigué quelques conseils, à plusieurs reprises, pour l'aider à se dépatouiller de situations inextricables. Depuis que la pauvre fille s'était mise avec Josh, elle ne l'avait pour ainsi dire plus revue.

— Qu'est-ce qui s'est passé avec Molly, Josh ? fit-elle sans tourner autour du pot.

Josh ne répondit pas tout de suite. Face à Sigrid il était toujours aussi impressionné. Il se sentait perdre tous ses moyens, et cela faisait naître en lui une angoisse infantile, à laquelle il ne comprenait rien, mêlée d'une fureur sourde qu'il réprimait à grand-peine.

— Elle est pas rentrée à la maison, marmonna-t-il en fixant ses brodequins de surplus militaire. Je lui avais demandé de faire un saut chez Bert pour me ramener des trucs.

Sigrid ne le quittait pas des yeux.

— Regarde-moi, Josh. Vous vous êtes bagarrés ?

Il releva enfin la tête et fixa sur elle ses petits yeux noirs où se lisait un étrange sentiment de crainte et de désir.

— Pourquoi on se serait bagarrés ? lança-t-il, vaguement menaçant.

— Parce que lorsqu'une femme quitte le domicile conjugal, une fois sur deux c'est à cause de mauvais traitements, rétorqua Sigrid sans se départir de son calme.

Josh secoua la tête avec une moue agacée.

— Elle a pas quitté la maison, Sig. Molly est sortie et elle est pas rentrée. C'est pas pareil.

Sigrid n'ajouta rien. Elle imaginait ce que pouvait signifier pour Molly « vivre à la maison » avec Josh Cadmus. Elle n'était pas du genre à donner trop d'importance aux rumeurs, mais elle n'était pas non plus du genre à les ignorer totalement. Et celles qui avaient couru il y a beau temps sur l'intimité douteuse qui liait Josh à Molly ne l'avaient jamais laissée indifférente.

Gêné par le silence de Sigrid, Josh ne put s'empêcher de continuer la conversation.

— Avec cette histoire de Bert, dit-il, on se demande s'il lui est pas arrivé quelque chose. J'ai pas l'esprit tranquille.

La réplique ne se fit pas attendre.

— C'est sûr que t'as pas l'esprit tranquille, lâcha

froidement Sigrid. C'est pas la peine de le crier sur les toits. Ça se voit assez comme ça.

Et tandis qu'elle se détournait pour aller récupérer ses affaires, Josh crispa les mâchoires à s'en faire mal. Elle se fichait complètement de lui. Elle le méprisait. Pour qui elle se prenait, avec son joli derrière en pantalon de camouflage qu'elle tendait vers lui en s'abaissant pour saisir son havresac ? Il pouvait la prendre quand il voulait, cette gousse qui leur tenait à tous la dragée haute... la plier à sa force et sa volonté...

Un bref instant, il fut traversé par le fantasme fulgurant de ce qui aurait pu arriver dans ce coin de montagne si cette andouille de Bradner n'avait pas été là à les regarder stupidement tous les deux. Une bouffée de chaleur gonfla ses veines et il se força à regarder ailleurs.

Sigrid s'approcha d'eux, arc à la main, finissant d'ajuster son sac sur ses épaules.

— Vous êtes bien gentils les gars, mais je vais vous laisser là. Et dites au chien d'arrêter de me filer le train. Quand je monte dans la montagne c'est pour avoir la paix.

Bradner hocha la tête.

— Vous en faites pas, Sig. On va pas vous embêter. La seule chose qui me tracasse, c'est le noir qui est en cavale. On sait pas quel genre c'est. Si vous le repérez, évitez-le et arrangez-vous pour nous prévenir. Novick et Cuthbert vont faire le guet tout l'après-midi sur Cedar Point.

— Vous êtes nombreux à courir derrière ce type ?

Bradner lui expliqua rapidement le dispositif de la traque. Sigrid Thomsen n'en fut nullement impressionnée.

— Écoutez. Vous avez l'air de bien vous amuser tous, mais je ne tiens pas à m'occuper de vos oignons. Alors, je ne vous ai pas vus et vous ne m'avez pas vue. D'accord ?

Bradner acquiesça avec un soupir.

— Comme vous voulez, Sig. Comme vous voulez...

Sigrid afficha un sourire chargé d'ironie et lui assena une bourrade sur l'épaule.

— C'est parfait comme ça, lança-t-elle. Salut les shérifs ! Et faites régner l'ordre !

Elle fit volte-face et disparut à grandes foulées derrière les rochers avec toute la vivacité d'un animal sauvage.

Bradner se tourna vers Josh.

— Grands dieux, quelle bonne femme ! fit-il, encore sous le choc de la rencontre.

Josh Cadmus ne répondit rien. L'accès de désir violent qui l'avait envahi ne s'était pas encore dissipé et il était dans l'incapacité de prononcer un mot. Les narines pincées, il s'efforçait de retrouver son calme, à petites respirations courtes.

18

— Tu vois ce que je vois ?

Andy Cuthbert était juché sur un amas rocailleux culminant à cet endroit de la chaîne, les jumelles vissées sur les yeux.

— Où ça ? fit Novick, cinq mètres en contrebas, calé entre deux rochers, examinant lui aussi l'immense paysage.

— Est-nord-est, à mi-crête, répondit Cuthbert avec un geste du bras.

Novick chercha dans la direction indiquée et s'immobilisa soudain.

— Mince ! s'exclama-t-il. On le tient !

Ils étaient arrivés depuis une heure à Cedar Point. Certes, le soleil de la mi-journée tapait dur, mais ils goûtaient le calme olympien de l'endroit en s'abritant de temps à autre à l'ombre de rochers en surplomb. Un quart d'heure auparavant, ils s'étaient même offert le luxe de décapsuler une des bières fraîches que Novick avait emportées.

— Il est à combien ? reprit ce dernier.

— Difficile à dire. Trois ou quatre kilomètres. Je me demande où il espère aller en marchant par là.

La silhouette de Rice, que l'on pouvait à peine distinguer, dansait dans l'oculaire de Cuthbert, petit point écrasé sur un flanc de montagne par le long foyer des jumelles.

— Fat Hills ? fit Novick.

Cuthbert eut un mouvement négatif de la tête.

— Sa trajectoire est trop nord-est. Si c'est là qu'il pense aller, il est pas près d'y arriver...

Novick continua d'observer l'infime silhouette.

— Tu crois que les autres ont pu le repérer ? demanda-t-il.

— J'ai pas l'impression. Cela dit, il avance pas vite. Il m'a l'air crevé.

Novick abaissa ses jumelles.

— Qu'est-ce qu'on fait ?

Cuthbert lui adressa un sourire gourmand.

— Ça te dit d'aller l'embusquer ?

— Il est loin, fit Novick sans grand enthousiasme.

— Oui, mais il traîne la patte. En une heure et demie de bonne traque on sera sur ses sabots...

Novick leva la tête vers Cuthbert. Ce dernier avait quinze ans de moins que lui et ça se voyait. Ses yeux pétillaient de jubilation à l'idée de se mettre sur la piste du fuyard. Pour sa part, Novick estimait avoir passé l'âge des courses qui n'en finissaient pas. Il aimait la chasse pépère, avec les copains, pour le plaisir de la sortie et du coup de feu garanti.

— On va quand même pas le laisser s'échapper, insista Cuthbert qui devinait les pensées de son compagnon. Comment t'expliquera ça aux autres, ce soir ?

Novick hésita encore quelques secondes puis se décida.

— OK, dit-il. Je me paye une seconde jeunesse. On lui court derrière...

Ils s'élancèrent sans attendre après avoir bu une dernière gorgée de bière. Ils suivirent la ligne de crête pendant un bon moment puis dégringolèrent le flanc nord de la montagne en sautant de roc en roc comme des chèvres.

Leur progression se fit à allure très soutenue pendant près de trois quarts d'heure, mais Novick soufflait de plus en plus derrière Cuthbert.

— Hé ! Andy, arrête un peu ! cria-t-il, soudainement hors d'haleine. J'en peux plus. Donne-moi deux minutes.

Il s'assit lourdement et se mit à souffler à grand bruit.

Cuthbert marqua la pause à contrecœur et l'impatience se lut sur son visage.

— Y a la même chose qui nous attend, Scott, dit-il. Si on s'arrête toutes les cinq minutes on l'approchera pas avant la nuit, ce type.

Novick s'excusa d'un signe de tête, but une longue lampée à sa gourde et se remit debout.

— Allez, on y va, dit-il.

Ils repartirent au même rythme, et dix minutes plus tard Novick était presque à bout de forces et réclama une nouvelle pause.

— Si tu veux, je continue seul et tu rentres tranquillement sur Fat Hills, proposa Cuthbert.

Novick leva vers lui un regard éteint.

— J'y tiens pas, Andy, arriva-t-il à prononcer entre deux inspirations.

Il ne se voyait pas remonter jusqu'à la ligne de crête et poursuivre en solitaire à travers la montagne pendant une quinzaine de kilomètres.

— Je vais y arriver, mais va pas si vite...

Ils se mirent en route une nouvelle fois, à une allure plus modérée. En tête, Cuthbert pestait intérieurement tout en rongeant son frein. Comme pour l'exaspérer un peu plus, le rythme de Novick se ralentit, et bientôt il n'entendit plus le raclement lourd de ses pas derrière lui. Au moment où il allait se retourner, un cri lui parvint, suivi d'un bruit de chute.

— Andy !

Cuthbert revint aussitôt sur ses pas en courant pour

découvrir Novick affalé sur un lit de pierres au bas d'un dévers.

— Andy ! appela une nouvelle fois Novick en grimaçant.

Lorsque Cuthbert arriva près de lui, Novick avait le visage en sueur, déformé par l'affolement et la douleur. Il se tenait le bassin à deux mains en se contorsionnant.

— Ma hanche, Andy ! souffla-t-il. Je crois que je me suis pété quelque chose...

Quand Cuthbert tenta de l'aider à se relever, l'autre poussa un cri épouvantable.

— Arrête ! brailla-t-il en se laissant retomber comme un sac.

Cuthbert lui lança un regard effaré. Il venait de comprendre que pour hurler de la sorte, Novick devait être salement amoché. Un frisson de panique le parcourut.

— Bouge pas, Scott, lui dit-il.

Il lui ôta son sac à dos, écarta son fusil et l'étendit le plus confortablement qu'il put.

— T'affole pas, ça va s'arranger.

Il le couvrit de son poncho et le fit boire à la gourde.

— Je vais aller prévenir les autres. T'as qu'à rester tranquille ici. Tu crains rien. T'as ton fusil, de quoi boire et grignoter jusqu'à ce qu'on revienne. Panique pas, c'est tout.

Novick lui lança des regards pitoyables de chien blessé. La peur semblait l'avoir subitement vieilli de plusieurs années.

— Me laisse pas, Andy, me laisse pas, le supplia-t-il d'une voix étranglée.

Cuthbert fit un effort sur lui-même pour ne pas céder à la trouille qu'il lui flanquait.

— Faut bien que j'aille chercher quelqu'un, Scott, essaya-t-il de le raisonner. Panique pas, je te dis. T'es un chasseur, t'en as vu d'autres, bon sang !

Il le rassura encore un peu puis l'abandonna sans se

retourner, sentant son regard accroché sur lui jusqu'à ce qu'il disparaisse à un détour de la montagne.

Il attaqua celle-ci de biais, avec l'idée d'aller retrouver le flanc sud et foncer au plus direct sur Fat Hills.

À une centaine de mètres du sommet, il fit une pause, bien qu'il ne ressentît aucune fatigue. Par acquit de conscience, et peut-être aussi par dépit, il ajusta ses jumelles et inspecta les pentes à l'horizon. Il lui fallut fouiller le massif quelques secondes avant de retrouver la petite silhouette indistincte. Mais il n'y avait pas de doute. C'était bien lui, là-bas, au milieu de la rocaille parsemée de maigre végétation. Le type ne courait plus. Il était assis. Il devait souffler, comme un animal épuisé.

Le cœur de Cuthbert se mit à battre plus rapidement. Il n'était pas si loin que ça, le gars. Sans Novick à ses basques, il pouvait le contourner aisément en moins de trois quarts d'heure. Il abaissa ses jumelles et réfléchit.

Même s'il ne mettait que quatre heures pour aller retrouver Waronker, ils ne repartiraient pas chercher Novick avant le lendemain à l'aube. C'était trop risqué la nuit. Alors autant prendre une heure pour aller coincer le nègre. Il le ramènerait à Fat Hills et ça ferait déjà une bonne chose de réglée. Il n'y aurait plus qu'à s'occuper de Novick. Il tiendrait bien jusqu'au lendemain matin.

Cuthbert observa à nouveau la silhouette immobile avec ses jumelles.

— C'est ça mon gars, fit-il entre ses dents. Bouge pas. J'en ai pas pour longtemps.

Laissant la crête derrière lui, il redescendit la pente en slalomant entre les obstacles.

19

Avec le jour, une petite brise s'était levée et agitait de friselis intermittents la bâche qui couvrait le corps de Bert. Jim McDonough ramassa quelques cailloux et les déposa sur les bords du plastique pour maintenir celui-ci en place. C'était son premier cadavre.

Il l'avait veillé depuis le départ des chasseurs assermentés avec toute la componction d'un bedeau, la mine sombre et l'esprit rongé de méditations sinistres. Longtemps il n'avait pu détacher son regard de la lourde clé à pipe abandonnée à deux mètres du vieux bonhomme et qui avait été l'instrument de son destin.

Plus tard, il s'était d'ailleurs rendu à l'intérieur du hangar pour jeter un coup d'œil à l'établi. Sur le râtelier de clés rutilantes, un espace vide attendait le retour de l'outil qui avait brisé le crâne de celui qui les entretenait avec un soin maniaque.

Vers huit heures et demie, la voiture du shérif apparut au bas de la rue, suivie d'une ambulance. Les véhicules stoppèrent le long du hangar et Jim eut la surprise de voir débarquer Waronker en compagnie d'un bonhomme courtaud et rondouillard.

— Ça va, Jim ? fit Waronker, resplendissant maintenant dans un uniforme impeccable. Je te présente le coroner Wiggins.

Jim serra la main du médecin tout en jetant un regard interrogateur au shérif.

— Et les autres ? lui demanda-t-il. Ils sont restés là-haut ?

Waronker opina du chef.

— Ouais. Si le gars est dans la montagne, je suppose qu'ils vont mettre le grappin dessus dans la journée. Nous, on a pas mal de travail qui nous attend ici.

Sous le regard impassible de l'ambulancier qui attendait pour l'enlèvement du corps, ils procédèrent alors aux relevés d'usage. Le Dr Wiggins prit des photos de Bert sous plusieurs angles puis s'accroupit pour examiner la plaie.

— Il a été attaqué par-derrière, dit-il. Il n'a pas dû voir venir le coup. Comment ça s'est passé à votre avis ?

Waronker lui fit un rapide résumé de la situation.

— La porte de la prison était ouverte ? s'étonna Wiggins.

Waronker eut un soupir embarrassé.

— Je sais, c'est pas facile de reconstituer les événements. Le gars a dû appeler Bert pour une raison ou pour une autre. Peut-être qu'il a prétendu être malade ou quelque chose comme ça...

— Et Bert lui aurait ouvert sans être armé ? intervint Jim.

Waronker resta pensif.

— On peut aussi imaginer que le gars s'est débrouillé pour passer par-dessus le grillage, avança-t-il. Il serait allé dans le hangar dans l'espoir de trouver quelque chose, je sais pas. Bert l'aurait surpris et l'autre lui aurait collé un coup sur le crâne...

— Et pourquoi votre gardien serait là, alors ? fit Wiggins.

Waronker soupira.

— J'en sais rien. Peut-être que le gars l'a traîné devant le portail rien que pour nous embêter. Pour nous compliquer la tâche... ou pour pouvoir dire qu'il n'y est pour rien si jamais on le rattrape. Que c'est quelqu'un d'autre qui a fait le coup et qu'il n'a fait que de profiter de l'occasion...

— Ça pourrait pas être ça ? demanda Wiggins.

— Quoi, ça ?

— Quelqu'un d'autre.

Waronker regarda le coroner comme s'il avait proféré une énormité.

— Qui aurait pu avoir envie de buter le vieux Bert ? s'exclama-t-il. D'accord, il était ronchon, mais je vois pas qui aurait pu lui en vouloir au point de lui régler son compte...

— Et Molly ? dit Jim. On a des nouvelles ?

Waronker fit un signe de tête négatif.

— Elle pourrait pas y être pour quelque chose ? insista-t-il.

Ce gamin ne se rendait pas compte de la portée de ses paroles.

— Qu'est-ce que tu veux dire ? lui lança Waronker avec une pointe d'indignation. Une histoire sexuelle avec Bert, c'est ça ? Il y aurait eu un problème et elle l'aurait démoli à coups de clé ?

C'était invraisemblable ! Jim le comprit et, confus, baissa les yeux.

Invraisemblable, et pourtant... Waronker se surprit à laisser courir l'idée dans son esprit. Après tout, pourquoi pas ? Molly était suffisamment dérangée pour commettre un acte aussi dingue.

— De toute façon, conclut-il, le meilleur moyen de savoir, c'est de retrouver le gars qui s'est échappé. Ou Molly. Il n'y a qu'eux qui pourront nous expliquer...

Waronker et Wiggins échangèrent encore quelques remarques de routine autour du corps, puis le coroner rangea son appareil photo.

— Qu'est-ce que je vous fais, shérif ? demanda-t-il. Le grand jeu ?

Waronker réfléchit. Il avait de plus en plus le sentiment que c'était une affaire qui allait mal tourner. Son intuition le poussa à prendre toutes les précautions. Il acquiesça.

— Faites le maximum. Je ne sais pas où on va, mais je ne veux pas de zones d'ombre. Nature détaillée du traumatisme crânien, taux d'alcoolémie, traces de rapports sexuels, tout, quoi…

— Comme vous voulez.

Ils aidèrent l'ambulancier à charger le corps puis Waronker se tourna vers Jim McDonough :

— Dis-moi, Jim. Tu n'as jamais assisté à une autopsie, pas vrai ?

— Non, reconnut le jeune homme.

— Alors, c'est l'occasion. Tu vas accompagner le coroner à l'hôpital de Carver City et tu signeras le rapport comme un grand. D'accord ?

— D'accord, fit Jim sans enthousiasme.

— Ça me laissera le temps de m'occuper de ce qui se passe ici.

Il acheva de sceller le sac en plastique dans lequel était remisée la clé à pipe comme pièce à conviction. Puis il partit en compagnie de Wiggins afin de ramener celui-ci à sa voiture.

Quant à Jim, il prit place à côté de l'ambulancier. L'ambulance recula jusqu'à la rue principale et s'élança sur la route de Carver City.

De retour dans l'atmosphère confortable et rassurante de son bureau, Waronker libéra Shellman pour qu'il aille prendre quelques heures de repos après sa nuit de veille. Ensuite, il essaya d'entrer en contact avec Bradner à l'aide de la VHF. Il lui fallut s'y reprendre à plusieurs fois avant d'établir la liaison. Bradner lui raconta les derniers événements.

— C'est une bonne idée d'avoir laissé Novick et Cuthbert à Cedar Point, commenta Waronker. De là-haut il y a de bonnes chances qu'ils repèrent le gars. Mais il y a un truc qui me tracasse, Ken. Si Joker vous a menés jusqu'à Sigrid, aussi bien il aura suivi les mouflons depuis le début, et pas la piste de Rice…

La réponse de Bradner lui parvint dans le grésillement du petit haut-parleur :

— Peut-être, mais au départ c'est pas les mouflons qu'il a flairés dans la rue. C'est le type, j'en suis sûr.

— Il n'est pas pour autant parti se perdre sur les sommets. Il a pu bifurquer quelque part avant.

— Possible, fit Bradner.

Ils convinrent encore une fois de se retrouver en fin d'après-midi à Fat Hills et de se rappeler s'il y avait du neuf. Puis, toujours avec la VHF, Waronker fit le tour des voitures. À Donnelly, qui commandait les patrouilles, il donna des consignes précises :

— Dis à tes gars de pas relâcher leur surveillance. On n'est même pas certains que le fugitif soit dans la montagne. Il est peut-être encore en plaine à essayer de nous filer entre les doigts par la route…

À l'issue de cette tournée des popotes, il décrocha le téléphone et appela chez Josh Cadmus. Molly continuait à occuper ses pensées et il voulait en avoir le cœur net. Il laissa sonner l'autre bout de la ligne pendant plus d'une minute puis raccrocha avec un geste d'agacement. Il avait franchement espéré entendre la voix sourde et apathique de Molly, le fait que celle-ci n'ait pas répondu ne lui parut pas suffisamment convaincant. Il quitta son bureau en coup de vent et se rendit à la maison de Josh.

Dans la lumière du matin, celle-ci était moins sinistre que la veille. Pourtant, de toute évidence, l'endroit était désert. Il frappa plusieurs fois à la porte d'entrée, tourna autour de la maison, de fenêtre en fenêtre, et traîna un moment parmi les herbes hautes et dans le foutoir du jardin.

Dans l'arrière-cour, il arriva à l'endroit où Cadmus

brûlait à l'occasion ses déchets. Il y avait même eu des plaintes parce qu'il cramait n'importe quoi, y compris des pneus, et qu'il empestait tout le voisinage.

Waronker jeta à tout hasard un coup d'œil dans les grands fûts rouillés surchargés de détritus. Rien que des saloperies. Des amoncellements de saloperies. Comment Josh pouvait-il vivre au milieu d'un tel bazar ? Dans l'un des fûts, au milieu des saletés, il découvrit quelque chose qui attira son attention. Il retira l'objet.

C'était un bâton de majorette. Tout dégueulasse. En fouillant encore un peu, il remonta la petite veste de parade qui allait avec. Et une image surgit de sa mémoire comme un éclair.

Il revit Molly, plus jeune de vingt ans, défilant avec ses copines dans la grand-rue, petit boudin joufflu et réjoui, incapable de garder la cadence, qu'un rien faisait ricaner avec des jappements de chiot. Il essaya d'imaginer la bonne femme informe d'aujourd'hui serrée dans l'étroit vêtement et il ne put réprimer une grimace vaguement dégoûtée. Elle avait bien eu raison de balancer tout ça.

Il examina encore un instant ces tristes débris d'une époque disparue et les rejeta là où il les avait trouvés. Rien. Il n'y avait rien à tirer de cette visite. Il lui faudrait chercher ailleurs. Molly était sans doute en train de cuver quelque part, dans le lit d'un type qu'elle ne connaissait pas la veille. Un de ces journaliers chicanos qui bossaient pour Cuthbert, par exemple. Il fit demi-tour et regagna sa voiture.

20

PEUT-ÊTRE pour la vingtième fois de la journée, Rice consulta la carte repliée à la va-vite qu'il trimbalait comme un talisman. Il n'y comprenait rien. Il n'était pas du tout là où il aurait voulu être.

D'un bref coup d'œil, il examina le ciel et constata que l'après-midi avançait à grands pas. À l'heure qu'il était, il aurait dû se trouver beaucoup plus à l'est. Mais pour aller vers l'est, il lui fallait maintenant franchir ce massif qui avait surgi devant lui de nulle part, comme une vague qui en suit une autre sur l'océan. Il était perdu. C'était aussi simple que ça. Et il avait le gosier terriblement sec. Ses lèvres s'étaient craquelées en quelques heures et, chaque fois qu'il les humectait d'un coup de langue, il avait l'impression de lécher du papier de verre.

Un spasme lui serra le ventre. Ce n'était pas la faim, c'était la peur. Une peur irréfléchie de tout ce vide qui était en train de l'absorber lentement malgré l'énergie qu'il déployait pour y échapper.

Peu de temps auparavant, l'air immense avait été brièvement empli d'un cri lointain et étouffé qui lui avait semblé humain, mais il n'y pensait déjà plus. Il avait fouillé du regard les espaces désespérants qui l'entouraient et avait repris sa marche erratique.

À présent, il n'arrivait même plus à prendre une

décision. Depuis une demi-heure qu'il s'était affalé sur le sol pour reprendre des forces, il retardait le moment où il lui faudrait repartir.

Il finit par se convaincre qu'il n'avait d'autre issue que d'affronter ce nouveau relief qui se dressait devant lui et il se remit en marche, péniblement.

Il progressait lentement, les yeux rivés au sol pour éviter tout faux pas. C'est dans cette position qu'il eut soudainement l'intuition de ne plus être seul. Quelque chose l'avait alerté. Un roulement de pierre peut-être, un bruit incongru dans l'étrange silence de la nature déserte.

Lorsqu'il leva le regard, il fut à peine surpris de découvrir un homme à une vingtaine de mètres de lui, campé dans une tenue de camouflage de chasseur des montagnes, le fusil épaulé, prêt à tirer.

— Bouge pas ! dit l'homme.

C'est alors que Rice remarqua le badge métallique brillant sur sa poitrine. Encore un shérif ! se dit-il. Le cauchemar recommençait...

— À plat ventre et mains sur la tête !

Mais Rice n'esquissa pas un geste. La présence de ce type, tout menaçant qu'il fût, peuplait le désert d'une manière inattendue et salvatrice, et il en aurait presque éprouvé un élan de sympathie pour lui.

— J'ai soif, dit-il seulement, la bouche sèche.

Mais l'homme agita nerveusement son arme en guise d'avertissement.

— À plat ventre, je te dis !

Rice obtempéra sans précipitation et se coucha joue contre terre, les mains croisées sur la nuque.

Le type s'approcha alors.

— Tu sais pourquoi tu t'es fait pincer ? lui lança-t-il d'un ton qui n'attendait pas de réponse. C'est parce que t'es pas malin.

Il le contourna, le fusil toujours pointé sur lui.

— Et tu sais pourquoi t'es pas malin ? C'est parce que t'es un con de nègre.

Cecil Rice ferma les yeux. Il savait qu'il ne fallait rien faire, rien dire. Il en était déjà passé par là avec les matons arrogants de Clarkson. Savoir laisser passer l'orage. Ça pouvait être une question de vie ou de mort.

— Pas vrai que t'es un con de nègre ? reprit le type en lui asticotant les côtes du bout de ses chaussures.

Instinctivement, Rice ôta les mains de sa tête pour se protéger les flancs. Le type au fusil se mit aussitôt à hurler.

— J'ai dit mains sur la tête, connard !

Rice obéit instantanément.

— Je te préviens, continua à hurler l'autre. J'hésiterai pas à tirer sur un fumier capable de buter un vieux bonhomme à coups de clé à pipe. T'entends ?

— J'ai buté personne ! s'époumona Rice.

— Ah oui ?

Il reçut dans le ventre un coup de pied lancé à toute volée et se recroquevilla de douleur.

— Répète-le, que t'as buté personne, ordure !

— J'ai buté personne, j'vous dis !

Un deuxième coup de pied le cueillit, à l'aine cette fois.

— Répète ! vociféra Cuthbert.

Rice resta muet.

— Dis-le, que t'as tué Bert, espèce de pourri !

Les coups de rangers se mirent à pleuvoir et Rice roula en tous sens sur le sol.

— Dis-le, dis-le ! hurlait Cuthbert, fou furieux.

Rice essayait d'esquiver, mais il n'y avait pas d'issue.

— J'l'ai tué, j'l'ai tué ! finit-il par implorer lamentablement en jetant au type qui le démolissait des regards de bête acculée.

Cuthbert lui envoya un dernier coup de chaussure bien senti et le contempla avec satisfaction.

— Tu vois bien que t'as tué Bert, dit-il, subitement calmé. T'aurais pas pu commencer par là ?

Il décrocha sa gourde de sa ceinture et but un bon coup.

— Que je t'explique ce qui va se passer maintenant, dit-il en s'essuyant la bouche d'un revers de main. On va marcher jusqu'à un bled qui s'appelle Fat Hills où le shérif nous attend. Je te préviens, ça fait une trotte et je veux pas d'entourloupe. Alors debout, et passe devant.

Rice se releva en titubant. N'importe quoi, pensa-t-il, pour en finir avec tout ça.

— J'boirais bien un peu, murmura-t-il, sans trop y croire.

— Tu boiras quand on sera arrivés, répondit Cuthbert tout en raccrochant sa gourde. Et si tu crèves en route, c'est tes oignons. Allez, avance !

Du canon du fusil, il lui indiqua la direction à suivre.

Rice se mit à marcher sans conviction, crotté de terre et de poussière et le corps douloureux. Cuthbert le laissa prendre quelques mètres et lui emboîta le pas.

— Accélère ! lui intima-t-il. Sinon on n'y sera jamais avant la nuit.

Tous deux entamèrent alors le chemin du retour, Cuthbert rempli d'une intense satisfaction du devoir accompli. C'était du bon boulot.

À sa montre, il n'était pas loin de quatre heures et demie.

21

BEAUCOUP plus loin vers l'est, Boyd et ses quatre randonneurs poursuivaient leur étape sur les sommets arides et arrondis des Tuscamoras. Ils avaient repris la marche depuis une bonne heure, après avoir bivouaqué comme prévu à la lisière boisée de la montagne.

Là, à l'ombre des ponchos tendus entre de maigres troncs, ils avaient laissé passer la chaleur suffocante de la mi-journée, goûtant les effets de la brise du désert qui montait s'écouler en un flux constant et régulier, comme sur une aile d'avion. Tout en grignotant leurs rations, pour la première fois depuis leur départ, ils avaient fait plus ample connaissance.

Jed Hanson, l'athlète blond, était un des « gladiateurs américains » de CBS. Il avait déjà participé à l'émission, mais il n'avait pas tenu longtemps. Trop inexpérimenté. Il s'était fait écraser par des mastodontes qui couraient tous les tournois de catch de par le pays. Cette année, il voulait gagner.

— La sélection débute dans trois semaines. Et c'est pas de la tarte ! Il y a bien un millier de candidats. Alors, il faut s'accrocher. Moi, j'ai besoin de perdre six kilos et de me mettre en condition mentale. Je me suis dit qu'une trotte de cinq ou six jours dans le désert, ça ne me ferait pas de mal…

— Ça consiste en quoi, cette sélection ? s'enquit Maureen Meigs.

— Première épreuve, poids et haltères. Vingt-quatre arrachés en moins de quarante secondes. Ensuite, course. Quarante mètres en moins de cinq secondes. Après, grimper. Sept mètres en moins de dix secondes. Plus un exercice d'agilité. Si on rate une seule épreuve, on est viré.

Rod Benkelman, qui restait visiblement un homme de chiffres malgré ses cheveux hirsutes emmêlés par le vent et ses pommettes brûlées par le soleil, l'écoutait, incrédule.

— Vous faites vraiment ça pour gagner votre croûte ? demanda-t-il. Ça en vaut vraiment la chandelle ?

— Quand on est sélectionné, on touche déjà deux mille cinq cents dollars, expliqua Jed avec une certaine fierté. Ensuite, on se fait sept cents dollars par émission, avec un bonus chaque fois qu'on reste en lice. L'an passé j'ai tenu quatre émissions sur les vingt-huit.

— Et à supposer que vous teniez jusqu'au bout ?

— Le champion ramasse trente-cinq mille dollars.

— Il y a des gars qui se font démolir pendant vingt-huit émissions de télé pour gagner trente-cinq mille dollars ?

— Il y a des gars qui se feraient démolir pendant plus longtemps pour moitié moins d'argent, rétorqua Jed, légèrement piqué. Mais si vous avez un job plus intéressant à me proposer, je suis preneur. Vous bossez dans quoi ?

— Dans la jungle de la promo.

Jed Hanson le regarda avec la tête de quelqu'un qui n'est pas sûr d'avoir bien compris.

— Dans la pub, si vous voulez, précisa Rod Benkelman.

— Et c'est parce que vous êtes un homme de la

jungle que vous êtes venu vous perdre par ici ? intervint Maureen Meigs avec une pointe d'ironie.

— Je suis ici pour me dépasser, chère demoiselle, fit Benkelman.

Comme elle le regardait avec un air à la fois interrogateur et amusé, il décida de se montrer plus explicite :

— Dans ma boîte, j'étais responsable de trois grands comptes. Des gros grands comptes bien gras. L'un d'eux est allé se faire saigner par un concurrent. Ça aurait dû me coûter ma place mais, vu mes bons services, on a bien voulu me faire une faveur. On m'a fait passer à la moulinette d'une agence-conseil en ressources humaines. Avec des psycho-socio-machins très au courant de tout. Et ce qu'ils ont trouvé, c'est qu'il me fallait renouer avec l'instinct de prédation. Vous entendez ? L'instinct de prédation… C'est eux qui m'ont suggéré de vivre une expérience comme celle-ci… Vous pigez ? Pour me surpasser. Pour redevenir un vrai prédateur dans la vraie jungle du vrai monde du bizness ! Grrrrrr !

Il avait montré toutes ses dents et fait mine de sortir ses griffes. Le sourire de Maureen s'était alors quelque peu figé. Ce type n'était peut-être pas tout à fait dans son assiette.

— Je ne sais pas si vous allez redevenir un prédateur, lui lança Boyd en se remettant sur ses pieds, mais je peux vous promettre que vous serez bien crevé ! Allez, on récupère les ponchos et on repart !

Ils marchaient donc sans parler depuis cette dernière halte, économisant leur souffle et s'efforçant de suivre la cadence que leur imposait Boyd. Celui-ci jetait de temps à autre un coup d'œil derrière lui pour voir où en était sa troupe. Lorsqu'il jugea à la position du soleil qu'il était temps de marquer un arrêt, il se retourna et leva un bras.

— Pause ! cria-t-il.

La colonne le rejoignit et chacun se désaltéra à sa gourde.

— On a pas mal avancé, annonça-t-il d'un ton encourageant. Vous commencez à devenir de vrais pros...

Personne ne chercha à engager la conversation. Tous tenaient à profiter de chaque seconde du répit accordé.

— Avant d'arriver à Fat Hills, je voudrais vous donner une petite idée de l'endroit, reprit Boyd. Son histoire est un peu le condensé de celle de toutes les mines de la région, hormis un petit détail. Elle a connu un premier boom dans les années trente, et le filon d'argent a été tari en trois ou quatre ans à peine. Après la guerre, on a essayé d'en extraire du zinc et ça lui a redonné un peu de vie, jusqu'au milieu des années cinquante où elle a été définitivement abandonnée. Et rien n'a changé depuis cette époque, sauf que le temps est passé par là et que ce n'est plus qu'un amas de baraques déglinguées à flanc de montagne.

— Et c'est quoi le petit détail ? demanda Benkelman.

— J'y arrive. C'est un hameau fantôme habité. Habité par une seule personne.

— En chair et en os ou qui disparaît avec le chant du coq ?

— En chair et en os. C'est le propriétaire des lieux. Il s'appelle Wiley Parker, mais on le connaît dans le pays sous le nom de Shonto. C'est l'héritier, en fait. À l'époque, quand la mine a fermé, les ouvriers ont été indemnisés en nature en récupérant tout ce qu'il y avait comme équipements de valeur. Le vieux Parker y travaillait comme vigile. Et comme il n'y avait plus rien à distribuer quand on s'est occupé de lui, la société minière lui a tout simplement offert la mine en dédommagement. Il y a vécu jusqu'à la fin de sa vie, il y a une vingtaine d'années, dans une bicoque en planches. Depuis sa mort, c'est son fils, Wiley, qui a récupéré l'endroit. Tout ce que je voulais vous dire c'est qu'on ne va pas débarquer dans un quelconque tas de ruines, mais dans une propriété privée. Et je vous demande de la respecter comme telle, et son propriétaire avec. D'accord ?

Il y eut des acquiescements divers.

— Vous inquiétez pas, monsieur Boyd. On est des gens bien élevés, dit Benkelman.

— Parfait. Alors encore cinq minutes de repos. On n'a plus que deux grosses heures de marche pour y arriver.

— Rien que ça ! ne put s'empêcher de remarquer l'ex-prédateur.

Après ces paroles, il n'y eut plus que le silence de la montagne. Le soleil déclinait, la journée avait été chargée et les jambes étaient lourdes. Seule Maureen Meigs conversait à sa manière avec Boyd en lui adressant par moments des sourires amicaux et complices.

22

— Tu peux rien faire contre ça. C'est une donnée scientifiquement établie. Les noirs sont génétiquement inférieurs aux blancs...

Cuthbert marchait d'un pas alerte quelques mètres derrière Cecil Rice et abreuvait celui-ci depuis un bon moment de ses théories et de ses convictions.

— Alors, s'il y en a qui disent qu'il faut abandonner la politique d'intégration, c'est logique. Parce qu'il sera jamais possible d'élever l'intelligence des noirs au niveau des blancs. Tu comprends ça ?

Cecil Rice ne répondait pas. Il supportait en silence. Ce n'était d'ailleurs pas trop difficile. Que ce soit à l'école, dans les rues ou à la prison, il avait déjà tout entendu. Il avait appris qu'il était inutile d'objecter le plus petit argument à ce genre de type, surtout s'il était armé. La haine raciale, ça faisait partie de la vie, comme les accidents de la route et le sida. Il fallait faire avec. La seule chose qu'il ne perdait pas de vue, c'est qu'il était du mauvais côté du fusil.

— Et c'est même pas les blancs qui sont les plus intelligents, continua Cuthbert, tout à sa démonstration. Les plus intelligents, tu sais qui c'est ? C'est les Asiates. Les Japonais. Les scientifiques, ils ont fait des tests avec des enfants. Les plus intelligents, c'était ceux de Hong-Kong. Ensuite les Japonais. Et après, les blancs d'Amérique... Toutes les autres races, c'est en dessous, complètement en dessous. C'est comme ça. D'ailleurs, les deux seules races qui ont vraiment apporté quelque chose à la civilisation, c'est les blancs caucasiens et les Asiates. C'est prouvé.

Rice marchait les yeux baissés. Depuis un moment avait germé en lui l'idée que le raciste au fusil pouvait être son salut s'il savait s'y prendre. Au fil des minutes, il ralentit son allure et chancela de plus en plus fréquemment.

— Tu sais ce que c'est, Darwin, l'évolution, tout ça ? poursuivit Cuthbert sans prêter attention au manège de Rice. C'est la sélection naturelle. Eh bien, la sélection naturelle, en Afrique, elle a fait des humains avec des petits crânes et des grosses queues. Tu sais pourquoi ? Parce que c'était pas la peine qu'ils soient bien malins pour s'adapter à la jungle et à la brousse mais que, par contre, il leur fallait se reproduire comme des lapins pour la survie de leur espèce. Tu le savais, ça ?

Rice manqua s'affaler une nouvelle fois et se tourna vers Cuthbert.

— J'ai soif, haleta-t-il.

— Je t'ai dit que tu boirais en arrivant. Regarde plutôt où tu fous les pieds !

Rice lui jeta un regard de bête épuisée. Blanchi par la poussière, les lèvres gercées par le soleil et le vent, hors d'haleine, il semblait à bout de forces.

— Faut que je boive, j'en peux plus, décréta-t-il.

Et il se laissa tomber lourdement sur le sol comme s'il avait la ferme intention de ne plus se relever.

Hochant la tête, Cuthbert le considéra d'un air à la fois condescendant et magnanime. Encore tout gonflé de ses propos et de sa supériorité, il se résolut à décrocher sa gourde et s'approcha de Rice.

— Juste une goutte, lui dit-il.

Rice lui adressa un coup d'œil atone, saisit la gourde mollement et se mit à boire.

À voir ce nègre si manifestement réduit à peu de chose, Cuthbert esquissa un sourire aussi égrillard que dédaigneux.

— Toi aussi t'as une grosse bitte, hein ? Mais ça suffit pas dans la vie. Faut aussi avoir une grosse tête !

Rice ne cilla pas. Tandis qu'il portait la gourde à ses lèvres, il avait saisi de la main droite le manche du greffoir dans la poche de son pantalon. Son esprit fonctionnait à toute allure. Il calculait, calculait très vite.

Après une dernière gorgée, il repassa la gourde à Cuthbert. Lorsque celui-ci se baissa pour la récupérer, Rice la laissa échapper comme par maladresse et elle se renversa sur le sol.

Tout se déroula alors de manière fulgurante. Profitant du geste que Cuthbert fit pour rattraper la gourde qui se vidait, Rice lui saisit le bras et tira de toutes ses forces pour le faire basculer à terre. Tous deux roulèrent dans les cailloux et il ne fallut qu'une seconde à Rice pour saisir le type par les cheveux et lui placer la lame du couteau à greffer sur la gorge.

— Lâche le fusil, lâche ! lui ordonna-t-il.

Au contact du tranchant de la lame sur son cou, Cuthbert s'était immobilisé. Avec précaution il écarta son bras qui tenait toujours le fusil et déposa celui-ci sur le sol.

Tout en le maintenant en respect, Rice se contorsionna et récupéra l'arme. Il fit alors un bond en arrière, se remit sur ses pieds et menaça l'autre.

— Bouge pas.

Cuthbert n'avait pas esquissé le moindre geste. Les deux hommes se mesurèrent du regard pendant quelques instants.

— Comment tu t'appelles ? demanda finalement Rice.

Cuthbert se passa la langue sur les lèvres, hésitant.

— Andy..., répondit-il. Andy Cuthbert.

Rice hocha la tête.

— Tu sais ce que t'es, Andy ?

Cuthbert détourna le regard, refusant de répondre.

— T'es qu'un petit trou-du-cul de blanc, lui dit posément Rice. Tu sais faire le malin avec un flingue, mais sans flingue t'es comme moi. Un tout petit connard de rien du tout.

Comme Cuthbert l'ignorait toujours, Rice redressa la gourde d'un mouvement du pied et la ramassa. Il restait de l'eau et il but à nouveau. Puis il revint à Cuthbert.

— Écoute, Andy, tu as l'air de savoir beaucoup de choses, mais je suis sûr qu'il y a des trucs que tu sais pas encore. Tu paries ?

Cuthbert resta muet.

— Tu sais qui c'est, Kurt L. Schmoke ? fit Rice.

L'autre le regarda stupidement.

— Kurt L. Schmoke, répéta Rice en soignant sa prononciation.

Il abaissa le fusil et posa le canon sur la tempe de Cuthbert. Celui-ci devint livide.

— Réponds, je te dis ! Tu sais qui c'est ?

— Nn... non, balbutia Cuthbert.

— C'est le maire de Baltimore, mec ! lui cria Rice à pleins poumons. Et tu sais ce qu'il est ?

— Nn... non, fit à nouveau Cuthbert.

— Il est noir ! hurla Rice de plus belle en lui envoyant un coup de pied dans le côté.

Cuthbert grogna de douleur.

— Et Carol Moseley-Braun ? Tu sais qui c'est ? reprit Rice en replaçant l'acier froid du fusil sur le front du blanc.

— Non, je sais pas ! rétorqua aussitôt ce dernier.

— Elle est sénateur de l'Illinois, cria Rice. Et tu sais ce qu'elle est, Carol Moseley-Braun ?

— Nn... noire ?

— Exactement, Andy, elle est noire !

Et il ponctua ses paroles d'un second coup de pied, dans le ventre cette fois.

— Et Freeman R. Bosley ? enchaîna-t-il sans prendre le temps de respirer. C'est qui ?

Cuthbert se mit à agiter la tête en tous sens pour signifier qu'il ne savait pas.

— C'est le maire de Saint Louis. Et devine ce qu'il est ?

— Il est noir ! cria Cuthbert.

— Très bien ! l'encouragea Rice en le frappant à nouveau. Et Pamela Carter ?

— Je sais pas, je sais pas, répéta indéfiniment Cuthbert.

— C'est l'avocat général de l'Indiana ! Et elle est quoi ?

— Noire ! brailla Cuthbert.

— Tout juste ! fit Rice. Tu vois qu'il y a un tas de trucs que tu connais pas.

Il shootait dans le bonhomme étendu comme dans un sac de pommes de terre.

— Et tous ces noirs qui sont maires, membres du Congrès, magistrats, chefs d'entreprise, ils sont comment ?

— Je sais pas, je sais pas…

— Mais si tu sais, Andy ! Ils sont inférieurs aux blancs ! Allez, répète après moi : « Ils sont inférieurs aux blancs » !

Cuthbert répéta docilement.

— Parfait ! Et leurs crânes, Andy, ils sont comment ?

Cuthbert resta muet sous les coups de pied que lui décochait Rice sans discontinuer.

— Réfléchis, Andy ! Ils sont tout petits, leurs crânes, ils sont tout petits ! Répète !

— Ils sont tout petits ! hurla Cuthbert, de rage et d'impuissance.

Rice lui envoya alors un dernier coup en pleine tête

et, sous l'impact, Cuthbert roula sur lui-même. Il resta inerte, la face enfoncée dans la terre rouge.

Alors Rice se calma. L'adrénaline refluait. Il flageolait sur ses jambes.

Il récupéra le sac à dos du blanc et en examina le contenu avec satisfaction. Puis il dépouilla Cuthbert de sa veste, de ses rangers, et ramassa sa casquette qui avait roulé à quelques mètres. Il s'affubla de tous ces vêtements et trouva même des lunettes dans une poche. Il siffla d'admiration.

— Des Ray-Ban X3 à plus de cent dollars ! fit-il à l'attention de Cuthbert, à demi conscient. J'en ai toujours voulu des comme ça !

Tandis qu'il se les plaçait sur le nez, Cuthbert se mit gémir et à remuer.

— Reste allongé, Andy, lui lança Rice. Ça te fera du bien.

Méconnaissable, équipé de pied en cap, Rice s'avança alors vers Cuthbert qui avait maintenant une allure de cadavre abandonné.

— Tu sais pas ce que c'est d'être de ce côté-là du fusil, hein ?

Cuthbert tourna vers lui son visage tuméfié.

— Je vais t'en donner une idée, fit Rice.

Il apposa le flanc du canon contre la tête de Cuthbert qui le regarda avec des yeux effarés.

— Tirez pas, je vous en prie, tirez pas !

— Bouge pas, sinon ça pourrait causer un accident.

Alors Cuthbert s'immobilisa. Rice inclina le canon de manière à faire un angle aigu avec le sol. Les deux hommes se fixèrent sans un mot durant quelques secondes, puis Rice crispa son doigt sur la détente.

Le coup fut assourdissant. Les chevrotines labourèrent le sol, projetant toutes sortes d'éclats autour de l'impact. Cuthbert rejeta sa tête de côté mais son visage fut lacéré par les projections. Il était maculé de poussière et déchiré d'estafilades sanguinolentes.

— Arrête ! s'égosilla-t-il lorsque Rice approcha à nouveau le canon de sa tête.

— L'autre côté, se contenta de dire Rice.

Résigné, Cuthbert tourna la tête, ferma les yeux de toutes ses forces et serra les mâchoires. Le deuxième coup partit.

Cette fois-ci, Cuthbert réagit à peine. Il était sonné. La peau de son visage lui brûla aussitôt et une sorte de sifflement continu se mit à vibrer dans son crâne comme une alarme de magasin déclenchée intempestivement.

Il vit le nègre lui dire quelques mots, le saluer d'un sourire railleur, lui tourner le dos et rebrousser chemin, plein nord.

Il ne comprit pas tout de suite. Il n'y avait plus de vent. Il manquait quelque chose. Lentement, il porta les mains à ses oreilles. C'est alors qu'il réalisa qu'il n'entendait plus. Il n'entendait plus rien.

Meurtri, endolori, exténué, il resta sur le sol sans éprouver ne serait-ce que le désir de prendre une décision. Puis, un peu plus tard, lorsqu'il tourna la tête, il constata que la silhouette du nègre s'effaçait sur l'horizon.

Quelque part dans la montagne, à trois ou quatre kilomètres de là, l'écho des deux détonations était parvenu jusqu'à Novick. Il sursauta, tenta de se relever en appui sur les coudes, mais la douleur fut trop forte, il y renonça. Bien qu'à l'ombre depuis que le soleil avait basculé derrière la chaîne, il était en sueur. Il avait mal, si mal. C'était quoi, ces coups de fusil ? Qu'est-ce qu'il fichait, Andy ? Combien de temps ils allaient le laisser là ? Magnez-vous, nom d'un chien !

Il s'efforçait de contrôler sa respiration et de ne pas céder à la panique. Son arme était à portée de main, son sac aussi. Voilà. Ça, c'était du tangible, du rassurant. Il laissa son esprit vagabonder quelques minutes et puis, subitement, il fut frappé par une idée qui le terrassa. Il y avait peu de chances qu'on vienne le chercher une fois la nuit tombée. Il allait devoir croupir là pendant des heures dans l'obscurité. Il en était convaincu.

Il se remit alors à suinter la peur de plus belle, parcourant sans cesse d'un regard affolé l'immensité sauvage dans laquelle il reposait.

23

LORSQUE le gros Bert fut déposé sur la table de la morgue, le Dr Wiggins se tourna vers Jim.

— Donne un coup de main à l'assistante, tu veux ?

Celle-ci, avec une indifférence totale et une parfaite dextérité, était déjà en train de dévêtir le cadavre. Il l'aida du mieux qu'il put, c'est-à-dire qu'il resta comme un empoté à attendre qu'elle lui passe les vêtements pour les empiler sur une chaise.

Bientôt il put contempler la triste nudité du vieux Bert, sa vieille peau jaunie et ridée, ses jambes grêles sous l'abdomen large et adipeux, sa petite verge molle et blafarde.

Wiggins, qui avait passé des gants en latex, prit une première photo du cadavre. Après quoi, il saisit un scalpel, pratiqua une incision longitudinale sur le cuir chevelu et rabattit en un tournemain celui-ci sur le bas du crâne. Jim McDonough n'en crut pas ses yeux.

Le visage de Bert avait disparu sous ce qui ressemblait à peu près à une peau de lapin retournée et, à la place de la tête, il n'y avait plus qu'un dôme lisse et aveugle, tout brillant d'un film de graisses blanchâtres.

Jim se sentit vaciller et se rattrapa à temps au dossier d'une chaise.

— Qu'est-ce qu'il y a, petit ? lui demanda Wiggins. Prends-moi donc une photo de ça.

Les mains tremblantes, Jim saisit l'appareil du coroner, le porta à hauteur d'œil et appuya nerveusement sur le déclencheur.

— Bien, le remercia Wiggins. Mais fais-m'en deux ou trois autres. À trembler comme tu le fais, je ne suis même pas sûr d'en avoir ne serait-ce qu'une de correcte...

Ensuite, Bert fut installé en position ventrale pour l'examen du traumatisme occipital. Un peu plus tard, la dépouille placée à nouveau sur le dos, Wiggins ouvrit l'estomac et procéda à divers prélèvements. C'en fut trop pour Jim qui sentit le sol se remettre à danser sous ses pieds.

— Je crois que tu devrais sortir prendre l'air, mon gars, lui lança Wiggins. Je finirai avec l'assistante. T'inquiète pas.

Sans un mot, Jim quitta la morgue et courut à l'extérieur s'asseoir sur un banc au milieu de la pelouse de l'hôpital.

Là, vaguement honteux, il essaya de se ressaisir. Car depuis la nuit précédente les événements s'accéléraient autour de lui de façon imprévue et incontrôlable. Il était en train d'éprouver pour la première fois les effets de l'intrusion du chaos dans l'univers policé du quotidien et il en ressentait un certain malaise. Pour lui, l'expression du désordre s'était toujours limitée aux altercations d'ivrognes dans les bars d'Haydenton, aux scènes de ménage dont il avait été témoin en compagnie de Zack ou du shérif et aux rares infractions au code de la route pour lesquelles il avait été habilité à dresser procès-verbal. Bref, l'action vigilante des agents de l'ordre public d'Haydenton lui avait semblé jusqu'alors organiser à elle seule la paix de l'univers, et tous ces petits débordements aisément contenus lui avaient apporté l'agréable conviction de servir à quelque chose. Mais ce n'était plus du tout le cas et il sentait qu'il lui fallait reprendre pied au plus vite.

Lorsque, quarante minutes plus tard, l'assistante du Dr Wiggins lui fit signe depuis le hall d'entrée de l'hôpital, il était résolu à faire meilleure figure, quoi qu'il puisse arriver.

— Voici le rapport préliminaire du Dr Wiggins, lui dit-elle en sortant d'une grande enveloppe deux feuillets agrafés. Signez en bas, s'il vous plaît.

Il s'exécuta d'un geste à la fermeté un peu exagérée.

— Et qu'est-ce qu'il en dit ? s'enquit-il d'un ton très assuré en lui rendant son stylo.

L'assistante le regarda sans expression.

— Décès dû à une hémorragie cérébrale consécutive au traumatisme crânien. Pas d'activité sexuelle récente. Apparemment pas de traces d'alcool dans le sang. Nous aurons l'analyse définitive du laboratoire demain matin avec les prélèvements stomacaux.

Jim hocha la tête d'un air professionnel.

— Bien, dit-il. Merci.

— De rien. Le fourgon mortuaire vous attend derrière la morgue pour le rapatriement du corps.

Elle lui tourna le dos avant qu'il ait pu la saluer et il se rendit derrière le bâtiment de l'hôpital.

— Il est emballé, votre bonhomme, lui annonça le chauffeur. On va ou ?

— Haydenton.

— On est partis...

Durant les trois heures que dura le voyage du retour, Jim se sentit pousser des ailes de détective. Il s'imagina en train de découvrir un indice capital lui permettant de résoudre cette affaire et de gagner ses galons de policier patenté ainsi que l'estime générale d'Haydenton. Comme dans les films ou dans les livres. Il y avait toujours un tournant à ne pas rater dans le destin d'un homme et cette affaire était peut-être précisément celui qui allait décider du sien.

Avec la plus grande application, il relut plusieurs fois le jargon médico-légal du rapport dans l'espoir d'y déceler un détail révélateur. Il dut se rendre à l'évidence : la solution se trouvait ailleurs. Il laissa alors errer son imagination au gré de sa fantaisie, le regard perdu sur l'horizon de la route.

Ce noir, qu'il ne connaissait pas, n'était pas parti se perdre dans la montagne. Après son crime, il avait téléphoné à un complice et ils s'étaient donné rendez-vous quelque part sur une route pour s'évanouir dans la nature. Mais lui, Jim, avait déjà vu juste. Il avait obtenu de la compagnie du téléphone la liste des appels passés depuis le poste de Bert dans le hangar. Et il avait découvert qu'un numéro avait été composé vers une heure du matin pour une ville de Californie, l'État voisin. Incognito, il se rendait là-bas mener son enquête et découvrait les deux types. Il leur tendait un traquenard et les ramenait dans sa voiture à Haydenton. Le shérif Waronker n'en croyait pas ses yeux. Il lui tapait sur l'épaule en le félicitant : « T'es un sacré bon gars, Jim. Un vrai shérif américain ! »

Lorsqu'il fut de retour à Haydenton, le soleil n'était pas loin de disparaître derrière les Stonewall Mountains. Il indiqua au chauffeur comment se rendre jusqu'au bureau du shérif, où il trouva Zack Shellman qui montait la garde.

— Ça s'est passé comment ? lui demanda Zack.

— Sans problème.

Il lui tendit le rapport d'autopsie.

— Qu'est-ce qu'on fait de Bert ?

— Téléphone à Zbignewski, qu'il lui fasse une place dans ses frigos.

Tandis que Jim appelait l'entreprise de pompes funèbres, Zack signa la feuille de route du chauffeur et lui expliqua où aller déposer le corps. Jim réapparut alors que le fourgon mortuaire quittait le parking.

— C'est réglé avec Zbig. Ils l'attendent.

— Parfait.

Jim était impatient d'avoir des nouvelles des événements depuis le matin, mais Zack n'avait pas l'air de vouloir aborder le sujet.

— Il est où, Grant ? hasarda finalement Jim.

— Parti à Fat Hills. Il doit y retrouver les autres.

— Il y a du neuf ?

— Pas pour l'instant. Le dernier contact radio avec Bradner et Cadmus remonte à quatorze heures. Ils ont laissé Novick et Cuthbert à Cedar Point et ils se sont donné Fat Hills comme point de ralliement. On en saura peut-être plus ce soir.

— Ils n'ont pas repéré le gars ?

Shellman secoua la tête avec un bref ricanement.

— Tu parles ! Tout ce qu'ils ont trouvé, c'est Sigrid Thomsen.

— Sig ? Qu'est-ce qu'elle fiche là-haut ?

Shellman haussa les épaules.

— Tu la connais…

Dans le silence qui suivit, Jim chercha le moyen d'aborder ce qui le tracassait.

— Et Molly ?

— Rien non plus.

Jim prit sa respiration.

— Zack, dit-il, j'ai pensé à une chose, pour le gars qui s'est tiré. Ça pourrait peut-être nous aider.

— Ah oui ?

— Oui. Je me suis dit qu'après avoir fait son coup il avait peut-être eu le temps de téléphoner. On pourrait vérifier les appels depuis le poste de Bert, non ?

Shellman le fixa quelques secondes et Jim se sentit mal à l'aise.

— C'est pas une mauvaise idée du tout, répondit-il enfin. Sauf qu'il y a rien à tirer de ce côté-là. Grant a vérifié cet après-midi. Il n'y a pas eu d'appel la nuit dernière…

La déconvenue se lut instantanément sur le visage de Jim.

— Faudra trouver un autre truc, fiston, ajouta Shellman. Mais t'as raison de te creuser la cervelle. C'est ce que doit faire un bon flic...

Sur ces paroles, Zack retourna à son poste de veille.

Si Jim était déçu, il n'était pas découragé. Après tout, Zack avait raison. Il n'y avait qu'à chercher dans une autre direction. Et il se dit qu'il allait s'y employer au plus tôt.

24

HANSON et Benkelman menaient la marche. Ils étaient éreintés. À l'approche de la ville abandonnée, Boyd les avait laissés prendre les devants pour qu'ils aient le plaisir de s'offrir le premier coup d'œil. Et dans la lueur incertaine de la tombée du jour, les deux hommes s'arrêtèrent bientôt au début de la pente dévalant la butte qu'ils avaient gravie. À leurs pieds s'étendait Fat Hills.

C'était exactement ce qu'en avait dit Boyd. Une demi-douzaine de baraquements au délabrement plus ou moins avancé et deux vieux hangars franchement en ruine. Dans l'obscurité naissante du soir, la ville fantôme dressait ses planches et ses poutres bringuebalantes comme les os d'un squelette noir sous le ciel. Il paraissait invraisemblable que quelqu'un puisse vivre là-dedans.

— C'est pas folichon, folichon, remarqua Benkelman hors d'haleine.

Pour toute réponse, Hanson lui donna un coup de coude en lui indiquant quelque chose du doigt.

— Quoi ? fit Benkelman.

Il explora l'endroit du regard et découvrit subitement ce qu'Hanson lui montrait.

— C'était bien la peine de se crever à marcher depuis hier soir ! bougonna-t-il.

Il se tourna vers les autres qui finissaient de les rejoindre.

— Hé, Boyd ! C'est plus une ville fantôme, votre trou à rats. Il y a un 4 × 4 garé là en bas... On aurait peut-être pu le prendre pour monter jusqu'ici. On aurait moins mal aux pattes...

— Si vous voulez, on peut aussi prendre une voiture pour aller jusqu'au refuge de Tocuma Range, rétorqua Boyd en arrivant à son tour. Comme ça, la balade sera plus vite terminée.

Il sortit ses jumelles et observa la mine abandonnée.

— C'est la voiture du shérif d'Haydenton, dit-il.

Il reprit la tête de la colonne et tous descendirent la pente en faisant rouler des cailloux sous leurs pas.

En prenant pied sur la bande de terre défoncée et ravinée par les pluies qui avait jadis servi de rue, les randonneurs furent encore plus surpris par l'endroit. Contre toute attente, ces ruines révélaient une infime présence humaine, comme si elles étaient animées d'un souffle de vie obstiné et à peine perceptible. De toute évidence, les façades qui menaçaient de s'écrouler avaient été rafistolées tant bien que mal plus d'une fois. De même, nombre de fenêtres avaient des vitres intactes et une des baraques était suffisamment entretenue pour avoir reçu récemment un badigeon de vernis acajou. Mais hormis ces signes tangibles, il n'y avait que le vent et le silence.

Au bout de la rue, ils débouchèrent sur le véhicule tout-terrain de Waronker. Le shérif se tenait contre le capot, les mains dans les poches de son blouson. À côté de lui, il y avait Kenny Bradner et Josh Cadmus, tous deux assis sur le rebord du trottoir en planches. Tout le monde se regarda pendant quelques secondes et pas un mot de bienvenue ne fut échangé.

— Qu'est-ce qui se passe ? demanda simplement Boyd.

— On vous attendait, dit Waronker.

— Pourquoi ?

— Faudrait que vous rentriez à Haydenton. On est derrière un fugitif et on veut personne dans les montagnes tant qu'on l'a pas trouvé.

Boyd remarqua alors les étoiles dont Josh et Bradner étaient affublés. Il eut un mouvement de tête vaguement attristé. Confier une mission d'ordre public à des zouaves pareils, c'était bien un truc de Waronker...

— C'est qui, ce fugitif ?

— Un type que j'ai coincé hier matin pour refus d'obtempérer.

— Et il s'est enfui d'où ?

Waronker hésita. Il n'aimait pas le ton de Boyd et il savait qu'il n'avait rien à attendre de bon d'une discussion avec lui. En quelques mots, il lui résuma ce qui s'était passé, sans s'appesantir sur les détails.

— Attends..., s'étonna Boyd. Tu l'as mis dans ta cage en plein air pour un simple refus d'obtempérer ? Qu'est-ce que tu me caches ?

Waronker se montra embarrassé. Boyd s'était toujours opposé au nouveau dispositif d'incarcération qu'il avait mis en place deux ans plus tôt pour flatter les électeurs et conserver son mandat.

— C'est un noir, intervint subitement Bradner en se levant. Un type dangereux. Il avait volé une bagnole à Albuquerque. En plus, il a fait de la taule pour trafic de stups et je sais pas quoi...

Waronker ferma les yeux. Cet imbécile de Bradner qui la ramenait en toute occasion sans qu'on lui demande quoi que ce soit !

— Écoute, Boyd, trancha-t-il d'un ton qui se voulait définitif. J'ai pas l'intention de m'étendre là-dessus avec toi. Je sais ce que j'ai à faire et je te demande de retourner à Haydenton, c'est tout. On doit rattraper ce type, il peut y avoir des risques et je veux pas vous avoir en travers de nos recherches. C'est compris ?

Un long silence suivit. Benkelman lança des œillades inquiètes à Boyd. Il n'aimait pas le tour que prenait la discussion. À son grand soulagement, il vit Boyd esquisser un sourire.

— Je vais te dire ce que je comprends, Grant, dit celui-ci. Je comprends que si ce type a volé une voiture à Albuquerque, c'est une affaire fédérale. Et si c'est une affaire fédérale, ça dépend de Carver City, pas de toi. Tu les as prévenus, les fédéraux de Carver City ?

Waronker serra les mâchoires et ne prononça pas un mot.

— On est assez grands pour régler nos problèmes tout seuls, fit Josh Cadmus en se levant à son tour. Maintenant, tu fais ce que tu veux. Si tu veux continuer ta balade, tu continues. Mais oublie pas que ça peut être dangereux. On te l'a dit...

Il fixa Boyd droit dans les yeux.

— On sait pas ce qui peut se passer dans les montagnes...

Bradner et Josh tenaient nonchalamment leurs fusils comme des chasseurs attendant la reprise de la battue et, parmi les randonneurs serrés derrière Boyd, Benkelman commença à montrer des signes de nervosité.

— Si le shérif dit que c'est dangereux, peut-être qu'on devrait rentrer ? avança-t-il d'une voix incertaine.

Boyd le regarda froidement.

— Si vous voulez retourner à Haydenton, monsieur Benkelman, je n'y vois pas d'inconvénient. Vous me signerez seulement un papier déclarant que vous quittez la randonnée de votre plein gré. Pour l'instant, je propose qu'on installe notre bivouac et qu'on remplisse les gourdes. Venez, c'est par ici...

Et, sans plus tenir compte de Waronker et de ses acolytes, il entraîna sa troupe une quarantaine de mètres plus loin jusqu'à une baraque qui tenait encore à peu près debout.

— Ce que je disais, c'était juste comme ça, ronchonna Benkelman en leur emboîtant le pas.

L'intérieur de la baraque où il pénétrèrent était obscur mais propret. Il n'y avait ni poussière ni toiles d'araignées. Juste une odeur de planches soumises depuis cinquante ans aux rudes conditions climatiques de la région.

— Il n'y a pas d'électricité, avertit Boyd. Vous trouverez des bougies dans le tiroir de la table. Pour l'eau, on est autorisés à tirer sur la citerne qui est garée derrière la baraque.

— Et le proprio ? Il est où ? demanda Benkelman.

— Shonto n'aime pas trop les visites imprévues. À mon avis, quand il a vu rappliquer la voiture du shérif et les deux autres terreurs, il est parti faire un tour dans la montagne. On le verra pas tout de suite.

Chacun mit sac à terre et commença à préparer le campement du soir.

Au-dehors, plongés dans la pénombre du crépuscule, Waronker et ses shérifs délégués n'avaient pas bougé d'un pouce. Ils observaient silencieusement la bande de Boyd qui prenait ses quartiers sans plus s'occuper d'eux. Bradner se tourna vers Waronker.

— Qu'est-ce qu'on fait, Grant ?

Waronker souleva son Stetson et se gratta la tête. Rien n'avançait comme il le souhaitait et une obscure prémonition lui disait que tout cela était en train de tourner en eau de boudin.

— Qu'est-ce qu'ils fichent, Novick et Cuthbert ? grommela-t-il pour toute réponse. C'était bien d'accord qu'on devait se retrouver ici, non ?

Bradner hocha la tête.

— Ils ont dû avoir un problème, lâcha Josh. C'est

des bons marcheurs. Ils devraient être là depuis un moment.

Ils patientèrent encore un peu, puis Josh reprit la parole :

— Je propose que Bradner et moi on retourne à leur rencontre, vers Cedar Point. Qu'est-ce que tu en dis, Ken ? T'es pas trop crevé ?

— Ça ira.

— Et laisse ton chien à Grant. Il nous sera plus d'une grande utilité.

Waronker ne savait trop sur quel pied danser. Il n'avait pas du tout envie de les accompagner, mais il hésitait à rentrer à Haydenton.

— Qu'est-ce que je peux faire pour vous, pendant ce temps ? demanda-t-il.

— Le mieux c'est que tu redescendes avec Joker et que tu restes à l'écoute, dit Josh. On t'appellera dès qu'il y aura du neuf ou au moindre pépin. Ça te va ?

— C'est bon.

Josh et Bradner allèrent se ravitailler eux aussi à la citerne de Shonto et s'en revinrent, prêts pour le départ.

Waronker consulta sa montre.

— Il est dix heures moins le quart, dit-il. Contact toutes les heures à partir de onze heures. D'accord ?

Josh et Bradner acquiescèrent, saluèrent le shérif d'un geste et s'évanouirent dans la nuit.

Boyd, qui avait suivi leur manège, s'approcha de Waronker tandis que celui-ci faisait grimper le chien dans le quatre-quatre.

— Où ils vont ? demanda-t-il.

Waronker le toisa avec l'air supérieur de celui qui n'est pas tenu de répondre aux questions.

— Ils vont à la rencontre de l'autre patrouille. Novick et Cuthbert. Du côté de Cedar Point.

— En pleine nuit ? Sans lune ? s'étonna Boyd. C'est risqué...

— On sait, répliqua Waronker. Et on n'a pas besoin de tes conseils.

Sur ces paroles, le shérif s'installa au volant, claqua la portière, et bientôt les feux arrière du tout-terrain disparurent sur le ruban obscur de la piste.

25

CETTE NUIT-LÀ encore, Maureen se réveilla brutalement. Mais pas à cause du froid, cette fois. Car ils étaient tous installés sur le plancher déformé de la baraque et dormaient dans des conditions qui, en comparaison de la veille, pouvaient passer pour confortables. Elle s'éveilla à cause de ces fuites intempestives qui la prenaient à tout moment et ne souffraient pas une seconde de sursis. Elle quitta précipitamment sa couche et se rua à l'extérieur.

En toute hâte, elle alla s'accroupir dans le passage qui séparait leur cabane de la baraque voisine. Là, tandis qu'elle arrosait le sol desséché, ses pupilles s'accommodèrent lentement à l'obscurité et elle contempla l'immense ciel noir et les ombres ruiniformes qui l'entouraient. C'est alors qu'un craquement dans le silence la fit tressaillir.

Inquiète, elle fouilla la nuit et, tandis qu'elle se relevait, son attention fut soudainement attirée vers la baraque voisine. Dans l'encadrement d'une fenêtre, noyé dans l'obscurité intérieure, se détachait un masque. Un masque terrible de visage ridé, sculpté dans le bois comme un totem, qui la fixait sans ciller. Le cœur lui manqua et elle poussa un cri qui déchira la nuit.

En s'enfuyant à toutes jambes vers la cabane qu'elle avait quittée, elle se heurta de plein fouet à Boyd.

— Que se passe-t-il ? cria celui-ci en la rattrapant par les épaules.

— Là !

Elle indiqua la fenêtre d'où l'apparition avait maintenant disparu.

— Il y avait une tête ! Horrible !

— Horrible ? fit Boyd en souriant.

Il relâcha Maureen et se dirigea vers la baraque voisine.

— C'est toi, Shonto ? cria-t-il en approchant de la porte.

Celle-ci s'ouvrit dans un grincement et une silhouette imposante s'y découpa.

— Salut, Shonto. Je crois bien que tu as fait peur à ma cliente...

L'apparition ne répondit pas et se contenta d'un geste amical de la main. Boyd se tourna vers Maureen.

— Viens, Mo, que je te présente.

La jeune femme se retrouva devant une espèce de géant sans âge, cinquante, cinquante-cinq ans, peut-être plus, qui la contemplait sans expression, les yeux immobiles. C'était un Indien comme elle n'en avait jamais vu que sur les planches illustrant le voyage historique de Lewis et Clark, au faciès creusé comme les pentes des montagnes, aux lobes des oreilles distendus par des lanières de cuir ornées de perles, au regard impénétrable, perdu dans des confins inaccessibles aux blancs.

— Bon... bonjour, balbutia-t-elle.

L'Indien répondit par un imperceptible mouvement de tête et s'effaça devant elle.

— Entre, lui dit Boyd. Je crois bien qu'il t'invite.

Ils pénétrèrent dans la demeure et Shonto s'en fut allumer une bougie. Dans la lueur vacillante de la flamme apparut une pièce où le temps s'était arrêté depuis une date impossible à déterminer et dont les murs étaient couverts de vieux clichés monochromes encadrés et jaunis.

— Shonto est un Indien Nopahute, expliqua Boyd. Toutes ces photos datent de la première moitié du siècle. Ce sont ses ancêtres, les membres de son ancienne tribu.

— Et où elle est sa tribu, maintenant?

Boyd afficha un sourire nostalgique.

— Là, dit-il en montrant les sous-verres. Il n'y a plus d'Indiens Nopahutes, Mo. Éparpillés, évanouis... C'était un petit peuple de mille cinq cents âmes tout au plus. Des voyageurs invétérés. Ils allaient jusqu'au Pacifique faire commerce de nourriture contre des coquillages qu'ils utilisaient à la fois comme monnaie et comme ornements... Leur territoire s'étendait sur ces montagnes et le désert qu'on va bientôt traverser... Les derniers groupes se sont dispersés avec l'arrivée des exploitants miniers. Il n'y a plus de Nopahutes... plus du tout!

Maureen passa en revue les photos. Des portraits de familles bizarrement vêtues à l'occidentale, des femmes occupées au campement face à des huttes de torchis, des enfants fixant le photographe sans la moindre expression, des groupes en pied et grand apparat, surchargés de perles et de coquillages cousus sur leurs vêtements... Toute une race qui n'était plus que ces ombres fixées par le chlorure d'argent, dans la lumière tremblotante de la cabane...

Elle ressentit alors l'émotion qu'elle avait éprouvée, enfant, lorsqu'elle avait pris conscience de ce qu'avaient enduré les indigènes d'Amérique lors du déferlement colonisateur des blancs. Un sentiment de honte diffus mais tenace.

— Mo! l'appela Boyd. Shonto est en train de nous servir l'eau-de-feu!

Sortant de ses rêveries, elle rejoignit les deux

hommes autour de la table. L'Indien tenait une bouteille sale sans étiquette et versait un alcool clair comme de l'eau de roche dans des petits verres. Ils trinquèrent et burent sans un mot.

À la première gorgée, Maureen parvint à ne pas éructer mais elle ne put s'empêcher de larmoyer. Elle jeta un regard brouillé aux deux hommes qui sirotaient silencieusement. Boyd lui adressa un sourire.

— Quand on en boit suffisamment, on voit les esprits de la montagne, lui dit-il en levant son verre. Pas vrai, Shonto ?

L'Indien ne répondit pas.

— Shonto mesure ses paroles, ajouta Boyd. Il faudra attendre un peu pour faire la conversation.

Ils burent encore à petites lampées et soudain l'Indien parla.

— En ce moment, dit-il en regardant son verre, même avec ça, les esprits se montreraient pas. Il y trop de monde dans les montagnes.

Sa voix était profonde, éraillée, tout à fait impressionnante.

— Ne te fâche pas, plaisanta Boyd. Tu sais bien qu'on ne fait que passer…

— Je dis pas ça pour toi, Cam. Je dis ça pour les zèbres comme Bradner et tous ces olibrius bardés de flingues qui se croient tout permis.

— Tu vas être gâté, ces jours-ci. Waronker a ouvert une drôle de chasse. Il m'a dit qu'ils couraient après un type…

— Je sais.

— Qu'est-ce que tu sais ?

— Il y a eu deux coups de feu cet après-midi. Je suis allé jeter un œil. Il y a un gars qui a détroussé un des shérifs adjoints. Je crois bien qu'il s'agit de Cuthbert, mais je suis pas sûr. Je suis pas allé voir de près. L'autre, il est parti plein nord.

— Un noir ?

Shonto hocha la tête.

— Je suppose qu'il espère arriver jusqu'à la route 50. C'est vrai que ça paraît pas si loin que ça sur une carte...

— Et tu l'as laissé faire ?

L'Indien haussa les épaules.

— Les gens font ce qu'ils veulent.

— Et Cuthbert ? demanda Boyd. Qu'est-ce qu'il a fait ? Il aurait dû être avec Novick...

Shonto se resservit un fond de verre.

— Il n'avait pas l'air assez en forme pour faire quoi que ce soit.

— Tu l'as abandonné là-bas ?

Shonto planta son regard dans celui de Boyd.

— Écoute, Cam. Tu me connais depuis un bout de temps. Alors tu sais ce que je pense des gros malins comme Cuthbert. Pour moi, ils n'ont qu'à se débrouiller tout seuls. Et t'inquiète pas, ils se débrouillent !

Boyd était soucieux. Un homme inexpérimenté n'avait pratiquement aucune chance de traverser le Nopahute. Avec en plus des shérifs de pacotille comme Josh Cadmus à ses trousses, cela pouvait tourner très mal.

Il se leva.

— Merci pour l'hospitalité, grand chef. Je crois qu'il est temps d'aller profiter du reste de la nuit.

Maureen lui emboîta le pas et au-dehors ils furent accueillis par l'air glacial de la nuit. Derrière eux, dans la lueur de la bougie, Shonto se tint sur le seuil de sa baraque.

— Cam ! appela-t-il. Il y a autre chose dans les montagnes...

Boyd fit volte-face et l'interrogea du regard.

— Il y a la fille à l'arc. Elle est après les mouflons. Je te l'ai dit, il y a trop de monde...

Boyd le considéra un instant puis le salua d'un geste avant d'entraîner Maureen avec lui.

— Les blancs, ils sont partout, mais ils n'existent pas, l'entendit-il encore maugréer en refermant sa porte.

Maureen se tourna alors vers Boyd.

— C'est incroyable ! s'exclama-t-elle à voix basse, tout émoustillée par cette rencontre avec l'étrange individu. Comment peut-il savoir tout ça ?

— Shonto passe toutes ses journées dans les montagnes, Mo. Il se considère non seulement comme le propriétaire de Fat Hills mais comme celui de toute la région. Il sait tout ce qui s'y passe.

— Qu'est-ce qui peut se passer là-dedans quand il n'y a pas une troupe de shérifs à la recherche de quelqu'un ?

Boyd marqua le pas et la regarda

— Pour toi, le désert ce n'est rien, c'est du vide. Mais pas pour Shonto. C'est sa vie. Il s'en va parfois passer plusieurs jours dans des coins dont je n'ai même pas idée, connus de lui seul.

— Qu'est-ce qu'il y fait ?

Boyd ne répondit pas immédiatement. Il sonda la nuit et le ciel d'encre au-dessus des montagnes.

— Il prétend qu'il parle avec ses ancêtres, dit-il enfin.

— Sans blague ? fit Maureen, sidérée.

Boyd laissa planer un bref instant de mystère puis adressa un large sourire à la jeune femme.

— Mon point de vue, ce serait plutôt qu'il fabrique de l'alcool illégalement. C'est vrai que c'est une façon moins poétique de voir les choses…

Quand ils rentrèrent dans leur baraque, les autres dormaient du sommeil du juste.

— Recouche-toi en vitesse, Mo, chuchota Boyd. La nuit est déjà bien entamée et on va devoir se lever plus tôt qu'hier.

— Pourquoi ? demanda Maureen en se glissant dans sa couche.

— Parce que ça fera une belle trotte pour arriver jusqu'à la cabane de ravitaillement. Et, à partir de là, je voudrais qu'on pousse au plus vite vers le Nopahute. Je crois que ça vaut la peine d'essayer de rattraper ce gars en cavale avant les sbires du shérif...

Sans plus d'explications, il s'allongea sur son tapis de sol et ferma les yeux. Mais le sommeil ne vint pas tout de suite. Il songeait aux shérifs délégués perdus dans la montagne et au fuyard, seul, quelque part aux confins du Nopahute. Il se demandait ce qu'ils faisaient tous.

26

IL AVAIT dû finir par s'assoupir car, lorsqu'il ouvrit les yeux, il lui fallut quelques secondes pour comprendre où il se trouvait. Il était noyé dans une obscurité presque totale, écrasante, et c'est en distinguant les étoiles qu'il émergea totalement du sommeil. Un frisson le parcourut alors de la tête aux pieds.

Novick était sûr de ne pas s'être réveillé par hasard. Il s'était sans doute passé quelque chose, mais il était incapable de savoir quoi. Il resta parfaitement immobile, dans l'attente d'une manifestation révélatrice. Il n'y avait que d'infimes souffles d'air qui venaient, par instants, l'envelopper, et la douleur qui lui mangeait tout le bassin et le haut de la cuisse. Il sentit la sueur perler sur son visage.

Le simple fait d'être sorti du sommeil semblait avoir ravivé la fièvre qui se mélangeait à sa peur. Il recommença même à claquer des dents.

Soudain, alors qu'il ne s'y attendait plus, il y eut un rapide frôlement dans la nuit et quelque chose vint énergiquement l'agripper à la cheville. Il sursauta et hurla de terreur.

Ce qui l'avait mordu détala aussitôt dans un bruit de caillasses renversées, puis le silence se referma sur lui en quelques secondes. Si son cœur n'avait pas battu à se rompre, il aurait pu douter de ce qui s'était passé.

Un coyote ! Ce devait être un coyote ! Bon sang, il n'était pas encore une charogne !

Il chercha son fusil à tâtons, le saisit et le tint à deux mains, serré contre sa poitrine, les oreilles aux aguets, les cheveux collés aux tempes.

Plusieurs minutes s'écoulèrent, interminables, sans que rien vienne troubler le silence épais. Novick commença à respirer plus calmement et à relâcher la pression sur son arme. C'est peureux, un coyote, se raisonna-t-il. Tant que je serai vivant, il ne s'y risquera pas franchement. Et, nom de nom, il avait bien l'intention de rester vivant encore quelque temps !

Il demeura ainsi une heure entière peut-être, engourdi par la douleur, glacé par la fièvre, torturé par la rudesse du sol. Il allait sombrer à nouveau dans un mauvais sommeil quand un jappement le fit sursauter. Ça venait de la droite et le bruit se répéta plusieurs fois en différents endroits, à une distance de trente ou quarante mètres. Ce n'était pas vraiment menaçant. Plutôt une sorte de couinement plaintif d'animal impatient. Novick chercha à localiser la bête. C'était impossible ; il n'y avait rien à voir dans cette nuit. Les gémissements se firent plus fréquents, haletants, impératifs et, soudain, ils culminèrent en une longue plainte lancée à travers les montagnes.

— Ta gueule ! hurla Novick.

Mais ce n'était pas pour faire taire la bête. C'était pour faire taire sa peur. Car il s'était aperçu qu'il tremblait de tous ses membres.

Le long ululement criard se renouvela et, dans l'instant qui suivit, Novick sentit son corps se contracter et ses poils se hérisser sur sa nuque et sur ses bras. Dans le lointain, du fond de l'horizon, une autre plainte venait de répondre.

Encouragé par ce succès, le coyote hurla de plus belle. Il y eut une réponse presque immédiate, puis une deuxième, puis une troisième, et bientôt l'air tout entier des montagnes vibra de ces aboiements provenant de toutes les directions.

Cette fois-ci, Novick sentit la panique le gagner. Il pensait pouvoir tenir à distance un de ces charognards jusqu'à l'aube, mais s'ils rappliquaient à sept ou huit, alors là il était fichu.

Il tira nerveusement son sac à lui, l'ouvrit et déballa la boîte de cartouches qu'il avait emportée. Il avait des munitions ; il n'allait quand même pas se laisser nettoyer la carcasse comme ça !

Quand il eut préparé ses cartouches dans une poche du sac, prêtes à être saisies, il s'aperçut que le silence était revenu. Il attendit, inquiet, que les plaintes reprennent, mais il n'en fut rien. Ils n'ont plus besoin de s'appeler, songea-t-il. Le message est passé, ils doivent être en route…

Il ferma les yeux et essaya de maîtriser sa peur, comme un soldat dans les instants qui précèdent l'assaut de l'ennemi. Il repensa à ce nègre qui lui était totalement inconnu, qui devait être comme lui terré quelque part dans cette immensité, enseveli par cette même nuit. Et, subitement, il trouva tout cela stupide. Complètement stupide. Cet hallali d'un autre âge derrière un homme dont personne ne savait rien de la culpabilité réelle dans la mort de Bert. Ces bisbilles territoriales avec le gouvernement fédéral, cette obsession de la traque au mouflon, ces manœuvres incessantes pour essayer de se débarrasser de Boyd… Qu'est-ce qu'il en avait à fiche, bon sang ? Au bout du compte, qu'est-ce qu'il en avait à fiche ?

Il perçut le bruit trop tard. Avant qu'il ait pu réagir, le coyote venait de saisir et de tirer dans la nuit le sac qu'il avait préparé contre lui.

— Saloperie ! Saloperie ! s'égosilla Novick en se jetant aussitôt sur le flanc et en fouillant fébrilement de ses bras l'obscurité, dans l'espoir chimérique de récupérer son bien.

Il chercha un moment, comme un gros insecte palpant le sol de ses longues antennes —, en vain. Dépité, il abandonna et roula à nouveau sur le dos, car c'était encore dans cette position que la douleur se montrait le plus supportable.

Il se souvint. À la tombée du jour, il avait sorti deux tranches de pain et une rondelle de salami dont il n'avait mangé qu'une bouchée. C'était l'odeur du sandwich resté au fond du sac qui avait dû attirer l'animal. D'ailleurs, il entendait celui-ci dans le noir, à quelques mètres de là, fourrager dans son butin.

Ce coup du destin arracha à Novick un sourire amer. Cette fois, c'était fini. Il savait qu'il ne s'en sortirait pas. Si les coyotes se rassemblaient en meute, avec deux cartouches seulement dans son fusil, il ne pourrait rien faire. Alors, il réfléchit et prit rapidement une décision. Il s'étonna même de la sérénité avec laquelle il envisageait ce qui allait se passer.

Il attendit courageusement, se berçant de temps à autre de l'idée que le coyote qui lui avait volé son sac ne serait pas rejoint par d'autres. Mais la meute se forma bel et bien.

Ce furent tout d'abord de courts jappements de reconnaissance échangés assez loin, à toute volée, dans des bruissements de pattes. Puis, tandis que le rassemblement grossissait, ce furent des gémissements et des grognements nerveux visant à faire respecter de mystérieuses préséances. Enfin, l'excitation gagnant, ce furent des grondements agressifs et de soudains éclats, de plus en plus proches du blessé.

Novick, toujours allongé sur le dos, était d'une extrême vulnérabilité et il le savait. Encerclé de toutes parts, ses mains mouillées de sueur glissant sur la crosse et le canon du fusil, il s'efforçait, réagissant à la moindre alerte, d'anticiper le moment de l'attaque. Mais il ne pouvait rien voir, rien du tout, nom de nom !

Lorsqu'une des bêtes s'enhardit au point de passer

à moins d'un mètre, il fit violemment tournoyer son arme et frappa au jugé de toutes ses forces. Sa matraque improvisée fit mouche et le charognard détala avec d'affreux glapissements de douleur. Loin d'apaiser la meute, ces piaillements aigus attisèrent la fureur meurtrière qui s'organisait autour de lui.

Il était un chasseur, bon sang ! Un chasseur ! Il avait deux cartouches ! Il pouvait s'en sortir. S'en sortir !

Soudain, une bête qu'il n'avait pas vue venir se rua sur lui et le mordit cruellement à la jambe. La peur lui arracha un cri. Il pointa le fusil sur l'ombre qui reculait déjà peureusement et fit feu.

La détonation résonna comme un coup de tonnerre et le coyote, touché de plein fouet, roula, mort, à quelques mètres, dans la poussière.

Un silence presque total régna dans les secondes qui suivirent, puis il y eut une confusion d'ombres et de silhouettes non loin de lui, des grognements et des fâcheries dont il n'était plus l'objet.

Alors Novick exhala un long soupir de soulagement. Il avait gagné. Pour l'instant il avait gagné. La meute s'était emparée de la dépouille de ce congénère et l'entraînait en se chamaillant pour s'en repaître. Jusque-là son plan se déroulait comme prévu. Il était un sacré chasseur ! Il avait bien calculé son coup ! Il fallait tenir jusqu'à l'aube. Dès les premières lueurs, il pourrait voir l'ennemi et l'ennemi aussi le verrait. Ce serait plus facile de tenir ces bêtes couardes à distance. Elles n'aimaient pas le jour. C'est la nuit qu'elles chassaient. Elles se lasseraient vite et Andy arriverait. Sûrement.

Le répit dura un bon moment, mais quand le festin fut consommé l'aube n'était toujours pas là. Les grognements excités et menaçants reprirent et la peur serra à nouveau le ventre de Novick. Plus que la peur, ce fut le doute qui l'envahit. La seconde partie de son plan n'allait peut-être pas marcher. Et à la pensée de la seule cartouche qui lui restait, une tristesse atroce le submergea.

Quand une des bêtes invisibles de la nuit mordit sa chaussure et qu'il voulut la chasser d'un coup de crosse, il la rata. Une deuxième planta ses dents au milieu de sa cuisse blessée et il la repoussa d'une bourrade terrorisée. Il sentit sous ses doigts un pelage chaud et vit à peine une ombre reculer. Une autre surgit et lui attrapa le bras. Il se dégagea d'un coup et la bête glapit, mais une autre déjà pointait son mufle sur son visage. Alors il hurla comme un possédé et rua autant qu'il put, ignorant la douleur, ignorant sa fracture, oubliant le bel ordonnancement de son plan.

Il eut tout juste le temps de voir, quelque part au-dessus de sa tête, un voile blafard, une infime traînée laiteuse qui surgissait comme par miracle dans le ciel à la limite des crêtes. Mais il était trop tard. Les bêtes s'acharnaient déjà. Elles étaient ivres de sang, ivres de fureur, elles étaient trop nombreuses, elles ne le lâcheraient pas.

Sa dernière chance, sa seule chance, c'est qu'il avait tout prévu. Il ne mourrait jamais sous les dents d'une bête, jamais. Le chasseur, c'était lui, lui seul.

Tout en se débattant, Novick retourna le fusil et pointa le canon sous son menton. Il hésita un court instant et s'aperçut qu'il pleurait. Tout se passait trop vite, sa vie n'aurait pas dû le quitter comme ça. Au moment où il pressa sur la détente, un coyote le mordit au ventre et la douleur le cisailla. Et pour Novick le monde s'arrêta net. Tout simplement. Il était un sacré bon chasseur.

27

— GRANT, tu m'entends ?

Il était trois heures du matin. Josh et Bradner s'étaient assis pour établir leur quatrième contact avec Haydenton. C'était Bradner qui tenait l'appareil VHF.

— Tu m'entends, Grant ?

La voix de Waronker lui parvint tout à coup au milieu de crachotements :

— Je t'entends, Ken. Vous êtes où ?

— À une demi-heure de Cedar Point. Mais on ne va pas monter jusque-là. S'ils y étaient encore, ça fait un moment qu'ils auraient dû nous voir, avec les lampes. Ils se seraient manifestés. C'est pas la peine d'aller perdre notre temps.

— Vous comptez faire quoi ?

— On va descendre vers le Nopahute. À notre avis, ils ont dû repérer le gars à un moment ou à un autre et ils sont partis derrière.

— Si c'est ça, ils sont peut-être loin à cette heure-ci.

— Oui, c'est la seule explication. Ou alors ils sont rentrés à Haydenton, et dans ce cas tu ne devrais pas tarder à les voir arriver. Mais ça nous paraît peu probable.

— Très bien. Continuez, mais faites attention en

descendant la montagne. Vous êtes suffisamment équipés pour avancer vers le désert ?

— On a de quoi tenir une bonne journée.

— Bon. Alors prochain contact à quatre heures.

— Entendu. À quatre heures.

Bradner coupa la VHF et se tourna vers Josh.

— On y va ?

Tous deux se levèrent en même temps et Josh prit la tête.

Ils s'enfoncèrent dans l'obscurité des pentes, éclairant de plus en plus souvent leurs pas dans les passages difficiles. De temps à autre, ainsi qu'ils le faisaient depuis leur départ, ils s'arrêtaient pour agiter les faisceaux de leurs lampes sur des rochers éloignés ou dans le ciel. Avec un peu de chance, ces signaux pouvaient être repérés de loin.

En moins de vingt minutes, ils parvinrent à un couloir pierreux où la marche fut plus aisée malgré les blocs roulant sous leurs pieds. Par contre, c'était un trou d'où il n'essayèrent même pas de signaler leur présence. Ils cheminèrent ainsi un bon moment quand, subitement, la montagne fut envahie de hurlements de coyotes.

— Qu'est-ce que ça veut dire ? fit Bradner. C'était calme, jusqu'ici.

— Ça veut dire qu'ils ont trouvé à bouffer.

Ils reprirent leur marche, accompagnés par les aboiements lointains des charognards qui s'estompèrent et se turent. Une dizaine de minutes avant leur cinquième contact radio, ce fut Josh qui se figea net dans la nuit, au point que Bradner se cogna contre lui.

— Tu a entendu ?

Il y avait eu dans le silence épais de la nuit un coup mat tout juste perceptible, un « toc ! » étouffé, bref et tranchant comme un bruit de cognée dans la forêt.

— C'était un coup de feu, dit Josh.

— Tu es sûr ?

Josh ne répondit pas. Il écoutait intensément, dans l'attente de la répétition du bruit. En vain.

— Ça venait d'où ? fit Bradner.

— J'en sais rien. Mais si on l'a entendu, ça doit pas être si loin que ça. Je dirais deux, maximum trois kilomètres.

La lumière se fit soudainement dans l'esprit de Bradner.

— Josh… Tous ces coyotes… Si c'était quelqu'un qui se défendait contre une meute ?

— Possible, dit Josh. Si c'est ça, il va y avoir d'autres coups de feu. Il faut sortir de ce trou au plus vite pour essayer de savoir d'où ça vient. Magne-toi.

Sans se préoccuper de Bradner, il partit aussitôt d'une foulée rapide dans le lit rocailleux, éclairant sa course.

— Laisse ta lampe allumée ! cria-t-il à Bradner. Tant pis pour les piles. Il fera jour d'ici une heure.

Il se sentait des ailes, Josh. Il était à l'aise. Son sac tressautait sur ses épaules, il volait d'un rocher à l'autre, il savait qu'il pouvait tenir ce rythme pendant un bon moment Il était comme à l'entraînement, quinze ans auparavant, chez les marines. Derrière lui, Bradner soufflait mais, petit, sec et nerveux, ne se laissait pas distancer.

Ils sortirent bientôt de cette vallée obscure et la longue coulée de pierres se transforma en espace ondulé, sans arbres, parsemé de touffes de broussailles épineuses. Ils savaient que c'était le socle rouge des Tuscamoras qui précédait de quelques kilomètres le vrai désert. Ils coururent encore un moment pour sortir complètement de l'enclave des montagnes. Bradner allait demander à Josh de faire une pause quand il y eut un cri quelque part sur leur droite. Les deux hommes s'arrêtèrent pile.

— Hé ! entendirent-ils une nouvelle fois.

À trois ou quatre cents mètres de là, c'était un appel

lancé du fond des poumons, bref et exténué. Josh et Bradner agitèrent aussitôt leurs lampes et bifurquèrent vers le cri.

— Ici ! clama la voix désormais bien distincte.

— Nom de Dieu ! C'est Andy ! fit Bradner.

Ils pressèrent le pas et découvrirent Cuthbert, juché sur un monticule, qui les attendait.

— Qui c'est ? demanda celui-ci, aveuglé par les lampes.

— Josh et moi, fit Bradner.

Alors, il s'élança vers eux en boitant affreusement.

— Qu'est-ce qui t'est arrivé ? s'exclama Josh en le voyant les pieds emmaillotés dans des lambeaux de chemise, sans sac, sans arme, vêtu seulement de son débardeur et son pantalon.

— Vous pouvez pas savoir, les gars. Il m'a tout piqué, fit Cuthbert dans un souffle. Mes affaires, mon fusil, tout !...

— Et Novick ?

— Il est blessé. Il s'est pété quelque chose.

— Il est où ?

— En bas de Cedar Point. J'ai essayé d'y retourner, mais pieds nus, c'est pas possible, vraiment c'est pas possible.

Il s'assit et déballa ses pieds pour les examiner. Ils étaient couverts d'une boue séchée de sang mélangé de terre.

— S'il est en bas de Cedar Point, fit Bradner, il va falloir qu'on revienne sur nos pas.

— On ira plus vite en coupant par le sud-ouest, fit Josh. Il y a une crête à passer, mais on peut y être en une quarantaine de minutes.

Il se tourna vers Cuthbert.

— Tu as entendu les coyotes et le coup de feu ?

Cuthbert hocha la tête, l'air misérable.

— Mais il a de quoi se défendre, essaya-t-il de se

convaincre. C'est un démerdard. S'il était vraiment dans la mouise, il aurait tiré plus que ça.

Au même moment, alors que le ciel blanchissait vers l'est derrière les Tuscamoras, ils perçurent distinctement une nouvelle détonation. Une seule. Les trois hommes restèrent silencieux quelques secondes.

— Je sais pas ce qui se passe, dit finalement Josh, mais je crois qu'on ferait bien d'y aller le plus vite possible.

— Et moi, les gars ? fit Cuthbert. Qu'est-ce que je fais ? Je peux à peine marcher.

Josh se tourna vers lui.

— Si c'est qu'à peine, ça doit te suffire pour avancer. Ken va rester avec toi. Moi, je vais filer devant. Arrangez-vous pour me retrouver là-bas. Et contacte Waronker, ajouta-t-il à l'intention de Bradner. Il doit se demander ce qu'on fout. Ça fait au moins un quart d'heure qu'on aurait dû l'appeler.

Il s'éloigna aussitôt et fit volte-face quelques mètres plus loin.

— Ken. Raconte-lui pour Andy, mais je crois pas que ce soit une bonne idée de lui dire que Novick est blessé et qu'il y a eu des coups de feu. S'il y a des mauvaises nouvelles à lui donner, il sera toujours temps. D'accord ?

Bradner n'eut pas l'air convaincu.

— Il pourrait quand même préparer des secours, hasarda-t-il. On sait jamais.

Les mâchoires de Josh se crispèrent.

— Fais comme je te dis, Ken, ordonna-t-il sèchement. Ça sert à rien de faire paniquer tout le monde à Haydenton tant qu'on sait pas de quoi il retourne. Tu comprends ça ?

Bradner baissa la tête.

— OK, OK, Josh.

Et tandis que celui-ci s'éloignait en caracolant dans

l'aube naissante, Bradner sortit le poste VHF de son sac.

La ligne brisée des Tuscamoras se liserait d'ocre rouge quand Josh Cadmus déboucha au bas des pentes situées sous Cedar Point. Il repéra tout de suite les coyotes qui s'agitaient dans le lointain, rassemblés en petite troupe autour de quelque chose. Il s'avança prudemment, silencieusement, et aucun des charognards, tout occupés à leur besogne, ne s'avisa de sa présence. Lorsqu'il fut assez près, il épaula et tira. Un coyote s'abattit aussitôt en agitant les pattes postérieures dans un mouvement réflexe de course et les autres se débandèrent, mais comme à contrecœur. Josh comprit tout de suite pourquoi. Sur la caillasse maculée de rouge comme un parterre d'abattoir gisait la dépouille de Novick, à demi dévorée.

Josh s'approcha. À son arrivée, les coyotes lui jetèrent des regards de travers et s'éloignèrent peureusement, indécis, la queue entre les pattes. Il épaula et tira à nouveau. Un deuxième coyote roula dans la poussière et ses congénères continuèrent à reculer, sans hâte, incapables de quitter leur festin. Josh tira encore plusieurs fois, abattant trois autres charognards, et alors seulement le reste de la bande commença à se disperser au petit trot, hors de portée du fusil.

À deux pas du cadavre, Josh s'aperçut qu'à l'emplacement de la tête il n'y avait pratiquement plus rien. Cela ne pouvait être l'œuvre des coyotes. Le crâne semblait avoir éclaté comme un melon trop mûr tombant d'un cageot et les bêtes avaient simplement fait le nettoyage. Josh remarqua alors la position du fusil dont le bout de canon reposait encore sur une épaule. Il hocha la tête. Novick s'était fait sauter la cervelle. Il avait dû préférer ça à se faire dévorer vivant par les coyotes.

Josh contempla encore quelques instants le corps déchiqueté où, par endroits, manquaient des paquets de chair. Puis il se détourna et alla s'asseoir à quelques mètres pour attendre les autres. Il fixa longtemps la forme étendue, l'esprit vide, habité du sentiment confus que depuis deux jours la mort et lui faisaient route ensemble, sans qu'il puisse dire si elle le précédait pour lui montrer le chemin ou si elle le poursuivait pour l'acculer vers quelque retranchement qu'il ignorait.

Il fallut près d'une heure à Bradner et Cuthbert pour le rejoindre. Quand ils découvrirent le carnage, la carcasse de Novick, les coyotes abattus, ils ne prononcèrent pas un mot. Il n'y avait rien à dire. Cuthbert se frotta les yeux comme s'il cherchait à chasser les images d'un cauchemar et Bradner resta les bras ballants, s'efforçant de trouver un sens à une situation aussi totalement invraisemblable.

— Je crois qu'on est arrivés au bout du chemin, finit-il par dire. Le mieux est d'avertir Grant et de faire demi-tour. Pour le nègre, on verra plus tard.

Il sortit la VHF et s'apprêta à contacter le shérif.

— Pose ça, fit Josh d'une voix froide.

Bradner le regarda sans comprendre.

— Pose, je te dis, répéta Josh.

— Tu veux pas qu'on appelle Waronker ?

— Non. On n'a pas fini notre boulot.

— Qu'est-ce que tu veux dire ?

— Jusque-là, c'est Waronker qui avait un compte à régler avec ce type. Maintenant c'est nous. C'est une affaire entre lui et nous. Il a tabassé Cuthbert, Novick est mort par sa faute, je pense qu'il y a de quoi se sentir concernés, non ?

— Tu veux continuer à lui courir derrière, c'est ça ?

Alors qu'il a peut-être dix heures d'avance sur nous ? Qu'il est armé ? Comment tu crois que ça va finir ?

Josh le fixa droit dans les yeux.

— Ça va finir en légitime défense quelque part dans le désert, si tu veux savoir. Et pour ce genre de légitime défense, on sera pas trop de trois pour le coincer.

— Mais enfin, Josh... Comment tu veux qu'on continue la traque, avec Andy qui a les pieds bousillés et rien à se mettre ?

— Il a tout ce qu'il faut ici pour s'équiper, repartit Josh en montrant les rangers aux pieds de Novick.

Cuthbert n'en crut pas ses oreilles et regarda Josh avec un rictus incertain.

— Tu plaisantes, Josh, c'est ça ? Tu blagues ?

Mais Josh s'était déjà approché de Novick et commençait à lui ôter ses brodequins et ses chaussettes. Quand il eut fini, il jeta les affaires devant Cuthbert.

— Mets ça. De toute façon, où que tu ailles, il va bien te falloir quelque chose pour marcher, pas vrai ?

Tandis que Cuthbert regardait alternativement les chaussures, Bradner et Josh, ce dernier alla récupérer le sac de Novick. Il vérifia son contenu et revint avec.

— Prends ça aussi, dit-il à Cuthbert. Je suis sûr que Scott aurait été d'accord.

Puis il se tourna vers Bradner et jeta un coup d'œil vers le ciel.

— Ken. Toi qui sais qu'en ce moment il nous regarde de là-haut, notre ami Scott... à ton avis, il pense quoi ? Qu'on devrait abandonner ou qu'on devrait aller faire la peau au type qui est la cause de tout ça ?

Bradner soutint le regard de Josh quelques secondes puis baissa les yeux.

— Moi, j'ai l'impression qu'il serait pas fâché qu'on termine ce qu'on a commencé, continua Josh.

Bradner sentit encore une fois qu'il perdait pied et ne pourrait tenir tête à Josh.

— Si on continue, qu'est-ce qu'on dit à Grant ? objecta-t-il pour ne pas donner l'impression de capituler trop vite.

— On lui dit rien. On s'en va, c'est tout. On va régler nos affaires. Silence radio. Sinon on pourra pas s'en dépatouiller. Et plus vite on sera partis, plus vite on en aura terminé.

Bradner releva la tête.

— Et Novick ? On le laisse comme ça ? Pour que les coyotes le finissent ?

Josh sentit que c'était le moment de se montrer conciliant.

— Bien sûr que non, rétorqua-t-il. On va le recouvrir d'un tas de cailloux et on viendra récupérer le corps quand tout sera réglé. Ça te va ?

Ils se tournèrent alors vers Cuthbert pour s'apercevoir que celui-ci finissait de sangler les rangers de Novick.

— Je suis d'accord avec toi, dit Cuthbert à Josh. Non seulement Scott m'en voudra pas, mais je suis sûr qu'il est bien content de me filer un coup de main comme ça.

Un mince sourire de triomphe se dessina sur les lèvres de Josh.

— Alors au boulot, les gars. On va lui faire un enterrement digne de ce nom, à notre ami. Il aura plus rien à craindre des charognards !

Sans plus attendre, ils commencèrent à rassembler de grosses pierres et à les amonceler en un lourd tumulus sur la dépouille de Scott Novick.

28

C'était la plus belle heure. Le soir, au coucher du soleil, c'était bien sûr tout aussi extraordinaire. Le soleil disparaissait alors dans une dernière salve munificente de rouges, de mauves et d'indigos, mais cela n'en était pas moins un abandon, une désertion face aux mystères et aux secrets de la nuit. Comme si la moitié du monde replongeait, le temps de ce cycle bref, dans l'énigme inquiète d'une terre privée de lumière, livrée à l'engourdissement, à la mort.

Tandis que l'aube, où le ciel s'allumait à rebours des mêmes feux, était l'affirmation resplendissante, plus forte à chaque minute, d'une bataille encore une fois gagnée sur les éternels ennemis qu'étaient le froid, l'isolement et tous les périls mortels imaginés ou réels que semblait receler la nuit.

Sigrid goûtait ces instants. Elle avait dormi dans un creux du sol, à l'abri du vent, aussi éloignée que possible de l'humanité tout entière. Elle s'était éveillée avec l'aurore et attendait, comme le vaste océan de terre autour d'elle, les premières caresses du soleil.

Quand elle quittait Haydenton l'espace d'un week-end, généralement prolongé jusqu'au lundi car son emploi du temps le lui permettait, c'était pour délaisser tout, absolument tout ce qu'elle ne supportait plus d'elle-même et des autres. Certes, elle avait trouvé sa place dans la communauté avec son métier, elle s'était imposée avec sa personnalité (qui ne connaissait Sigrid Thomsen à Haydenton ?), mais elle avait conscience que les buts ordinaires de la vie étaient maintenant définitivement hors de son atteinte. Et si d'une certaine manière cela flattait son orgueil, c'était cela aussi qu'elle voulait oublier avant tout.

Pendant longtemps, ses ratages sentimentaux de jeunesse avec Cameron Boyd et quelques autres ne lui avaient pas semblé tirer à conséquence. Elle ne s'était guère inquiétée non plus des aventures féminines qu'elles avait eues et qui l'avaient laissée tout aussi insatisfaite. Cela ne faisait que renforcer cette intime conviction que ses exigences se situaient au-delà des trivialités communes.

Mais au fil des années, elle avait passé sans vraiment s'en rendre compte un point de non-retour et se retrouvait maintenant confinée dans une sorte de marginalité irréversible. Et il n'y avait plus que dans la chasse, dans la solitude de la chasse, qu'elle touchait au cœur de ce qu'elle se savait être, une femme douée d'une puissance que peu de choses extérieures pouvaient discipliner ou contraindre.

Alors, dans cette renaissance du jour, elle savourait chaque seconde, se fondant dans les forces de la terre, du ciel et du vent, vibrant de toute l'intensité cosmique qui émanait des éléments. C'était bien la plus belle heure.

C'était aussi la meilleure pour se mettre en quête de nourriture. Dans ces contrées, les petits mammifères étaient rares et sortaient peu. Le jour ils se protégeaient du soleil, le soir ils craignaient l'affût des prédateurs et la nuit ils se terraient. On ne pouvait les surprendre à leurs occupations vitales que dans les premières heures du matin, et c'était bien là-dessus que comptait Sigrid.

Par pur défi, elle partait dans ses courses à travers l'immensité sauvage du comté d'Owens pratiquement sans ravitaillement. À peine quelques barres vitaminées en cas de besoin et de quoi boire pour progresser d'un point d'eau à un autre. Elle découvrait à chacune de ses escapades une sorte d'exaltation primitive qui lui faisait refuser tout recours aux facilités dont ne se privaient pas les chasseurs qu'elle connaissait.

Elle se leva, rangea son maigre bagage et se mit aussitôt en marche, comme si la nuit n'avait pas existé.

Il lui fallut près d'une heure pour arriver sur un terrain où elle avait des chances de rencontrer quelque menu gibier. Elle n'était pas exigeante. Elle s'était déjà contentée de marmottes pour son ordinaire du jour et elle n'aurait pas rechigné à manger des mulots si cela avait été nécessaire. Mais elle savait qu'avec un peu de patience elle pourrait trouver une nourriture plus honorable. Ce fut un mouvement furtif qui lui révéla sa proie. Une petite touffe gris et brun qui s'était faufilée entre deux buissons à une trentaine de mètres d'elle.

Sigrid choisit une flèche et prépara son arc. Avec une lenteur de serpent, sans faire crisser le plus petit caillou sous ses pas, elle se rapprocha de l'endroit où se tenait le lapin. Celui-ci, totalement inconscient du danger, grignotait fébrilement des brins d'armoise.

Sigrid commença à éprouver les symptômes étranges qui précédaient chaque fois l'instant du tir. Son rythme cardiaque s'accélérait et culminait dans une parfaite régularité, sa bouche se desséchait, ses muscles et tout son corps semblaient faire de même, elle et son arme se confondant en une seule machine prête à tuer. Elle s'immobilisa, banda son arc sans le plus infime tremblement, visa longuement et décocha sa flèche avec l'absolue certitude que sa proie était déjà morte.

La pointe en aluminium traversa l'animal de part en

part et le cloua au sol. Sigrid le vida de son sang, le nettoya de ses entrailles, dépeça une patte arrière et la trancha. Après quoi elle mordit à belles dents dans la chair encore tiède et mastiqua longuement chaque bouchée. C'était un petit déjeuner qui ne lui répugnait nullement et depuis longtemps elle s'était ainsi accoutumée à la saveur du sang chaud. Dans ses chasses au cerf, il lui était arrivé d'en boire une pleine bolée une fois la bête abattue.

Puis elle se désaltéra à la gourde, s'essuya les mains dans la terre et sangla à son sac le reste de la dépouille qu'elle finirait de manger plus tard dans la journée. Elle s'étira sous le soleil et reprit sa marche vers le nord-est, là où la mènerait probablement sa quête.

Plus tard dans la matinée, son attention fut soudainement attirée par un point brillant, au loin dans le désert. Intriguée, elle chercha une explication à cet étrange phénomène et, n'en trouvant pas, bifurqua vers cette étoile qui scintillait au ras du sol.

Elle toucha au but en très peu de temps. Et ce qu'elle découvrit à ses pieds la laissa stupéfaite. Il s'agissait d'une paire de Ray-Ban dont les verres fumés tournés vers le soleil faisaient miroir. Elle ramassa les lunettes et les examina attentivement.

Elles étaient pratiquement neuves. Les verres n'étaient pas rayés et la dorure des branches ne portait aucune trace de corrosion. Elles étaient tombées là récemment, très récemment…

Sigrid fouilla l'espace du regard. De toutes parts l'horizon était vide. Elle chercha alors des traces sur le sol et les décela sans peine. C'étaient par endroits de longues traînées dans la terre et les cailloux qui suggéraient une marche lourde. Elles s'effaçaient par moments puis reprenaient plus loin, se dirigeant droit vers le nord.

Dans cette direction, il n'y avait rien à atteindre. Il n'y avait que le désert où Sigrid se trouvait déjà et, tout au fond, à plusieurs dizaines de kilomètres, le relief sombre et indistinct de Tocuma Range. Et plus loin encore, sur la droite, Hillary Peak.

Le type que recherchent Bradner et Josh, songea aussitôt Sigrid. Il est seul. Il traîne les pieds quelque part dans le Nopahute. Il ne s'en sortira jamais.

L'idée de se dérouter ne l'enchantait pas trop. D'un autre côté, cette forme inattendue de chasse réveillait une excitation qu'elle n'avait pas envie de réprimer. Elle réfléchit encore quelques instants et entrevit le moyen de sauver la mise à ce gars. Sans hésiter elle s'élança sur la piste qui se dessinait devant elle. Elle traquerait le mouflon plus tard.

C'était la première fois qu'elle se mettait en chasse sur des traces humaines.

29

QUAND il avait laissé derrière lui Cuthbert à demi conscient, Rice était devenu un autre homme. D'un seul coup, il avait tout en main pour gagner. De l'eau, tout d'abord, avec la gourde pas complètement vide qui lui avait servi à piéger le blanc, plus une deuxième, de réserve, qui était accrochée au sac. Ensuite, une arme. Un fusil qui lui pendait au bras, avec des munitions tant qu'il en voulait. Il avait vérifié. Et puis aussi des vraies pompes de marche, sans compter ses baskets qu'il avait emportées avec lui pour laisser l'autre gland se débrouiller pieds nus. Et même de quoi casser la croûte. C'était inespéré. Avec les Ray-Ban qu'il avait sur le nez, il devait avoir une sacrée allure ! Pour un peu il aurait regretté que personne ne soit là pour l'admirer dans cet attirail.

Il avait marché d'un pas soutenu, sans prendre le temps de marquer une pause, tout le reste de l'après-midi et toute la soirée. Il n'avait ralenti qu'à la nuit noire. Il y avait une lampe dans le sac de Cuthbert, mais il avait trop peur de se faire repérer. Il avait préféré se guider une nouvelle fois en suivant les indications de la Grande Ourse. De plus, il avait retenu la leçon. Plus il avancerait durant la nuit, moins il lui resterait à faire sous le soleil. Alors il avait marché, marché, avec une volonté inébranlable, pendant des kilomètres.

Dans l'obscurité, avec la disparition des obstacles et l'arrivée d'un terrain uniquement bosselé de longues ondulations comme une houle de mer, il avait compris qu'il avait attaqué le Nopahute. À cette découverte il avait ressenti pour la première fois depuis plusieurs heures l'étreinte d'une sourde appréhension. L'inquiétude était revenue et ne l'avait plus lâché.

Au milieu de la nuit, il avait été surpris de constater ce que lui coûtait en eau une telle dépense d'énergie. Depuis longtemps, il avait fini la gourde presque vide, et celle de réserve ne contenait déjà plus qu'un litre, peut-être moins. Alors il se rationna en s'efforçant de réprimer l'angoisse qui montait en lui. Il marchait vite, il marchait bien ; ce désert, il le traverserait.

Mais un peu plus tard il s'effondra, totalement épuisé. Ses jambes tremblaient sous lui sans qu'il puisse les contrôler et il décida de récupérer. Il s'étendit sur le sol, ferma les yeux, sans pouvoir dormir. Il veilla ainsi durant deux ou trois heures, jusqu'à l'aube.

Quand celle-ci parut, il découvrit autour de lui, à perte de vue, une immensité blafarde et terreuse, parsemée de caillasses et de rares bouquets d'herbe rase et jaune. Il déglutit péniblement. Il aurait tout aussi bien pu se trouver à la surface de Mars. Le vieux Bascombe lui avait montré des photos, à Clarkson. C'était pareil, hormis l'infime végétation. Dans la pénombre qui précédait l'aurore, il lui était impossible de distinguer les limites de l'horizon et il éprouva un tel vertige qu'il se sentit au bord de la nausée. Il patienta encore près d'une heure pour voir émerger Hillary Peak à sa droite. Il but une gorgée et reprit sa marche.

Ce n'était plus comme la veille. Ses pieds le faisaient terriblement souffrir. Les brodequins du blanc lui avaient mis à vif les talons et la peau des orteils. Il se mit à marcher en posant les pieds à plat, pour éviter tout frottement avec le cuir. Il transpirait et il avait peur.

À partir de dix heures du matin, alors que le soleil lui cuisait déjà la nuque depuis un moment, il se résolut à ne boire qu'une gorgée à la fois à chaque pause. Pourtant, malgré ses efforts pour se rationner, les pauses se rapprochèrent de plus en plus. Il portait la gourde à ses lèvres toutes les dix minutes.

Vers midi, il but la dernière goutte. Il était terrorisé. Depuis l'aube qu'il avançait, l'horizon ne semblait pas avoir grandi d'un pouce. Il était incapable d'estimer la distance qu'il lui restait à parcourir. Il chercha les lunettes de soleil dans la poche du blouson de Cuthbert et ne les trouva pas. Il avait fait pas mal de haltes et il supposa qu'il les avait perdues pendant l'une d'elles.

Il reprit sa marche, mais le cœur n'y était pas, et les jambes non plus. Il avança durant une bonne partie de l'après-midi comme un robot. Comme il n'avait plus rien à boire, il avait pris le parti de ne plus s'arrêter. Il mettait un pied devant l'autre mécaniquement, l'esprit totalement vide. De temps en temps, il levait la tête et jetait un regard sur l'horizon bleu-gris de Tocuma Range qui avait peut-être grandi un peu, il n'en était pas certain.

Ses jambes lui obéirent ainsi pendant encore un kilomètre ou deux, jusqu'au moment où il s'effondra pour de bon. Quand il fut étalé sur le sol, il essaya de se souvenir s'il avait décidé de faire une pause ou si son corps avait pris la décision pour lui. Il eut la réponse quand il commanda à ses membres de le relever et que rien ne se produisit.

Il essaya à plusieurs reprises de se remettre sur pied, mais il parvint seulement à errer lamentablement à quatre pattes, comme un chien aveugle et agonisant. Alors il se laissa retomber pour de bon, avec pour seul espoir l'idée saugrenue que la journée s'achève plus vite que d'habitude, que la nuit arrive avec sa fraîcheur, que le soleil cesse de brûler.

Il somnola par intermittence, la tête enflée de cauchemars lourds, et il s'aperçut à un certain moment qu'il avait une vision. Sur la ligne d'horizon, vers le sud, dansait une silhouette fine.

Il battit des paupières, écarquilla les yeux, mais l'ombre, qui semblait à la fois immobile et en marche, resta là, au milieu de son regard brouillé. Il retrouva la force d'avoir peur. Il saisit le fusil, réussit à s'asseoir et attendit.

Quand la forme devint à peu près distincte, tout ce qu'il reconnut fut la tenue de camouflage. Ça ne pouvait pas être Cuthbert, à tous les coups ça devait être un autre shérif à la noix. Pris de panique, il épaula.

— Avancez pas ! cria-t-il. Avancez pas !

Il se rendit compte que les mots qu'il avait prononcés ne devaient pas porter à cinq mètres, tellement son gosier était sec et sa voix éteinte.

Comme la silhouette approchait toujours, il se mit à gesticuler frénétiquement avec son arme en s'égosillant comme un poulet.

— Arrêtez ! Bougez pas ! Je vais tirer !

La silhouette hésita, lui fit un signe et dut lui parler, mais il n'entendit rien. Puis elle reprit son avance.

Totalement affolé, il coucha en joue l'ombre mouvante, visant au jugé comme un ivrogne, et fit feu. Le simple effet du recul le rejeta à terre et il décida de ne plus bouger, quoi qu'il arrive.

Quand il rouvrit les yeux, il ne fut pas certain du monde dans lequel il se trouvait car une nouvelle vision flottait au-dessus de lui. Celle d'un visage délicat, aux traits fins, à la peau douce et pâle, auréolé de mèches blondes qui voletaient au vent. Un lumineux visage d'ange à contre-jour dans le soleil. Un ange avec une casquette de treillis militaire.

La vision lui tint la tête et lui donna à boire comme à un enfant.

— Doucement…

C'était une voix impérative mais agréable, une voix de femme.

— Vous… vous êtes qui ? articula-t-il péniblement. Vous aussi vous me courez derrière ?

— Je ne cours derrière personne. Je vous ai rattrapé parce que je savais que j'allais vous trouver dans l'état où vous êtes.

Elle lui retira sa gourde des lèvres.

— Ça suffit pour l'instant.

Elle se releva, s'empara du fusil à pompe qui gisait non loin de Rice et récupéra une à une les cartouches restant dans le magasin.

— Je n'aime pas qu'on me tire dessus, dit-elle froidement. Je veux bien vous éviter de mourir de soif, mais je ne tiens pas à vous donner l'occasion d'avoir ma peau comme celle de Bert.

— Je n'ai pas tué ce type, bon sang ! s'insurgea Rice dans un sursaut d'énergie. Je l'ai pas tué ! D'accord, j'ai fait des coups foireux, d'accord, j'ai fait de la taule, mais j'ai jamais tué personne !

Sigrid fut surprise par le ton exaspéré et sincère de Rice.

— Alors pourquoi vous avez la moitié d'Haydenton aux trousses ?

— Mais j'en sais rien ! Peut-être parce qu'ils veulent faire un carton sur un nègre !

Il lui expliqua tout ce qui lui était arrivé depuis qu'il avait posé les roues dans le comté d'Owens, deux jours auparavant.

Sigrid l'écouta, impassible, sans se laisser gagner par la moindre sympathie au récit indigné de Rice. Par nature, elle se défiait de ces étalages de manigances masculines, tapageuses, tortueuses, où l'invraisemblable et la prétention le disputaient à l'infantilisme.

Des types comme lui étaient capables de raconter n'importe quoi à n'importe qui. Et d'autres comme Waronker étaient tout aussi capables des plus basses ignominies. Elle attendait peu des gens en général, et des hommes en particulier, et chaque jour qui passait semblait lui donner raison.

— Et Molly ? l'interrompit-elle brusquement. Qu'est-ce qu'elle est devenue ? Ils la cherchent partout, elle aussi...

Rice la regarda sans comprendre.

— Molly ?... C'est qui, Molly ?

— La fille qui était avec Bert ce soir-là.

Rice fit mine de se concentrer, comme si un détail nommé Molly avait pu lui échapper, puis il regarda à nouveau Sigrid.

— Je n'ai jamais vu de Molly, déclara-t-il avec lassitude. Je ne connais pas de Molly et je n'ai pas tué Bert. Vous comprenez ça ? Comment je dois vous le dire ?

— Écoutez. Je ne vous demande pas de me convaincre de quoi que ce soit. Si vous n'avez rien à voir avec tout ça, si vous n'êtes pour rien dans la mort de Bert, c'est tant mieux pour vous. Mais ne comptez pas sur moi pour arranger vos affaires. Tout ce que je peux vous proposer, c'est qu'elles ne s'aggravent pas. Ça vous va ?

Il la regarda sans comprendre.

— Comment ça ?

— Je vais vous dire ce qui se passe en ce moment. Le shérif d'Haydenton a rassemblé un détachement de citoyens du cru pour ratisser le pays. Toutes les routes sont surveillées par des patrouilles qui en connaissent chaque recoin. Il y a des équipes de baroudeurs armés jusqu'aux dents qui vous traquent dans la montagne.

— Je sais. J'en ai rencontré un, de vos baroudeurs. Je peux vous assurer que la prochaine fois, avant de barouder, il y réfléchira à deux fois.

Il montra le sac, le fusil, les vêtements qu'il portait.

— Vous voyez ? Il a perdu tout ça. Si j'avais été un tueur en cavale, j'aurais pu le dessouder autant que j'aurais voulu…

— Qui c'était ?

— Un nommé Andy Cuthbert. Un gars qu'aime pas trop les nègres, et ça m'étonnerait que ça lui passe…

Sigrid secoua la tête, vaguement découragée.

— Si en plus vous avez fait des misères à Andy, on ne peut pas dire que vous ayez mis toutes les chances de votre côté…

Rice haussa les épaules.

— Je leur ai jamais rien demandé. C'est eux qui me cherchent des crosses. Depuis le début…

Il soupira et lui adressa un regard pitoyable.

— Je boirais bien encore un peu, s'il vous plaît, quémanda-t-il comme un enfant.

— Pas tout de suite. Sinon il ne nous restera rien pour le retour.

— Quel retour ? Qu'est-ce qui vous fait dire que je veux revenir sur mes pas ?

— Ça, rétorqua Sigrid en indiquant d'un mouvement du menton le désert qui s'étendait à l'infini devant eux. Pour atteindre Tocuma Range, expliqua-t-elle, vous avez encore plus d'une journée de marche. Et, dans l'état où vous êtes, vous n'y arriverez pas.

Rice la regarda un moment et baissa les yeux.

— Et qu'est-ce que vous voulez que je fasse, alors ? dit-il lamentablement. Ils veulent ma peau. Je sais même pas pourquoi…

— À trois heures d'ici, il y a un point d'eau. Goosewater Lake. Je peux vous y emmener.

— Pourquoi ?

— Parce que c'est là que je vais.

— Un lac ?

— Dans le temps, c'était un lac. Aujourd'hui c'est une flaque d'eau si on creuse un trou dans le sol.

— Et je ferai quoi, là-bas ?

— Il y a un agent fédéral de l'environnement qui est en train de mener une équipe de randonneurs à travers toute la contrée. Goosewater est une étape obligatoire pour lui dans la traversée du Nopahute. Il est parti vendredi soir d'Haydenton. Normalement, il devrait y être ce soir, ou au plus tard dans la nuit.

— Et alors ?

— Alors, je pense qu'il est préférable de vous mettre sous sa protection plutôt que de tomber entre les mains des délégués de Waronker. C'est un gars qui sait se faire respecter. Vous lui raconterez votre histoire. Si votre affaire dépend vraiment de la justice fédérale, vous pouvez compter sur lui. Il vous remettra à la police fédérale, et à personne d'autre...

— Super..., maugréa Rice.

— Vous pouvez marcher ?

— Je pense que oui.

Elle lui tendit la main et l'aida à se mettre debout. Lorsqu'elle le lâcha, Rice flageola comme un poulain qui vient de naître.

— Trois heures de marche, lui rappela Sigrid.

Il leva les yeux vers elle.

— Je crois que je vais remettre mes baskets, dit-il. Je me suis bousillé les pieds avec les pompes de ce type...

Quelques minutes plus tard, ils s'éloignaient dans le désert, vers le nord-nord-est, précédés de leur ombre qui s'allongeait sur le sol de seconde en seconde.

30

JOSH CADMUS s'arrêta net, le regard immobile. Bradner et Cuthbert qui le suivaient firent de même, sans comprendre.

— Qu'est-ce qu'il y a, Josh ?

Pour toute réponse, Josh se contenta d'un signe de tête pour leur indiquer le terrain caillouteux, deux ou trois mètres devant lui. Ils cherchèrent à leur tour mais ne virent rien.

Avec précaution, Josh avança d'un pas et le sol fut soudainement animé d'un imperceptible mouvement.

— Mince ! s'exclama Bradner qui venait de repérer le serpent. Un mojave !

Il leva les yeux vers Josh et s'aperçut que celui-ci le regardait avec un sourire réjoui.

— Tu veux le voir de près ?

— Déconne pas, Josh, rétorqua Bradner sans enthousiasme.

Prudemment, Josh fit un nouveau pas et le corps lové, couleur de terre et tacheté d'un camouflage olivâtre, se déroula sans précipitation pour adopter une posture d'attaque. La tête s'aplatit en retrait dans la pierraille sur un corps noueux qui pouvait maintenant se détendre à la moindre alerte sur cinquante ou soixante centimètres.

— Laisse-le tranquille, Josh, intervint Cuthbert qui n'aimait pas ce qui se passait.

Mais Josh ne lui accorda aucune attention. Il n'avait plus qu'un objectif : le serpent.

Sans détourner une seule seconde son regard de celui de l'animal, il continua de s'approcher avec des gestes d'une extrême lenteur, comme un automate de foire.

Le reptile se tassa encore un peu plus sur lui-même, retirant encore sa tête, se préparant à frapper le plus loin possible. Alors, à un mètre à peine, Josh s'accroupit et étendit son bras gauche en agitant doucement sa main pour fixer l'attention de l'animal. La ruse marcha. Le serpent modifia insensiblement sa posture pour viser maintenant ce danger concret qui s'était déclaré.

Au même moment, Josh approcha le canon du fusil qu'il tenait de son autre main et s'arrêta pratiquement de respirer. C'était une manœuvre d'une extrême précision qui ne tolérait pas la plus petite erreur d'appréciation. L'astuce consistait à anticiper d'une fraction de seconde la réaction du serpent.

Pris entre ces deux menaces, celui-ci envoya un ultime avertissement et se mit à agiter fébrilement les anneaux de sa queue. Au bruit de la crécelle, Cuthbert fut parcouru d'un frisson.

— Arrête, Josh, murmura-t-il, la gorge sèche.

À peine eut-il fini de prononcer ces mots que le serpent frappa en direction de la main gauche de Josh. Avec une rapidité tout aussi foudroyante, celui-ci abattit le canon du fusil sur le cou de l'animal et l'immobilisa dans la poussière.

Le crotale fouetta énergiquement le sol de tout son corps, en vain. De sa main gauche Josh le saisit d'un geste sûr derrière la tête et le tint à bout de bras.

— Vide le sac de Novick, Andy, ordonna-t-il.

Sans poser de question, Cuthbert s'exécuta et tendit le sac à Josh.

Le serpent lançait des regards furieux de ses pupilles fendues. Tout en s'agitant désespérément dans l'air, il libéra subitement ses sphincters et se mit à tout éclabousser autour de lui.

— Le salaud ! s'écria Cuthbert en reculant.

— Le sac, Andy ! s'impatienta Josh. Ouvre-le et fais gaffe.

Avec d'infinies précautions, Josh introduisit l'animal à l'intérieur et referma prestement le haut du sac avec la fermeture à glissière. Aussitôt le serpent se mit à gigoter en tous sens et le sac tressauta, comme possédé par un démon convulsif.

Le visage de Josh s'éclaira alors d'une intense satisfaction.

— Ça y est, t'es content ? lui lança Cuthbert sans cacher sa mauvaise humeur. Qu'est-ce que tu comptes en faire maintenant ?

Josh se tourna vers lui.

— Tu sais ce que c'est, ça ? fit-il en montrant le sac d'un mouvement de tête.

Cuthbert le regarda bêtement.

— C'est une bombe à retardement, Andy.

Cette explication ne sembla pas suffire aux deux hommes qui l'interrogeaient du regard.

— Je comprends pas, reprit Cuthbert. Qu'est-ce que tu veux faire avec une bombe à retardement ?

Dès l'instant où il avait découvert le serpent dans les caillasses, Josh avait été traversé par une idée qui ne le quittait plus.

— Boyd, lâcha-t-il comme si ce seul mot pouvait exprimer tout le cheminement de sa pensée. En ce moment, il doit être en route avec ses touristes.

— Et alors ?

— Alors, il va rappliquer par ici et je voudrais qu'on

règle nos histoires avec le nègre sans lui. On va le faire rentrer à Haydenton.

— Comment ça ?

— Réfléchis, Andy. Où est-ce qu'il va s'arrêter ce soir, avant de traverser tout le Nopahute ?

— À Goosewater ?

— Tout juste. Mais avant il va faire un crochet par sa cabane, en bas de Silver Mount, pour récupérer ses vivres. Tu la connais, sa cabane ? demanda-t-il à Bradner.

— Non. J'y suis jamais passé.

— Moi, je sais où elle est. Et on a de l'avance sur lui. Je propose qu'on y aille tout de suite et qu'on lui bousille tout son ravitaillement. Déjà, ça lui donnera de quoi réfléchir. En plus, on laisse traîner le sac. Il y aura bien un petit curieux qu'aura envie de voir ce qu'il y a dedans...

Bradner et Cuthbert échangèrent un regard, interdits.

— Tu veux que quelqu'un se fasse mordre par cette saloperie, c'est ça ? fit Bradner.

— Je veux que Boyd nous fiche la paix. Qu'il comprenne une fois pour toutes que c'est pas dans son intérêt de se frotter à nous. On est tous d'accord là-dessus, non ? C'est bien ce qu'on veut depuis un moment ?

Les deux autres ne répondirent pas. Après tout, c'était vrai que l'occasion était tentante.

— Il y a quand même quelqu'un qui risque d'y laisser sa peau, objecta faiblement Bradner.

— Personne n'y laissera sa peau, répliqua Josh. Ça m'étonnerait que Boyd soit pas équipé d'une trousse d'urgence. Mais c'est sûr qu'il y en aura un qui sera drôlement secoué...

— Et le nègre ? dit Cuthbert. Qu'est-ce qu'on en fait ?

— On arrête de le courser, pour l'instant. On

s'occupe d'abord de Boyd. Après, on aura tout le temps qu'on voudra pour trouver l'autre. Il en a pour un moment avant de sortir du Nopahute ! S'il en sort...

Il se tut et laissa les deux autres méditer sa proposition.

— Bon, on se décide ? leur lança-t-il quand il commença à trouver le temps long.

— Et Grant ? fit Bradner. On l'appelle toujours pas ?

— Tu veux lui dire qu'on va à Silver Mount mettre un crotale du Mojave dans le caleçon de Boyd ?

Bradner soutint le regard de Josh et finit par baisser les yeux.

— En route, décréta Josh.

Il arrima le sac contenant le serpent par-dessus le sien pour éviter tout contact direct et reprit la tête de la marche. D'ici une petite heure, ils seraient au pied de la chaîne de Silver Mount. Après leur petite escale à la cabane de Boyd ils n'auraient plus qu'à tirer légèrement sur la droite et ils gagneraient le Nopahute et Goosewater Lake avant le coucher du soleil.

31

C'ÉTAIT le milieu de l'après-midi et le soleil chauffait à blanc le toit du pick-up stationné depuis plusieurs heures au carrefour de l'entrée ouest d'Haydenton. À l'intérieur, Donnelly et son compagnon, Garrick, qui surveillaient l'endroit depuis le matin, commençaient à trouver le temps long. Ils dégoulinaient de sueur car ils avaient coupé la climatisation à cause du bruit du moteur, et ils n'avaient plus grand-chose à se raconter. Au moment où Donnelly allait proposer à Garrick de rentrer en ville faire une pause, une petite voiture noire venant d'Ashton se présenta au carrefour, ralentit, et alla se garer en marche arrière au débouché d'un étroit chemin de terre, en contrebas de la nationale. Garrick se tourna vers Donnelly.

— Qu'est-ce que c'est, cette bagnole ?

À cause des vitres fumées, il était impossible de distinguer la personne qui se trouvait à l'intérieur. Donnelly consulta sa montre. Il était quatre heures et demie.

— Je suppose que c'est Laurie, dit-il. Elle a dû changer de voiture.

— Qui ça ?

— Laurie. Une petite d'Ashton qui vient travailler ici une ou deux fois par semaine. Tu la connais pas ?

Garrick fit non de la tête.

— Elle tapine ici, dans la nature ? demanda-t-il.

— Elle utilise une vieille caravane en bas du chemin. C'est pas le confort trois étoiles avec bidet, mais c'est marrant. Tu veux que je te présente ?

Un sourire égrillard se dessina sur la face de Garrick.

— Et on fait la pause avec elle, c'est ça ?

Ils quittèrent le pick-up, traversèrent la nationale et s'approchèrent de la petite voiture, leur étoile de shérif étincelant sous le soleil.

À leur arrivée, la vitre fumée de la portière s'abaissa électriquement, laissant apparaître une jeune femme blonde au visage un peu dur mais impeccablement maquillé.

— J'ai fait un excès de vitesse ou le stationnement est interdit ? s'enquit-elle sans préambule, les yeux rivés sur les insignes des deux hommes.

— Rien de tout ça, fit Garrick. On surveille juste le carrefour et on vous rend une petite visite en voisins.

— C'est très aimable à vous.

Donnelly vint s'appuyer sur le toit de la voiture.

— Et puis comme ça fait quelques heures qu'on est là, on s'est dit avec mon copain que vous pourriez peut-être nous changer les idées...

Il laissa plonger son regard sur la poitrine pigeonnante de la jeune femme et sur le haut de ses cuisses nues.

— Je vous préviens, si je vous change les idées c'est quarante dollars chacun. Je ne fais pas de tarif spécial, même pour la police du comté.

Donnelly se tourna vers Garrick qui lui donna son accord d'un signe de tête. Donnelly regarda à nouveau la jeune femme.

— Marché conclu, dit-il en ouvrant la portière et en l'invitant cérémonieusement à descendre de voiture.

Attrapant son sac, Laurie s'extirpa du véhicule,

rabattit sa minijupe d'un geste rapide et passa devant Donnelly.

— Par ici, dit-elle en le précédant sur le chemin.

Tandis qu'elle s'éloignait, Donnelly encouragea son compère d'une œillade aussi grivoise que péremptoire à se joindre à lui. Après une hésitation, Garrick obtempéra et ils s'élancèrent sur les traces de la jeune femme en échangeant un éclat de rire silencieux.

Quand Laurie jeta un coup d'œil derrière elle et les aperçut sur ses pas, elle s'arrêta net.

— Hé ! les gars. Vous allez où comme ça ? Vous vous figurez pas que je vais vous prendre tous les deux en même temps, non ? Un seul à la fois, c'est comme ça que je travaille.

Donnelly lui adressa un large sourire.

— Qui parle de faire ça en même temps ? Tout ce qu'on veut, c'est mater avant ou après notre tour. Pas vrai, Garrick ?

En guise de réponse, Garrick se contenta d'afficher un faciès réjoui de grand dadais.

Laurie les toisa du regard sans dissimuler le mépris qu'elle éprouvait, non pas pour son métier car elle ne se posait plus la question depuis belle lurette, mais pour les hommes en général, tous aussi désespérément puérils dès qu'ils avaient l'occasion d'étaler entre eux leurs pauvres petites fantaisies sexuelles. Quel que soit leur âge, quand ils cherchaient à s'offrir ce genre d'extra elle ne pouvait s'empêcher de les considérer comme des morveux voulant jouer au docteur.

Elle sembla se résigner.

— Bon. Si c'est ça qui vous fait plaisir... Mais un à la fois. Les partouzes, c'est pas ma spécialité.

Ils descendirent le chemin sur une centaine de mètres et arrivèrent à la caravane. Celle-ci, délabrée, sans roues, jaunie, craquelée, cuite et recuite sous le soleil, reposait en équilibre instable sur des cales de moellons.

— Alors, c'est qui le premier ? fit Laurie en ouvrant la porte disjointe.

Donnelly s'avança et referma la porte.

— C'est trop dégueulasse, là-dedans. Je préfère le grand air.

Laurie haussa les épaules.

— Comme vous voulez. Où ça ?

D'un mouvement du menton, il lui intima de se retourner contre la caravane, retroussa à deux mains sa minijupe sur ses hanches et lui mit sans attendre les fesses à l'air.

Plaquée contre la paroi, Laurie commença à l'encourager d'une voix rauque et suave, comme si elle vivait là l'un des meilleurs moments de son existence.

— Oui mon chéri, vas-y, vas-y, prends tout, tout ce que tu veux, mon chéri, vas-y, c'est formidable...

Ça faisait partie du contrat, ça faisait partie du spectacle, et elle en rajoutait même un peu parce qu'il fallait aussi amuser l'autre guignol, à cinq mètres de là, qui les regardait comme au théâtre.

Debout, écrasée contre la caravane qui commençait à tanguer au rythme des impacts de Donnelly, Laurie avait le visage aplati contre la fenêtre en Plexiglas. Distraitement, tout en gémissant ses roucoulades bien senties, elle jeta un regard à l'intérieur, et c'est alors qu'elle aperçut la chose étrange qui ballottait sur une des banquettes. Il lui fallut quelques secondes pour réaliser et puis, brusquement, elle se raidit.

— Hé ! arrêtez ! s'écria-t-elle en essayant de se tourner vers Donnelly.

Mais celui-ci s'activait de plus belle sans se préoccuper autrement de Laurie.

— Arrêtez, je vous dis ! lui hurla-t-elle soudain au visage en le repoussant des deux bras.

Elle se dégagea et Donnelly la regarda stupidement.

— Quoi ? Qu'est-ce qu'il y a ? fit-il sans comprendre.

Elle avait le visage défait et remontait déjà sa culotte.

— À l'intérieur ! dit-elle dans un souffle. À l'intérieur ! Il y a quelque chose...

Elle était terrorisée.

Donnelly reboutonna son pantalon, subitement inquiet à son tour, sans savoir pourquoi.

— Dans la caravane ? demanda-t-il.

Laurie acquiesça par d'énergiques mouvements de tête.

Finissant de se rajuster, Donnelly s'avança vers la porte, ouvrit celle-ci et tendit la tête à l'intérieur avec prudence, comme s'il s'attendait à voir surgir de la pénombre un être maléfique. De prime abord, il ne vit rien. Il régnait seulement une odeur épaisse et indéfinissable, vaguement musquée et écœurante.

Il hésita un instant puis monta à bord de la caravane. C'est alors qu'il vit. C'était là, sur la banquette. Un corps lourd et affaissé aux chairs blanchâtres, partiellement vêtu d'une blouse d'intérieur, la tête tournée contre le matelas de mousse jauni et éventré.

Il s'approcha et se contorsionna au-dessus du cadavre qu'il ne voulait pas toucher. Il ne vit que la moitié du visage mais cela fut suffisant.

— Bon Dieu ! souffla-t-il, n'en croyant pas ses yeux.

C'était Molly, Molly qui exhibait la nudité de son gros derrière mou et tout grumeleux de cellulite, Molly qui était là, les chairs plus flasques que jamais, à pourrir lentement dans les déjections que ses organes avaient peu à peu relâchées.

— Bon Dieu ! murmura-t-il une seconde fois en secouant la tête.

Molly qu'il avait connue dans sa jeunesse, qu'il avait culbutée en quelques occasions comme pratiquement tous les garçons de son âge à l'époque de ses vingt ans. Molly qui était devenue ça !

Il éprouva une brusque crispation au niveau de l'aine et sentit nettement son sexe et ses testicules se recroqueviller de dégoût.

Il se détourna lentement. Dehors, de l'autre côté du Plexiglas teinté, il voyait Laurie et Garrick immobiles, attendant bêtement qu'il réapparaisse.

Il soupira, à la fois accablé et sonné par cette intrusion si soudaine et, pour tout dire, si inconvenante de la mort.

Maintenant, il lui fallait prévenir Waronker.

32

— On y est.

— Où ça ?

— Au point d'eau.

Sigrid et Rice, sur le faîte d'un vallonnement totalement aride, dominaient une sorte de vaste dépression que rien ne distinguait du reste du désert qu'ils avaient traversé jusqu'à maintenant.

Rice, crotté, terreux, exténué, jeta un regard à la chasseuse qui semblait indemne de toute fatigue.

— Il y a de l'eau ici ?

Sans daigner répondre, Sigrid descendit la pente légère qui menait au fond de la cuvette où poussaient de maigres touffes d'armoise. Elle détacha la pelle pliable qu'elle portait à son sac et creusa au milieu d'un trou desséché une terre qui avait été mainte fois retournée. À vingt centimètres de profondeur, des traces d'humidité apparurent, et quelques coups de pelle plus tard une tache d'eau se mit à sourdre et à miroiter à la lumière.

Rice, qui avait rejoint Sigrid, observa le phénomène, incrédule.

— On va boire ça ?

— Moi, oui. Vous, vous ferez ce que vous voudrez.

Sigrid plaça dans le petit puits un linge en entonnoir pour servir de filtre puis, à l'aide de son quart, entreprit de récupérer l'eau qui apparaissait comme par enchantement et remplit patiemment sa gourde.

À sa suite, Rice fit de même, et cela leur prit plus d'une demi-heure tant la terre semblait avare des gouttes qu'elle autorisait à remonter à la surface.

Sigrid dépeça ce qui restait du lapin et partagea avec Rice.

— Mangez, ça ne vous fera pas de mal, l'encouragea-t-elle.

Avec un air dégoûté, Rice mordit dans la chair crue et mâcha ses bouchées sans appétit.

— Je vais vous laisser, fit Sigrid quand elle eut fini. Vous avez tout ce qu'il vous faut ici pour attendre Boyd.

— Tout ce qu'il me faut ?

— Oui. Vous avez de l'eau. Autant que vous en voulez. Dans le désert, quand on a de l'eau, on n'a plus besoin de rien.

Il la regarda comme un gamin au portail de l'école appréhendant le départ de sa mère.

— Vous voulez pas attendre avec moi l'agent fédéral ? Si vous le connaissez, vous pourriez lui expliquer…

— Surtout pas ! Quand je viens par ici, ce n'est pas pour rencontrer les bonnes âmes d'Haydenton. C'est pour être tranquille.

Elle ramassa sa pelle, la sangla sur son sac, puis vérifia son arc et ses flèches. Rice la regardait faire, désemparé.

— Et vous allez où pour être tranquille ?

D'un geste elle indiqua le nord-est, vers Hillary Peak.

— Du côté d'Humbelt Flats. À mon avis je vais les trouver sur les plateaux.

— Qui ça ?

Elle se tourna vers lui, les yeux brillant de plaisir anticipé.

— Les *bighorns*. Les mouflons blancs du désert.

Rice la dévisagea quelques secondes, vaguement

interloqué, mais n'ajouta pas un mot. Il était plus écœuré qu'accablé. Cette gonzesse courait après des mouflons, une bande de fous furieux couraient derrière lui, et lui il courait pour sauver sa peau. C'était tout simple. Apparemment, le monde pouvait marcher comme ça. Sauf qu'il ne ressemblait à rien de logique, à rien d'humain. La Terre tournait, comme d'habitude, c'était sûrement ça le plus important...

Il soupira.

— Il est comment, votre Boyd ?

— C'est un grand type carré à l'air plutôt sympathique, entouré de touristes comme une poule de ses poussins...

— Et les autres ?

— Faciles à reconnaître aussi. C'est des tueurs du dimanche. Comme Cuthbert.

Elle fouilla dans sa poche et lui lança les cartouches qu'elle avait ôtées de son fusil dans le courant de l'après-midi.

— Si ce sont eux qui vous tombent dessus, tenez-les à distance avec ça, dit-elle. Ils ne comprennent rien d'autre...

— Pas de problème, fit Rice en ramassant les cartouches. C'est tout naturel. On se tire dessus et tout s'arrange...

Sans se soucier de l'amertume de Rice, Sigrid passa son arc à son épaule et jeta au fugitif un dernier coup d'œil indifférent.

— Boyd ne doit pas être loin, dit-elle. Ça devrait bien se terminer pour vous. Bonne chance !

Elle était déjà ailleurs. Après un signe de la main, elle se détourna et disparut en quelques minutes de son horizon.

Rice resta un moment assis à se morfondre. Avec la lueur du jour qui déclinait et le soleil qui grossissait à l'ouest, il ressentait une angoisse poignante. Bien qu'au milieu d'un espace ouvert, il avait la terrible prémonition d'être arrivé au terme de son chemin. Comme si les dés avaient roulé pour la dernière fois, comme s'il n'y avait déjà plus une once d'espoir pour lui, même au-delà du désert, au-delà des montagnes, et plus loin encore dans ce qui restait du monde.

Il s'efforça de chasser ces pensées et il lui vint à l'esprit que s'il ne bougeait pas de ce trou, il était à peu près aussi vulnérable qu'un canard au milieu d'un étang. Il réfléchit que s'il devait recevoir de la visite, les arrivants, quels qu'ils fussent, viendraient forcément du sud ou du sud-ouest. Il inspecta alors du regard les limites opposées du point d'eau et décida d'aller s'embusquer à deux cents mètres de là, derrière une des crêtes.

Il s'y rendit d'un pas pesant, le moral bas. Lorsqu'il fut allongé dans la pierraille pour entamer sa longue veille, il éprouva une affreuse lassitude. Certes, de sa position il contrôlait un bon bout de terrain, mais le désert et le ciel étaient si vastes qu'ils semblaient l'avoir déjà englouti tout entier.

Ce n'était ni un beau jour pour mourir, ni un bel endroit, et il avait peur.

33

À GRANDS coups de chapeau, Waronker chassa les mouches qui tournoyaient, affolées, dans la caravane. Il y avait maintenant beaucoup de monde sur le lieu de travail de Laurie. Hormis Laurie elle-même qui attendait, choquée, en retrait sur le chemin, il y avait Donnelly, Garrick, Zack Shellman et Jim McDonough, ainsi que le croque-mort, Zbignewski, convoqué dans la foulée par Waronker.

Le shérif prit tout son temps pour examiner le cadavre, d'abord sans y toucher, puis en le déplaçant légèrement. Après quoi, il se tourna vers Zbignewski qui l'avait accompagné à l'intérieur de la caravane.

— À ton avis, elle est morte depuis combien de temps ? lui demanda-t-il.

Le croque-mort éprouva la rigidité du cadavre et haussa les épaules.

— Je dirais deux jours, peut-être plus…

— Et ça ? Qu'est-ce que t'en dis ?

Waronker avait bougé la tête de Molly et exposait son cou. Zbignewski se pencha en ajustant ses lunettes.

— On dirait bien des traces de strangulation, dit-il. Mais je suis pas médecin légiste, Grant.

— Je crois que c'est suffisamment clair. Je sais pas

comment ils se sont retrouvés ici, mais il lui aura réglé son compte avant ou après la partie de jambes en l'air.

Il fixa le croque-mort avec une subite idée derrière la tête.

— Zbig… Tu pourrais me dire s'il y a des traces de rapports sexuels ?

Zbignewski hésita.

— Tu voudrais que je l'examine, c'est ça ?

Waronker ne répondit pas.

— C'est pas mon job, Grant. Demande à Wiggins. Je voudrais pas faire de conneries.

Il n'avait surtout pas l'air enchanté à l'idée de se livrer à des explorations sur le cadavre de Molly.

— OK, laisse tomber, fit Waronker. Le coroner s'en chargera. De toute façon, rapports ou pas, on a maintenant un double meurtre sur les bras.

Il se tourna vers la porte de la caravane et appela Jim :

— Amène le Polaroid. Tu vas me faire quelques photos.

Lorsque le jeune homme se présenta avec l'appareil, Waronker lui posa la main sur l'épaule.

— Tu as l'habitude, maintenant, pas vrai ?

Jim hocha la tête.

— Alors, fais-moi un super-reportage. Zbig va t'aider. Pendant ce temps je vais téléphoner à Carver City.

Il remit son Stetson et laissa là les deux hommes. Revenu à son bureau, il appela Wiggins et le mit au courant.

— J'ai l'impression qu'il l'a proprement étranglée mais ça serait bien si je pouvais avoir des précisions rapidement.

— Rapidement comment ? fit Wiggins. Vous voulez dire aujourd'hui ?

— Oui. Si vous pouviez venir faire ça dans la soirée, ça serait pas mal.

Il y eut un long soupir à l'autre bout de la ligne.

— C'est pas possible, shérif. Il y a trop de morts chez vous en ce moment. Je peux pas passer tous les deux jours m'occuper d'une autopsie... Vous avez fait des photos ?

— C'est en cours.

— Bon. Alors quand vous aurez fini, dites à Zbignewski de mettre le corps au frais et je passerai travailler chez lui demain matin. Promis juré. Ça vous va ?

— On fera avec...

Il raccrocha et consulta sa montre. Cinq heures moins deux. Il se leva et se rendit au poste de communication, face à la VHF. Cela faisait quatorze heures maintenant qu'il n'avait plus eu aucun contact avec Bradner et les autres. Il s'assit et patienta quelques minutes. Il essaya à plusieurs reprises d'établir la liaison, toujours sans succès. Il n'insista pas, de peur d'occuper la fréquence et de rater une tentative d'appel de Bradner.

Un quart d'heure plus tard, il abandonna le poste de veille et retourna à la caravane où, en compagnie de Zack et de Jim, il aida Zbignewski à charger la pauvre Molly dans le fourgon mortuaire. Quand celui-ci s'éloigna dans un nuage de poussière sur le chemin, il entendit Laurie le héler :

— Qu'est-ce que je fais, shérif ? Vous avez toujours besoin de moi ?

— Non, je pense pas. Donnelly va nous faire sa déposition et ça devrait suffire.

— J'y serai, dans cette déposition ? s'enquit-elle.

Waronker jeta un regard à Donnelly qui observait attentivement la pointe de ses chaussures.

— À moins que M. Donnelly n'y tienne vraiment, on parlera pas de vous. Vous pouvez partir, si vous voulez.

— Merci, shérif.

Elle tourna les talons et s'en fut, passant devant Donnelly et Garrick sans leur accorder un regard.

— Et pendant un moment, essayez de trouver un autre coin pour travailler, lui lança Waronker.

Laurie ne prit pas la peine de répondre et disparut à un tournant du chemin.

Les cinq hommes restèrent un moment sans prononcer un mot et ce fut Zack qui rompit le silence.

— Il a dû repérer le coin l'après-midi où il était avec Bert, dit-il pour répondre à la question que tout le monde semblait se poser.

— Il a travaillé par ici ? fit Waronker.

— Pas exactement. Sur le fossé qui longe la nationale au carrefour. Mais c'est juste à côté, et peut-être que Bert lui a raconté des trucs sur la caravane...

— Et après ?

Zack le regarda, pris de court.

— Je sais pas, admit-il. Il a monté un sale coup à Bert alors que Molly était avec lui et ensuite il l'a entraînée jusqu'ici...

— Il a tiré sa crampe, il l'a étranglée et il s'est barré dans les montagnes ? C'est comme ça que tu vois les choses ?

Zack resta silencieux car il ne trouvait rien à ajouter.

— Ce que je pense, moi, reprit Waronker, c'est qu'il a enfoncé le crâne de Bert et qu'il est tombé sur Molly par hasard. Si Bert lui a raconté ce qui se passe dans la caravane, il a dû se dire que si on y trouvait Molly, on penserait qu'il s'était barré par la nationale.

— Et après il est revenu à la prison et de là il est parti dans la montagne ? fit Jim en s'efforçant de ne pas paraître trop dubitatif.

— Il voulait peut-être récupérer quelque chose avant de filer, hasarda Waronker sans conviction. De toute façon, il a dû faire tout ça dans la panique et c'est pour cette raison qu'il y a une logique qui nous échappe. De la logique, à mon avis, il y en a même pas du tout.

— Comment il s'est débarrassé de sa chaîne ? intervint à nouveau Jim.

— Ça, c'est Bert, déclara Waronker, sûr de lui. Il a embobiné le vieux Bert. C'est la seule explication. Après, ce qu'il a fait exactement avec Molly, c'est un mystère. Tout ce que je comprends, c'est qu'il a essayé de nous monter un plan tellement foireux qu'on est complètement dans les choux, et lui aussi...

Ils remontèrent le chemin en discutant à qui mieux mieux. Au carrefour, Waronker s'arrêta à côté des voitures et s'adressa à Donnelly :

— Je crois que vous pouvez laisser tomber ici. Il vaut mieux renforcer la surveillance sur la 361 et la 358 de chaque côté du Nopahute. S'il gambade depuis une quarantaine d'heures, il a dû faire un joli bout de chemin...

— T'as des nouvelles de Bradner ? fit Zack.

— Toujours rien. Je suppose que c'est parce qu'il ne s'est rien passé. Ils doivent pas avoir envie de nous dire qu'ils sont en train de se faire blouser dans les grandes largeurs...

— Qu'est-ce qu'on fait ? On attend qu'ils appellent, c'est tout ?

Waronker prit le temps de réfléchir.

— On va se partager la veille de la nuit, dit-il. Et s'il n'y a toujours rien, j'essaierai à l'aube d'aller voir ce qui se passe. Il sera où, demain matin, Boyd ? À Goosewater ?

— S'il a pas eu de problèmes avec ses scouts, je pense que oui.

— C'est pas facile d'accès, mais avec le 4 × 4 je devrais pouvoir y arriver en passant par la 318.

— Et nous ?

— Wiggins m'a promis de venir dans la matinée. Vous vous occuperez de lui.

Ils échangèrent encore quelques mots, puis Garrick et Donnelly regagnèrent leur pick-up et rentrèrent en ville. Zack accompagna Waronker dans sa voiture et Jim se retrouva seul au volant de la Ford de Zack. Dans le temps qu'il lui fallut pour arriver au bureau, il réexamina les données du problème dans tous les sens. Il n'était pas d'accord avec Waronker. Pas du tout. Il y avait forcément une logique quelque part. Des énigmes policières sans logique, ça ne s'était jamais vu !

34

La descente de Silver Mount avait duré presque toute la journée. Ils avaient quitté Fat Hills à six heures du matin et marché sans discontinuer, hormis le temps de la halte qu'ils s'imposèrent comme la veille pour se protéger du soleil culminant.

Cette face de la chaîne était la plus belle, la plus escarpée et la plus dure. Si au début les randonneurs n'avaient cessé de renchérir sur la beauté du paysage qui se dévoilait dans la lumière crue du petit matin, très vite ils avaient préféré économiser leurs paroles, leur souffle et leur salive. Et depuis leur dernière pause de l'après-midi, pas un mot n'avait été échangé. Lorsque Boyd, qui menait la marche, fit signe de s'arrêter, Benkelman poussa un long soupir.

— Elle est encore loin votre étape ? s'enquit-il d'une voix éteinte. On descend depuis des heures et c'est plus crevant que de grimper !

— On y est presque, dit Boyd. Vous ne sentez pas ?

Benkelman fit mine de renifler autour de lui.

— Quoi donc ?

Ce fut Maureen qui comprit de quoi il s'agissait.

— L'air chaud ?

Boyd acquiesça.

— Le vent du désert. Il monte jusqu'ici. Dans moins

d'une heure, quand le soleil aura tourné derrière les montagnes, il s'arrêtera.

— C'est pas trop tôt. Peut-être qu'on pourra respirer, fit Benkelman en se raclant le gosier. On pourrait boire un coup, non ? hasarda-t-il.

La mine défaite et harassée du bonhomme arracha un sourire à Boyd.

— Accordé, dit-il. Rasades à volonté pour tout le monde. N'importe comment, d'ici une petite demi-heure on fera le plein. On a tout ce qu'il faut au point de ravitaillement pour traverser demain le Nopahute et arriver à la chaîne des Tocumas.

— Alors, à votre santé ! lança Benkelman en s'aspergeant, tête renversée.

— J'ai dit OK pour boire, pas pour prendre des douches...

— À vos ordres, capitaine, rétorqua Benkelman.

Il but jusqu'à la dernière goutte et rangea sa gourde avec un claquement de langue.

— On repart ? fit-il, plein d'énergie.

— Allez-y, on vous suit ! dit Boyd.

Sans hésiter, Benkelman s'élança le premier, bientôt suivi du reste de la troupe.

Vingt minutes plus tard, Benkelman, qui avait pris une bonne avance, s'arrêta soudain.

— Hé ! les gars ! Moi je sens autre chose maintenant ! dit-il.

— Quoi donc ? fit Boyd en le rejoignant.

— Le cramé.

Boyd huma l'air et perçut l'odeur à son tour. Un soupçon d'inquiétude traversa son regard. Qu'est-ce qui pouvait brûler ? Il n'y avait pour ainsi dire plus rien de combustible à des kilomètres à la ronde.

Il repassa en tête de colonne et pressa la marche. Cinq minutes plus tard, il aperçut dans le ciel d'infimes volutes de fumée blanche. Il marqua le pas, stupéfait, puis s'élança à toutes jambes, droit devant lui dans le chemin. Comme une file de canetons obéissants, les autres l'imitèrent et ce fut au pas de course, hors d'haleine, qu'ils atteignirent leur étape.

Boyd était planté, bras ballants, ahuri, à quelques mètres d'une cavité aux pierres noircies surmontée de planches calcinées.

— C'est quoi ? s'exclama Benkelman.

— Notre point de ravitaillement, répondit Boyd d'une voix blanche.

— Comment ça a pu se passer ? fit Jed Hanson. Il y avait des produits inflammables ?

— Il y avait des cartons de vivres et deux jerricans de vingt litres d'eau. Rien qui brûle facilement.

— Alors ? insista Benkelman.

— Alors, on y a foutu le feu, c'est tout, dit Boyd excédé en s'approchant du sinistre.

Il posa son sac, écarta les décombres fumants et fouilla les cendres de ses rangers. C'était un désastre total. Sous l'effet de la chaleur les boîtes de conserve avaient explosé, les paquets de vivres secs s'étaient consumés et les jerricans avaient fondu.

— Les salauds ! Ils ont tout détruit. Ça a dû brûler une bonne partie de l'après-midi. En s'écoulant, l'eau des jerricans a sauvé le bas de la cabane mais c'est tout. Il n'y a plus rien pour nous là-dedans...

— Qui a pu faire ça ? demanda Maureen.

Boyd ne répondit pas.

— Les gars d'hier soir, à Fat Hills, ils n'avaient pas l'air de vous aimer beaucoup, insinua Benkelman.

Pour toute réponse, Boyd se contenta de lui adresser un regard noir. Il essayait de garder son calme, mais il bouillait intérieurement. C'était un message et c'était signé. Cadmus et les autres l'avaient devancé et avaient décidé de régler leurs comptes avec lui. De plus, ils lui ôtaient toute possibilité de poursuivre sa route sans mettre en danger les randonneurs qu'il avait sous sa responsabilité. Ils l'avaient coincé et l'ancien militaire qu'il était ne pouvait le supporter. Il jura, jeta son sac à terre et en extirpa la radio.

— Qu'est-ce que vous allez faire ? s'inquiéta Benkelman.

— Appeler le shérif.

— Pourquoi ? C'est fini la balade ? On rentre ? C'est si grave que ça, votre cabane qui a brûlé ?

Boyd soupira, exaspéré.

— Ce n'est pas *si* grave que ça, mais je juge que c'est *suffisamment* grave, répliqua-t-il. Ça vous va ?

Mais Benkelman s'entêta :

— Ecoutez... Moi, j'ai payé pour me taper cinq jours de crapahute dans le désert. Ça me gêne pas si on doit faire un peu de survie pour terminer. Et à mon avis c'est pas la peine d'appeler police secours. Qu'est-ce que vous en pensez ? demanda-t-il en se tournant vers les autres randonneurs.

— Monsieur Benkelman ! l'interpella Boyd. Ce n'est pas pour vous que je veux appeler, c'est pour Waronker. Je veux qu'il vienne ici constater ce qui s'est passé. Je n'ai pas l'intention de me laisser marcher sur les pieds par qui que ce soit. Ils veulent la bagarre, je vais me bagarrer.

— Qui ça ? demanda doucement Maureen.

Boyd laissa alors éclater sa fureur.

— Haydenton, Mo ! Tout Haydenton ! Depuis que l'Agence fédérale de l'environnement a créé mon poste pour surveiller l'application des dispositions fédérales dans ce comté, il n'y a pas une seule bonne âme qui soit venue m'épauler. Ni pour faire face à l'arrogance des ranchers qui occupent illégalement des terres, ni pour expliquer à ces culs-terreux l'avantage qu'ils ont à respecter les quotas de chasse, ni pour instiller la moindre notion de civisme dans leurs crânes obtus. Personne ! J'ai tout le monde à dos, mais j'ai jamais baissé les bras !

D'un geste rageur, il actionna le bouton de la radio,

pour constater aussitôt que le témoin ne s'allumait pas. Il répéta la manœuvre, sans plus de succès.

— Qu'est-ce qui se passe, encore ! maugréa-t-il.

Il secoua l'appareil puis ôta le cache en plastique pour vérifier la batterie et resta interdit.

— Et la batterie ? Elle est où ?

Il leva les yeux sur la troupe qui l'observait.

— C'est quoi le problème ? demanda Jed, sans comprendre.

— Il n'y a pas de batterie ! Qu'est-ce que c'est que cette histoire ? J'ai vérifié moi-même avant de partir !

Il y eut un long silence durant lequel les randonneurs s'entre-regardèrent comme pour trouver une explication susceptible d'apaiser la colère de Boyd. Finalement, Benkelman tourna la tête vers celui-ci et le fixa droit dans les yeux.

— Cherchez pas, dit-il en affectant une nonchalance un peu forcée. C'est moi qui l'ai enlevée avant notre départ...

Le silence se fit encore plus pesant.

— C'est vous qui l'avez enlevée ? répéta Boyd, totalement incrédule.

Écœuré, il jeta à terre l'appareil inutilisable et se frotta les yeux.

— Écoutez, essaya de se justifier Benkelman. Moi, je me suis inscrit à votre truc pour une expérience en conditions extrêmes. Et les conditions extrêmes, c'est ça. Pas de radio, pas de bouffe. Et ça ne me fait pas peur. On se serre la ceinture, on fait face et on finit par arriver au but !...

Mais Boyd ne lui accordait déjà plus aucune attention. Il s'était éloigné pour ne pas être tenté de se montrer violent. C'étaient ses clients, se répétait-il. Ses clients. Des civils, rien que des civils imprévisibles, ignorants et inconséquents. Et il sentit remonter en lui ce mépris si difficile à réprimer qu'il avait acquis durant sa carrière militaire. Il s'efforça de reprendre le contrôle de lui-même et finit par se rendre à l'évidence : il lui fallait faire demi-tour.

Il était en train de s'interroger sur la meilleure façon de rebrousser chemin lorsqu'il fut tiré de ses réflexions par la voix de Squibb :

— Eh ! Venez voir ce que j'ai trouvé.

Le jeune homme était dans les rochers, à quelques mètres derrière la cabane dévastée.

— Qu'est-ce que c'est ? lui cria Boyd.

— Un sac à dos, m'sieur, fit Squibb.

— Un sac à dos ?

Pour quelle raison un sac pouvait-il se trouver abandonné ici ? Cadmus et les autres n'étaient pas du genre à oublier leur équipement, surtout après avoir monté un coup pareil.

— Il y a peut-être de quoi boire dedans, hasarda Benkelman, trop content de changer de sujet.

Boyd le vit rejoindre le jeune Squibb et se baisser vers le sac.

— Attendez ! intervint-il en se dirigeant vers eux. Laissez-moi jeter un coup d'œil.

Et subitement, quelque chose comme un signal d'alarme se déclencha de manière fulgurante dans son esprit. Il réagit une fraction de seconde trop tard. Déjà Benkelman tripotait les fermetures du sac.

— Rod ! ! ! s'écria Boyd en s'élançant pour le retenir. N'ouvrez pas !

Au même instant, il vit Benkelman se rejeter violemment en arrière en poussant un cri de terreur absolue.

— Rod ! ! !

Boyd eut juste le temps d'apercevoir l'éclair brunâtre du crotale glissant sur le sol pour s'évanouir dans les pierres comme un mince filet d'eau. Il rattrapa par les épaules Benkelman qui avait roulé dans la poussière et vit que celui-ci, livide, le regardait fixement, en état de choc.

— Rod ! le secoua Boyd.

Une affreuse lueur de panique s'alluma alors dans les yeux exorbités de Benkelman qui se mit à balbutier, totalement effaré :

— Il… il m'a mordu !… J'ai… été mordu !

— Où ça ?

Benkelman tendit son bras droit et Boyd décela immédiatement les quatre piqûres laissées par les crochets, où perlaient d'infimes gouttes de sang. Elles se situaient en haut de l'avant-bras, presque au pli du coude, sur le renflement du premier radial. Boyd se retourna vers Squibb.

— Mon sac, vite !

Le jeune homme détala aussitôt tandis que Benkelman cédait totalement à la panique.

— C'était quoi ? Un crotale ? C'est ça ? C'était un crotale, hein ? C'est grave ?… Qu'est-ce qu'il faut faire ? Qu'est-ce que vous allez faire ?…

Boyd était atterré. Un vieux traquenard de commando. Cadmus l'avait piégé comme un bleu. Ce n'était même plus un message, c'était la guerre. Une guerre pour tuer. Il était plus que temps que le soldat qu'il avait été prenne les choses en main. Son visage se durcit.

— Calmez-vous, Rod, dit-il froidement. Ça va aller. Puisqu'on n'a plus de radio, on va se débrouiller tout seuls.

Benkelman lui jeta un regard pathétique.

— J'vais mourir, non ? J'vais pas mourir ?…

— Calmez-vous, je vous dis.

Mais Benkelman s'arracha à son emprise en hurlant comme un possédé.

— J'veux pas mourir ! vous m'entendez ?… J'veux pas mourir !

Boyd le ressaisit par son vêtement et lui assena deux gifles avec une violence moins contrôlée qu'il n'aurait voulu. Sonné, Benkelman retomba sur le flanc. Boyd se pencha sur lui.

— Écoutez-moi, Rod, ce n'est qu'une morsure. Juste une morsure. En plus, vous avez de la chance. Il aurait pu vous mordre au cou ou au visage. Je vais faire le nécessaire et ça va aller. Mais il faut vous calmer. Plus vous vous agitez et plus vous risquez de compliquer les choses. Vous comprenez ?

Dans un état second, Benkelman hocha la tête sans mot dire.

— Allongez-vous et essayez de retrouver une respiration normale. Votre sang est chargé de toxines. Moins elles circuleront rapidement dans votre organisme, mieux ça vaudra.

Dès que Colin eut déposé son sac à côté de lui, il déballa sa trousse d'urgence, en sortit une seringue à succion et se tourna vers Maureen.

— Mo, tu sais comment ça marche ? Alors, extrais le maximum de venin de la blessure pendant que je prépare le sérum, tu veux ?

Sans un mot, elle prit l'instrument, l'appliqua à l'endroit de la plaie et fit ventouse pour aspirer. Pendant ce temps, Boyd se pencha vers Benkelman qui suait de peur.

— Rod, êtes-vous allergique à l'antivenin ?

Benkelman le regarda bêtement.

— Comment voulez-vous que je le sache ? Vous vous imaginez que je me fais mordre par des crotales tous les six mois ?

— Non, mais avez-vous déjà manifesté des réactions allergiques ?

— Oui. Aux… aux fraises.

— Aux fraises ?

Benkelman acquiesça, vaguement gêné.

— Ça paraît idiot, pourtant c'est comme ça depuis que je suis gamin. Encore l'an passé je ne me suis pas méfié d'un yaourt aux fruits et j'ai pratiquement doublé de volume en deux heures...

Boyd parut ennuyé.

— Écoutez, je vais vous dire exactement ce qu'il en est. L'animal qui vous a mordu est extrêmement dangereux. Avec l'antivenin, nous mettons toutes les chances de notre côté. Mais comme je ne sais pas comment votre organisme va réagir, je vais vous faire une première intraveineuse à 0,1 cc à titre de test. Si vous la tolérez, je ferai d'autres injections environ toutes les dix minutes en augmentant les doses. Vous êtes d'accord ?

À ces explications, Benkelman blêmit.

— Ça va si mal que ça ?

— Je vous l'ai dit, on met toutes les chances de notre côté.

Benkelman comprit qu'il éludait la question et décida d'en rester là lui aussi.

— OK, dit-il. Allez-y.

Dans les instants qui suivirent, Boyd procéda à l'injection sous les regards du reste de la troupe et patienta quelques minutes à côté du blessé.

— Comment vous sentez-vous ?

— J'ai de plus en plus mal, fit Benkelman, à nouveau envahi par la peur.

— C'est normal. Attendez un moment. Il faut que je fasse le point sur la situation. Je vous ferai une deuxième injection d'ici un quart d'heure.

Il le quitta pour retourner à la cabane dévastée et Maureen lui emboîta le pas.

— Il va s'en tirer ?

Le visage sombre de Boyd n'augurait rien de bon.

— Cam..., insista-t-elle. Il va s'en tirer ?

— Possible, finit-il par lâcher. Ça dépend de la toxicité du venin et de sa tolérance aux injections. Si le mojave a mordu très récemment, ça joue en notre faveur. Et si on peut le traiter à doses normales, ça ira peut-être.

— Qu'est-ce que tu veux dire ?

— Il a les chiffres pour lui. Les statistiques lui donnent six chances sur dix.

Un long silence suivit cette déclaration.

— Qu'est-ce qu'on va faire ? reprit Maureen, contemplant les ruines fumantes de la cabane.

— D'abord, aller à Goosewater. On a plus que jamais besoin d'eau, surtout pour Rod. Là-bas, en grattant la terre, on doit pouvoir récolter quelques litres. Après, je ne sais pas. Je prendrai ma décision quand on y sera.

Ils retournèrent vers Benkelman et Boyd lui administra une nouvelle injection. Quand il eut rangé son kit de premiers secours, il se leva et donna ses instructions.

— On va poursuivre jusqu'à Goosewater. C'est à deux bonnes heures d'ici, aux confins du désert. Il est hors de question de faire marcher Rod. Je vais tâcher de fabriquer une civière de fortune et Jed et moi on le portera. Vous deux, poursuivit-il en désignant Maureen et Squibb, vous allez faire l'inventaire de ce qui reste dans les sacs.

Il claqua dans ses mains.

— Allez, exécution !

En compagnie de Jed, il confectionna un brancard à l'aide des deux montants de porte quelque peu épargnés par les flammes et de deux ponchos noués en travers. Lorsqu'ils furent prêts, ils déposèrent Benkelman dessus. Celui-ci se laissa faire sans mot dire. Son visage était très pâle et ses yeux étaient devenus fiévreux.

— Ça ira ? lui demanda Boyd.

Benkelman hocha la tête. Son bras avait considérablement enflé à l'endroit de la blessure, mais hormis cela il semblait supporter le traitement.

Maureen et Squibb firent leur rapport.

— … Pas tout à fait deux litres d'eau en récupérant ce qui restait dans toutes les gourdes, dit Maureen. En revanche, on a pas mal de trucs à grignoter.

Boyd secoua la tête.

— Terminé. On ne mange plus. Ça nous coûterait trop en eau. On ne boit pas non plus jusqu'à Goosewater. L'eau de la gourde servira au blessé seulement. En route !

Boyd et Jed, transformés en brancardiers, ouvrirent la marche, suivis de Squibb et Maureen, et entamèrent leur ultime descente vers le Nopahute. Sur la civière improvisée, Benkelman ballottait comme une dépouille rapportée au camp par des chasseurs. De temps à autre, lorsqu'un cahot le bousculait plus violemment, une plainte lui échappait. Il se reprenait aussitôt. Il savait que la meilleure façon pour lui de participer à l'effort général était de se taire.

35

PLEIN OUEST, il y eut comme un frémissement sur la ligne d'horizon et une ombre surgit du sol, à contre-jour.

Rice sursauta et son cœur se mit à battre rapidement. Il leva la tête par-dessus la crête derrière laquelle il était toujours allongé et observa la silhouette qui avançait. Mais celle-ci était encore trop éloignée pour qu'il puisse distinguer quoi que ce soit. Ce n'était qu'une sorte de feu follet sombre dansant dans la lumière rose de la fin de la journée.

Une deuxième silhouette se profila soudain derrière elle, puis une troisième.

Rice se sentit parcouru d'une soudaine allégresse. Ce devait être l'agent fédéral avec sa troupe de randonneurs... Il allait lui expliquer et tout allait s'arranger...

Il s'était déjà à moitié relevé afin de signaler sa présence quand une ultime appréhension le retint. Il se ravisa et attendit. Quelque chose clochait. La file des apparitions s'était interrompue. Il n'y avait que trois ombres, pas une de plus, qui venaient de s'engager sur la pente douce qui menait au trou d'eau. Trois ombres menaçantes, comme si le désert n'était capable de se peupler que de fantômes.

Rice sentit son sang refluer. Il se rejeta à terre, le

ventre à nouveau tenaillé par la peur. Il venait d'apercevoir les fusils en bandoulière pointant dans le dos des hommes. Ce n'était pas ce Boyd ! La gonzesse à l'arc avait eu tout faux et l'avait planté dans la mouise !

Il ferma les yeux et serra les poings de terreur et de dépit. Il fit un effort considérable sur lui-même pour ne pas détaler stupidement comme un lapin. Derrière lui, le désert remontait en collines caillouteuses et il n'avait pour l'instant aucune chance de passer inaperçu. Peut-être, songea-t-il, quand les trois types seront arrivés au fond du trou et qu'une bonne partie de l'horizon leur sera masqué par les pentes... Il lui fallait attendre le moment propice.

Il s'écrasa à la surface du sol à s'en faire mal, avec l'espoir dérisoire qu'ils ne s'apercevraient pas de sa présence et qu'il parviendrait à leur échapper.

Josh s'arrêta au milieu des touffes d'armoise, à une dizaine de pas du trou d'eau. D'un geste péremptoire, il intima aux deux autres qui le suivaient de faire de même. Totalement immobiles, les trois hommes inspectèrent de tous côtés la longue étendue au fond de laquelle ils se trouvaient.

— Qu'est-ce que tu cherches ? fit Cuthbert. Tu crois qu'ils sont déjà passés ? On a démoli leur cabane pour rien ?

Josh ne répondit pas et avança sur quelques mètres en explorant méthodiquement le sol.

Il y avait de nombreuses empreintes de chaussures de marche aux crantages sophistiqués ainsi que des traces de lourds brodequins militaires. Mais elles dataient certainement du dernier passage de Boyd car elles étaient remplies de cette fine poussière du désert que le vent charrie inlassablement. Au milieu de ce fouillis de pas, il ne fallut cependant que quelques secondes à Josh pour déceler les formes nettes et franches qui révélaient un passage récent.

Il s'approcha du trou d'eau, s'accroupit longuement pour examiner les traces, et un mince sourire éclaira son visage.

— Venez voir, dit-il. C'est pas Boyd qu'est passé...

Il désigna des empreintes presque parfaites sur la terre à peine humide bordant le trou.

— Tes rangers ont pas dû lui plaire, dit-il à Cuthbert. Il se balade avec ses baskets.

Cuthbert frotta machinalement entre ses doigts la terre retournée du trou d'eau pour en éprouver l'humidité.

— Il est pas loin, dit-il. Il a pas plus d'une heure ou deux d'avance sur nous. C'est quoi les autres traces, à ton avis ?

Josh ne répondit pas immédiatement. Il était abîmé dans des pensées qui lui faisaient battre le sang aux tempes. Bien avant les baskets du nègre, il avait repéré les menues traces de chaussures de chasse qui marquaient l'endroit en tous sens. Il avait même découvert l'emplacement où elle s'était assise, là, juste à côté de lui, pour casser la croûte ou boire un coup. Il y avait l'empreinte incertaine de ses fesses dans la poussière.

— La prof de gym, dit-il dans un souffle. Elle a dû le trouver avant nous et l'amener ici.

— S'ils sont repartis ensemble, ça va pas arranger nos affaires...

— C'est pas sûr qu'ils soient ensemble, fit Josh en suivant son idée. Je la vois mal l'emmener avec elle traquer le mouflon.

— Qu'est-ce qui te fait dire qu'elle est toujours après les mouflons ? intervint Bradner. Peut-être qu'elle a fait demi-tour et qu'en ce moment elle rentre sur Fat Hills...

— Faut voir, dit Josh en se relevant. C'est simple. C'est écrit par terre...

Tous trois se remirent à inspecter le sol dans l'espoir de découvrir par où Sigrid et le noir avaient pu quitter Goosewater. Mais au-delà du petit cercle de végétation qui entourait le trou d'eau, la caillasse reprenait le dessus et il n'y avait pratiquement plus de traces.

Une piste au milieu des armoises semblait bien indiquer que la prof de gym était partie vers le nord-est, mais Josh n'en aurait pas mis sa main à couper.

C'est en s'éloignant du point d'eau en cercles concentriques que son attention fut soudainement attirée par un léger raclement de cailloux de l'autre côté de la dépression, peut-être à une centaine de mètres.

Sans prendre le temps de réfléchir, il s'élança comme une flèche en direction du bruit, le dos courbé, à grandes foulées silencieuses, se laissant guider par son seul instinct de chasseur.

Lorsqu'il arriva au sommet de la pente, il se jeta à plat ventre, se tourna vers Bradner et Cuthbert qui observaient de loin son manège, et mit un doigt sur ses lèvres pour les faire tenir tranquilles. Puis il poursuivit sa progression par de lentes reptations à peine perceptibles. Il marqua une pause, perçut le bruit une nouvelle fois et leva la tête avec précaution par-dessus la ligne de crête.

De l'autre côté, à cinquante mètres à peine, il découvrit le nègre occupé à ramper à reculons, essayant de gagner l'abri d'une autre butte. Josh se laissa alors retomber et roula sur le dos, saisi d'une sorte de fou rire silencieux. C'était trop drôle. Le type essayait de se barrer à reculons !

Il bascula sur le flanc, toujours protégé par la crête, la face hilare à l'idée de la bonne blague qu'il allait faire.

— Riiiiice..., appela-t-il doucement comme un gamin entamant une partie de cache-cache. Riiiiice... Tu m'entends ?

Il imagina la bouille interloquée du noir et pouffa de plus belle.

— Je t'ai trouvé, Rice... Je t'ai trouvé ! reprit-il d'un ton taquin.

Soudain lui parvint la voix tremblante et frénétique de Rice :

— Restez où vous êtes ! Je suis armé !

Josh s'esclaffa.

— Tu vas me tuer, Rice ? Comme t'as tué Bert ?

— Je l'ai pas tué ! ! ! s'égosilla Rice. Restez où vous êtes. Je vous préviens, je vais tirer !

— Tu vas tirer, Rice ?... Tu vas tirer sur quoi ?

La situation l'amusait au plus haut point. Il chercha du regard Cuthbert et Bradner qui se trouvaient toujours au point d'eau et se demandaient ce qui lui arrivait. À grand renfort de gestes, il leur fit comprendre qu'il y avait quelqu'un de l'autre côté et les invita à le rejoindre. Tandis qu'ils rappliquaient, il se hissa lentement par-dessus la crête.

— Attention, Riiiiice... J'arrive...

Il leva brusquement sa tête comme un dindon audessus d'une haie.

— Vu !

Mais il n'y avait plus personne.

Josh afficha une expression exagérément contrariée.

— Oh ! Il n'est plus là. Il s'est caché !

Il se mit carrément debout et attendit que Bradner et Cuthbert le rejoignent.

— À quoi tu joues ? fit Bradner de mauvaise humeur.

— C'est le gars ! chuchota Josh sur le ton de la confidence, en s'amusant toujours autant. Il s'est planqué là-derrière. Il est fichu.

— Et alors ? C'est pas la peine de lui foutre la trouille en plus. Il y a qu'à l'arrêter et c'est fini.

Josh et Cuthbert croisèrent leurs regards.

— T'as pas compris, Ken ? dit Josh, subitement

sérieux. On n'est pas venus ici pour l'arrêter, on est venus pour une légitime défense.

Bradner les regarda, gêné.

— Je sais. Mais faudrait au moins qu'il tire le premier.

— Il va tirer, Brad, il va tirer. T'inquiète pas. Déployez-vous de chaque côté pour le prendre à revers. On va le titiller un peu. Faites attention, il a peut-être envie de se montrer méchant.

— Et toi ?

— Je vais l'occuper et essayer de le faire sortir de son trou.

Il regarda Bradner et Cuthbert s'en aller et se séparer pour contourner largement le morceau de désert où Rice s'était enfui. Quand ils furent l'un et l'autre suffisamment loin, il assura son arme dans ses mains et commença à gravir la butte, affichant à nouveau sa mine inquiétante et amusée.

— J'arrive, Riiiiice... Je vais t'attraper...

Il grimpait avec une extrême vigilance. Ça lui rappelait les beaux jours de son entraînement dans les Forces spéciales des marines, quand les exercices se faisaient à balles réelles.

— Tu dis rien, Rice ? T'es plus là ?

Il s'arrêta, prêta l'oreille au silence du désert et contempla le ciel qui virait au bleu nuit.

— T'as vu, Rice, c'est le soir. C'est triste le soir, hein ? Tu te sens tout seul et t'as les jetons, pas vrai ? Ta maman t'a abandonné...

Il reprit sa marche et approcha du sommet du monticule.

— Elle est où ta belle maman blonde qui t'a amené dans ce merdier ? Elle est partie où, avec son joli petit cul ? T'as fait attention à son petit cul, Rice ? T'imagines comment il est ? Bien rond, bien chaud, bien juteux ? Tu veux pas me dire par où elle est partie ?

Mais Rice, les yeux exorbités de terreur, avait détalé

à toutes jambes et ne l'entendait plus. Il n'entendait que sa propre respiration, courte, saccadée, et le crissement de la petite pierraille qu'il faisait voler à chaque foulée.

Il glissait sur les pentes, zigzaguait dans les creux, puis sautait d'une butte à une autre et filait droit devant lui sans se préoccuper un instant de l'endroit où pouvait l'entraîner sa course. Tout ce qu'il avait à l'esprit, c'était qu'il jouait sa peau, avec l'arrière-pensée qu'il n'était pas loin d'avoir perdu.

Son cœur lui manqua une seconde fois lorsqu'il aperçut, à deux cents mètres environ sur sa droite, une silhouette bondissante qui se rapprochait pour le prendre à revers. Il bifurqua si soudainement qu'il perdit l'équilibre, s'étala et roula quelques mètres sur le flanc.

Au moment où il se relevait, il aperçut, sur sa gauche, un autre homme courant furtivement, aussi vite que possible, cassé en deux pour échapper à son regard. Ils cherchaient à le cerner !

Avant même que le frisson qui lui glaça l'échine se fût estompé, il avait déjà repris sa course de plus belle vers quelque chose qu'il venait de découvrir. Cela ressemblait à un décrochement du relief, peut-être à six cents ou sept cents mètres droit devant lui. Il vola littéralement vers l'épais indigo du soir, comme s'il voulait s'y fondre.

Il s'arrêta net, quelques secondes plus tard, en équilibre sur la lèvre d'un petit canyon. C'était une longue tranchée qui serpentait en contrebas, à une profondeur difficile à évaluer. Il hésita un bref instant, mais sa décision était déjà prise il n'avait pas le choix. Il sauta dans le vide.

— Il est passé où ?

Soufflant bruyamment, le visage dégoulinant de

sueur, Cuthbert était arrivé à son tour au canyon et s'adressait à Bradner, à une bonne centaine de mètres de là, immobile lui aussi sur le bord.

— À tous les coups il a sauté ! lui cria ce dernier.

Furieux, Cuthbert jura entre ses dents.

— Faut descendre, Andy, lui lança à nouveau Bradner.

Et, sans attendre, il donna l'exemple en explorant du pied une passe lui permettant une descente pas trop risquée. Redoublant de mauvaise humeur, Cuthbert fit de même en s'aidant de ses mains.

Calé dans une anfractuosité, Rice ne les voyait pas, mais il les entendait s'appeler et progresser, accompagnés çà et là d'éboulements. Une douleur insupportable lui paralysait la jambe gauche. Il s'était mal reçu et avait claudiqué jusque dans cette espèce de trou, pleurant silencieusement de peur, de rage et d'impuissance.

— T'es en bas ?

Il reconnut la voix de Cuthbert.

— Ouais. Et toi ?

— Aussi.

— Bon. Il doit pas être loin. Y a qu'à l'appeler, qu'on en finisse. Il va faire nuit dans moins d'une heure.

Un moment s'écoula et Rice se demanda ce que faisaient les deux hommes. Soudain, il entendit à nouveau la voix qui n'était pas celle de Cuthbert :

— Monsieur Rice ! Vous m'entendez ? Je m'appelle Ken Bradner. Je vous demande de vous avancer en tenant votre arme à deux mains au-dessus de votre tête. Vous êtes en état d'arrestation et nous allons vous reconduire jusqu'à Haydenton...

Les lèvres de Rice se mirent à trembler irrésistiblement, tout autant de fureur que de frayeur.

— Foutez-moi la paix ! glapit-il tout à coup, d'une voix haut perchée qu'il ne se connaissait pas. J'veux pas avoir affaire à vous ! J'ai rien fais ! J'vous fais pas confiance !

Dans le silence qui s'ensuivit, terrorisé, il épia le moindre bruit suspect, mais seule la voix de Bradner lui parvint à nouveau :

— Comment vous voyez les choses, monsieur Rice, si vous restez là, embusqué comme vous êtes ?

Rice se mordit les lèvres pour maîtriser son tremblement et redonner quelque assurance à ses paroles.

— Il y a un type qui s'appelle Boyd qui doit arriver par ici, lança-t-il. Je me rendrai qu'à lui seul ! En attendant, foutez-moi la paix, je vous ai dit !

— C'est pas possible, monsieur Rice, reprit Bradner du même ton égal. M. Boyd n'est qu'un fonctionnaire fédéral qui en aucun cas ne peut représenter la loi. Je vous demande encore une fois de vous montrer raisonnable et de sortir d'où vous êtes.

Au même moment, Josh Cadmus était arrivé sans un bruit sur le bord du canyon et observait la scène. Il se tenait à l'aplomb de l'endroit où se terrait Rice et il ne pouvait pas le voir. Par gestes, il attira l'attention de Bradner et Cuthbert, intimant à l'un et à l'autre d'essayer de le débusquer. Pour toute réponse, Bradner lui renvoya des signes énergiques de la tête et de la main lui exprimant qu'il n'était pas d'accord.

— Monsieur Rice, reprit-il. Pour vous montrer que vous n'avez rien à craindre, je vais m'avancer à découvert sans mon arme. En vous rendant à moi, shérif adjoint, vous vous mettez sous la protection de la loi. Vous m'entendez ?

— Arrête, Brad ! lui cria Cuthbert, planqué un peu plus loin dans le canyon. Il va faire un carton !

Mais aussitôt, depuis son perchoir, Josh Cadmus fit signe à Cuthbert de le laisser faire.

— Vous m'avez entendu, monsieur Rice ? reprit Bradner.

— Je vous ai entendu et je vous répète de rester où

vous êtes, s'égosilla Rice. Je vous ai prévenus, je me défendrai. Si y en a un qui s'amène, je tire !

Il y eut un moment de silence, puis Bradner fit un pas en avant.

— Je viens vers vous, monsieur Rice. S'il vous plaît, ne faites pas de bêtise.

De son poste d'observation, à plat ventre, Cadmus suivait la scène avec une extrême attention, essayant de situer la cachette de Rice.

— Bougez pas ! rugit la voix terrorisée de celui-ci.

Sous lui, quelque part dans l'ombre des crevasses, il y eut un frémissement et Josh sourit. D'un signe, il indiqua aussitôt à Cuthbert l'emplacement où devait se trouver Rice et il l'encouragea à faire feu.

— Je m'approche, Rice. Gardez votre sang-froid s'il vous plaît, continuait la voix de Bradner.

Cuthbert s'extirpa lentement du talus qui le masquait et prit position pour tirer.

— Bougez plus ! hurla Rice à Bradner.

À l'instant où il vit la silhouette du noir s'agiter à une vingtaine de mètres de là, Cuthbert pressa sur la détente. Le bruit qui ravagea le silence du désert fut immédiatement suivi d'une seconde détonation et d'affreux hurlements de douleur.

Cuthbert dressa la tête pour essayer de comprendre.

— Andy ! Amène-toi ! J'le tiens !

C'était la voix de Josh. Cuthbert s'élança vers la cachette de Rice et trouva Cadmus écrasant de tout son poids le fugitif face contre terre.

— Qu'est-ce qui s'est passé ? demanda stupidement Cuthbert.

— Il a tiré sur Brad et je me suis laissé tomber sur lui. Tiens-le en respect.

Et il courut vers Bradner, recroquevillé à terre, hurlant comme une bête et raclant furieusement le sol de ses pieds.

— Fais voir, fit Cadmus.

Il tenta d'écarter les bras que le blessé serrait contre son ventre, mais rien n'y fit. Bradner se contentait de gémir sans fin en se tordant en tous sens, comme si en dissimulant l'horreur de sa blessure il se donnait quelques chances supplémentaires de survivre. Mais là-dessus, Josh comprit vite qu'il ne fallait pas se faire d'illusions. Une vilaine tache sombre et visqueuse s'étendait à une vitesse stupéfiante sur la vareuse, le sweat et le pantalon de chasse de Bradner, et la terre où il s'agitait rougissait à chaque seconde.

Josh blêmit, serra les mâchoires et abandonna Bradner. Il revint à Rice, plaqué au sol sous la menace de Cuthbert, et lui pointa son fusil sur la tempe.

Effaré, roulant des yeux implorants, Rice se mit à couiner plaintivement d'une manière presque comique. Josh abaissa son visage jusqu'à lui et lui parla entre ses dents.

— Écoute-moi bien, négro. Dis-moi par où elle est partie, la gonzesse qui t'a amené jusqu'ici. T'entends ?

Mais de toute évidence, Rice ne comprenait pas.

— Laissez-moi, laissez-moi, laissez-moi, se contentait-il de supplier obstinément.

En soupirant, Josh changea de position et appuya violemment l'extrémité du canon sur son front. Rice gémit.

— Alors ? hurla Josh. Tu veux toujours pas me dire où elle partie, ta jolie petite maman ?

La terreur de Rice fut telle qu'il ne se contrôla plus et se mit à gémir en sanglotant sans retenue.

— Sur les plateaux ! Elle m'a dit sur les plateaux ! Mais laissez-moi, je vous en prie, laissez-moi, laissez-moi !

Il tremblait de tous ses membres comme un condamné dont la mise à mort s'éternise.

La mine enfin satisfaite, Josh se tourna vers Cuthbert :

— Baisse-lui son froc, Andy.

Cuthbert le regarda stupidement.

— Baisse son froc, tu m'entends ? répéta Josh.

— Qu'est-ce que tu veux faire ?

— Tu vas voir.

Sans trop savoir pourquoi, Cuthbert finit par s'accroupir docilement pour exécuter l'ordre de Josh. Tandis qu'il commençait à arracher les vêtements du noir terrorisé, il fut interrompu par un cri :

— Andy !

C'était Bradner qui avait réussi à ramper jusqu'à eux, laissant derrière lui une large traînée rougeâtre, comme un gros escargot de cauchemar.

— Arrête, Andy, arrête ! criait-il d'une voix hachée par la douleur.

Cuthbert contempla Bradner, les mains toujours crispées sur son ventre.

— Arrête, hoqueta encore le blessé. Arrêtez vos conneries. Ça devient un massacre... un massacre... Je comprends pas... J'ai pas voulu cette boucherie...

Il implora Cuthbert du regard.

— Appelle Grant, Andy. Je t'en supplie, appelle-le. Qu'il s'occupe de tout ça. Qu'il essaie de sauver ma peau...

Cuthbert, complètement dépassé, se tourna vers Josh.

— Laisse tomber, se contenta de dire celui-ci. Il est foutu. Allez, baisse-lui son froc, à cette ordure !

Cuthbert resta sans réaction, incapable de prendre une décision. Mais Josh hurla subitement à ses oreilles :

— Baisse-le, j'te dis !

Alors tout se passa très vite. Le bas du corps de Rice se retrouva en quelques secondes totalement dénudé.

— Mets le pied dessus, qu'il arrête de gigoter, ordonna Josh.

Cuthbert posa sa grosse chaussure sur les épaules du noir et pesa de tout son poids.

Après quoi, Rice n'eut pas le temps de comprendre comment il mourut. Il s'arqua violemment en arrière et poussa un cri de bête quand une douleur atroce lui déchira le fondement et s'enfonça dans son corps. Puis, dans la même fraction de seconde, il entendit la détonation et ressentit l'énorme puissance du choc ravageant ses viscères dans un chaos effroyable, et ce fut tout. Cecil Edolphus Rice était mort, la tête renversée, comme dans un ultime effort pour assister à son propre supplice, les yeux agrandis de terreur, le visage fendu d'un rictus où se lisait une souffrance indescriptible.

Josh retira le fusil du corps inerte et essuya le canon maculé de sang et de matières sur le pantalon de Rice. Quand il eut fini, il chercha Cuthbert du regard.

— Andy ?

Andy était parti vingt mètres plus loin vomir son estomac pourtant vide, car il n'avait pratiquement rien mangé depuis deux jours. Plié en deux, il éructait des filets de bile au-dessus du sol.

Durant ce temps, le ciel avait viré au noir, les étoiles s'étaient allumées et le chuchotement du vent s'était tu. Les ombres de Josh et Cuthbert s'étaient figées dans le silence, comme écrasées par l'indifférence de la nuit.

Par terre, un peu à l'écart, Bradner marmonnait inlassablement quelques mots à peine audibles.

— Appelle Grant, Andy. Je t'en prie, appelle Grant…

Mais personne ne bougeait. Le monde était pétrifié.

36

Ce fut Cuthbert qui rompit le silence :

— Josh... Je crois qu'il vaudrait mieux appeler...

Il avait prononcé ces mots d'un ton incertain. Il avait encore du mal à se remettre de ce qui venait de se passer et craignait les réactions de Josh.

Celui-ci ne répondit pas et son comportement ne rassura pas Cuthbert. Parfaitement immobile, debout à côté de la dépouille du noir, tête renversée, regard perdu dans les étoiles, Josh donnait l'impression de contempler quelque signe céleste visible de lui seul.

— C'est pas fini, Andy, c'est pas fini, marmonna-t-il du fond de sa rêverie.

Cuthbert attendit des précisions qui ne vinrent pas.

— Qu'est-ce qu'est pas fini, Josh ? On a besoin d'aide. Il faut appeler...

Josh Cadmus abandonna enfin les constellations pour se tourner vers lui.

— Et comment tu crois qu'on va nous aider, Andy ?

Cuthbert fut pris de court. Il n'y avait même pas réfléchi.

— Je sais pas... Mais on peut pas laisser Brad comme ça.

— Qu'est-ce que tu vas lui demander, à Grant ? Un hélico ? Il en a pas.

— Y en a à Carver City…

— À supposer qu'ils se bougent, ils en auront pour plus de trois heures à arriver jusqu'ici… S'ils nous trouvent…

Du menton, il désigna la silhouette repliée sur le sol.

— Regarde-le. Il tiendra jamais jusque-là. Il est peut-être déjà mort.

Quelques mètres plus loin, Bradner avait cessé de geindre.

— Ce qui nous pose un problème, c'est pas Brad, c'est le nègre…

À la simple mention de Rice, Cuthbert sentit son estomac se révulser à nouveau.

— Pourquoi tu lui as fait ça, Josh ?…, murmura-t-il. T'aurais pu en finir proprement si t'y tenais.

— Une légitime défense, on sait jamais comment ça va se passer. Là, ça s'est passé comme ça… Et t'étais avec moi, Andy. Oublie pas.

Cuthbert baissa les yeux.

— Comment on va leur expliquer ? souffla-t-il.

— On va pas leur expliquer. Le nègre, il va rester ici six pieds sous terre. Disparu pour tout le monde. On n'a pas réussi à mettre la main dessus. Et nous on a vengé le vieux Bert. C'est réglé, on n'en parle plus.

— Et Brad ? Comment tu vas expliquer Brad ?

— Brad, c'est un accident de traque. On n'a même pas vu comment c'est arrivé. Il est parti inspecter les environs de Goosewater et on a entendu la détonation. Quand on l'a retrouvé, il était mort. Grant, ça l'arrangera. Avec ça, il pourra organiser une cérémonie au cimetière d'Haydenton et faire un héros dans le journal. Terminé.

Cuthbert resta silencieux. Il avait beau savoir qu'il était dans un cauchemar, il voyait bien que Cadmus, pour sa part, était dans un rêve. Qu'il était en train de rêver la réalité exactement comme il la voulait.

— Josh…, reprit-il doucement. Ça ne marchera pas. T'as oublié quelque chose.

— Quoi donc ?

— La prof de gym. Si elle a amené Rice ici, elle en parlera. En plus, il disait qu'il voulait se rendre uniquement à Boyd. C'est elle qui a dû lui conseiller de l'attendre. Ça se saura. Ton histoire, elle marchera jamais.

Josh fixa Cuthbert intensément quelques secondes et un sourire inquiétant se forma sur ses lèvres.

— Justement, Andy. C'est ça qu'est pas fini.

— Qu'est-ce que tu veux dire ?

Josh faillit répondre, mais préféra garder ses pensées pour lui.

— T'occupe. Aide-moi à enterrer le négro.

Et sans attendre, il gratta le sol à coups de pelle pour trouver un endroit propice.

Cuthbert ne bougea pas. Il semblait en proie à une terrible indécision.

— Je préfère m'occuper de Brad, Josh. Je veux pas le laisser ici. Je vais le ramener à la source.

Cadmus s'interrompit dans un geste.

— OK, Andy. Fais comme tu veux. Mais laisse-moi sa radio. Je veux pas que tu en profites pour appeler Waronker.

— Qu'est-ce qui te prend ?

— Je sais pas. Je te sens pas, Andy. Je te sens pas avec moi.

Il avait prononcé ces mots en se remettant à pelleter car il avait trouvé un coin de terre meuble.

Cuthbert se rendit auprès de Bradner et vérifia qu'il respirait encore. Puis il le dégagea de son sac à dos et sortit la VHF de celui-ci. Avec humeur, il lança l'appareil aux pieds de Josh.

— Tiens. Fais-en ce que tu veux.

Il chargea ensuite Bradner en travers de son dos comme s'il s'était agi de la dépouille d'un chevreuil et entreprit la remontée du canyon. Bientôt il n'entendit plus les raclements de pelle et il retrouva la pente menant à la cuvette de Goosewater.

Ployant sous le fardeau, la respiration courte, il voyait la tête de Bradner ballotter en tous sens au rythme de sa course. Soudain, il entendit la voix imperceptible de Bradner souffler à ses oreilles :

— Andy...

Cuthbert ralentit.

— Oui ?

— Je t'en supplie, appelle Grant...

— Josh veut pas. J'ai plus la radio.

— Je sais... J'ai entendu...

Cuthbert poursuivit sa descente d'un bon pas, Bradner tressautant sur son dos.

— Andy ?

— Oui.

— Descends-le.

— Quoi ?

— Pour l'amour du ciel, descends-le !

Cuthbert était en nage et à bout de souffle. Il ne voulait surtout pas s'arrêter. Il n'était pas sûr de pouvoir recharger Bradner s'il le déposait pour reprendre haleine. Dans un dernier effort, il arriva au milieu de la cuvette et l'allongea sur le sol avec précaution.

Bradner agitait la tête de droite et de gauche pour échapper à douleur.

— Soif, Andy... Soif...

— Bouge pas. Je vais te donner à boire.

Tandis qu'il préparait la gourde, Bradner continuait à soliloquer comme dans un délire.

— C'est un dingue, Andy... Quand il était gamin, il s'amusait à faire exploser des poulets en leur mettant des pétards dans le cul...

— Bois.

Bradner avala quelques gorgées et gémit horriblement. Cuthbert savait bien que la pire chose à faire pour un blessé au ventre était de lui donner à boire, pourtant il ne voulait pas lui refuser ça.

— Andy ?... Écoute-moi bien. Josh me laissera jamais vivant derrière lui. Alors, je suis mort, tu entends ? Je suis mort. Laisse-moi là. Avec un peu de chance, Boyd passera dans pas longtemps. Lui, il pourra contacter Grant. Toi, file avec Josh et descends-le à la première occasion.

Cuthbert lui retira la gourde des mains.

— Qu'est-ce que tu racontes, Brad ? Tu veux que je tire sur Josh comme ça, de sang-froid ? C'est pas possible !

Bradner lui agrippa le bras.

— Andy... T'as pas l'air de saisir. Je pourrais pas dire comment on en est arrivés là, mais ce qu'il veut maintenant, c'est traquer la prof. Et pour ça, t'es de trop. Ça va être lui ou toi. Tu piges ?

Le visage baigné de sueur, Bradner le fixait avec un regard de dément.

— Tue-le !

Cuthbert se sentit parcouru d'un frisson d'angoisse de la tête aux pieds.

— Compris ?

Il acquiesça misérablement et alors seulement Bradner le relâcha.

— Allez. Recouvre-moi de cailloux.

Comme un automate, Cuthbert se mit à rassembler des pierres et à ensevelir le blessé. Celui-ci avait l'immobilité si parfaite d'un cadavre qu'il crut réellement accomplir les dernières volontés d'un mort. C'est à ce moment-là que le surprit Cadmus.

— Andy ! Qu'est-ce que tu fous ?

Il sursauta et laissa tomber la pierre plate qu'il tenait. Surgi de l'obscurité, harnaché de son barda, un fusil dans chaque main et deux autres sanglés en travers de son sac, Josh semblait échappé d'une unité d'assaut spéciale de marines en pleine action.

— Il… il est mort, Josh, balbutia-t-il en essayant de se reprendre. Je veux pas qu'il finisse bouffé comme Novick.

Josh jeta un coup d'œil soupçonneux sur le tumulus, puis sur Cuthbert.

— Laisse tomber, dit-il. On n'a pas le temps. Faut y aller.

— Où ça ?

Une nouvelle fois, Josh dévisagea Andy.

— J'ai réfléchi. Finalement, en marchant toute la nuit, on peut espérer rejoindre la 318 demain vers midi. On trouvera bien quelqu'un qui passe sur la route.

Cuthbert hésita à son tour quelques secondes. Il sentait que Josh lui mentait. Il sentait qu'il ne lui parlait plus comme avant, qu'il était déjà devenu quelqu'un d'autre pour lui.

— Dans ce cas on peut aussi bien contacter Grant par radio…, objecta-t-il.

— C'est plus la peine. Le nègre a disparu et Bradner est mort. On leur expliquera tout ça demain. Allez, viens.

À présent, ce qui retenait Cuthbert, ce n'était plus seulement la méfiance, c'était la peur.

— Et… et mon fusil ? demanda-t-il.

Josh le fixa étrangement encore une fois, plus longuement que nécessaire.

— Pour l'instant, c'est moi qui vais tous les porter, dit-il. Ça te déchargera un peu et tu pourras récupérer, ajouta-t-il avec un léger sourire.

Cuthbert comprit à cet instant que tout avait basculé. Il aurait voulu rester là avec Bradner à attendre Boyd, mais il n'avait pas le choix.

Comme pour lui laisser le loisir de bien réfléchir à la situation, Josh se rendit jusqu'au trou d'eau creusé dans l'après-midi par Sigrid, ouvrit sa braguette et pissa à longs traits dedans.

— Si Boyd vient jusqu'ici, ricana-t-il, ça lui fera une petite surprise de plus. Allez, en route !

Et il tourna les talons pour s'enfoncer dans la nuit. Avec un temps de retard, Cuthbert lui emboîta le pas à contrecœur. Il se posta cinq mètres derrière Josh et ne quitta plus des yeux les deux fusils que l'autre tenait dans ses mains.

37

— Mo, éteins !

Malgré toute l'énergie de Boyd et de Hanson, la marche des randonneurs avait été considérablement ralentie par le blessé qu'ils devaient transporter. Depuis qu'il faisait nuit noire, Maureen avait pris la tête de la colonne et s'aidait de la lampe torche de Boyd pour guider leurs pas.

— Pourquoi ? demanda-t-elle en éteignant.

— On n'est plus très loin de Goosewater. Je ne veux pas prendre le risque qu'on soit repérés.

— C'est si dangereux que ça ? murmura-t-elle comme si elle refusait de s'en convaincre.

— Mo, le type qui m'en veut, il peut faire n'importe quoi. Allez, on s'arrête, ordonna-t-il pour couper court.

Ils déposèrent Benkelman et Boyd se pencha sur lui.

— Rod, comment ça va ?

Benkelman sembla sortir d'un long engourdissement.

— Pas fameux, articula-t-il avec peine. Je... je ne sens plus du tout mon bras.

— Vous pouvez le bouger ?

— Non.

— Et l'autre ?

Benkelman remonta avec difficulté son bras gauche sur sa poitrine.

— À peine, dit-il.

Boyd n'ajouta rien. L'évolution que prenait la morsure ne lui plaisait pas.

— Prépare-moi une ampoule, Mo. Je vais refaire une injection.

C'était la huitième depuis leur départ et Benkelman se laissa piquer avec une indifférence totale.

— Qu'est-ce que tu en penses ? demanda Maureen à voix basse tandis qu'ils rangeaient la trousse de secours.

— Le venin commence à agir sur le cerveau, ce qui est normal. Mais la paralysie est un mauvais signe. J'espérais que ça n'irait pas jusque-là.

— Tu as assez de sérum ?

— Il reste onze ampoules. Si c'est une intoxication majeure, elles ne seront pas de trop.

Il sortit sa carte et sa boussole, se repéra à l'estime et montra à Maureen ce qu'il en était.

— La dépression de Goosewater est là, à peu près à vingt minutes. Je vais y aller en reconnaissance. Je serai de retour au plus tard dans trois quarts d'heure. Si l'état de Rod a l'air de s'aggraver, fais-lui une injection. Je suppose que tu sais comment faire ?

— J'ai un diplôme de pharmacienne, pas d'infirmière, mais je me débrouillerai.

— Bien. Couvre-le, qu'il n'ait pas froid, et donne-lui à boire.

— Il n'y a plus grand-chose dans la gourde.

— Fais durer. C'est pour lui. Nous, on boira tout à l'heure. Allez, repos !

Il allait partir, lorsqu'elle lui saisit le poignet.

— Cam…

Sa main était chaude, ferme et douce à la fois, et ce contact provoqua chez Boyd une émotion qui le surprit. Il regarda la jeune femme qui semblait attendre quelque chose de lui et se sentit aussi proche d'elle que s'il la connaissait depuis des années.

— Oui ?

— J'ai la trouille.

— De quoi ?

— De Rod. S'il meurt, je ne vais pas savoir comment faire.

Il l'attira contre lui pour la rassurer.

— Hé ! pas si vite ! Donne-lui une chance…

D'un geste qui lui vint tout naturellement, il lui caressa l'épaule avec affection. Elle se serra un peu plus et il eut le sentiment que c'était exactement ce qu'elle avait espéré de lui.

— Allez, dit-il. Je n'en aurai pas pour longtemps.

Ils se séparèrent sans ajouter un mot et il se coula dans la nuit.

Stimulé par la fraîcheur qui imprégnait peu à peu le désert, le regard rivé sur ses étoiles favorites, il afficha résolument un cap de trente degrés nord-nord-est et pressa le pas.

Il était dans son univers. Au cours des nombreuses années qu'il avait passées dans l'armée depuis l'âge de dix-neuf ans, il avait parcouru les États-Unis dans tous les sens, d'une garnison à l'autre. Il avait même été affecté à plusieurs reprises dans des bases à l'étranger, à Guantanamo, en Espagne et même aux Philippines. Pourtant, jamais il n'avait oublié l'immense comté d'Owens qui avait été pour lui un terrain de jeu et d'initiation comme peu d'enfants en avaient eu. Son père, conducteur d'engins, travaillait pour toutes les entreprises de bâtiment et travaux publics de la région, et connaissait chaque route, chaque piste, chaque ouvrage d'art, pour y avoir un jour ou l'autre tranché, raclé, tassé ou remblayé la terre à l'occasion d'un chantier. Il y connaissait aussi la plupart des grands propriétaires terriens, qui avaient souvent recours à ses services, et d'aussi loin qu'il pouvait s'en souvenir, Cameron se rappelait les nombreuses fois où son père l'emmenait, quand l'emploi du temps de l'école le permettait, camper au milieu de nulle part, dans ces lieux où il déboisait durant des jours des montagnes, érigeait des pare-feu ou dérivait le cours de maigres ruisseaux.

Là, il avait très tôt éprouvé l'ivresse craintive de ces étendues sans limites abandonnées aux vents, endurant la violence inouïe du soleil avec une patience de monstres somnolents pouvant se réveiller à tout instant. Il avait observé les manifestations secrètes, tout juste perceptibles, d'une vie lente et obstinée faite d'animaux terrés dans leurs galeries, cachés dans les rocailles et les buissons, noyés dans le ciel. Il avait fait sien ce monde vide que contournait peureusement la civilisation, jusqu'à ce désert du Nopahute dont, adolescent, il avait commencé à taquiner les limites, s'enfonçant chaque fois plus profondément, sans savoir comment réagirait cette mer pétrifiée à ses provocations de jeune inconscient.

Et comme toujours, ces mêmes lieux suscitant ces mêmes réminiscences, revint à lui l'image inoubliable de Sigrid. Sigrid si jeune et pourtant si femme, qui l'accompagnait dans ses courses infatigables pour braconner loin des regards le vaste espace vierge de leurs sentiments, pour étancher auprès de sa virilité une soif qu'elle refusait de s'avouer. Sigrid qui l'avait crucifié vif en retournant à ses amitiés féminines. Sigrid qui lui avait fait abandonner à dix-neuf ans Haydenton, sa famille et tout projet d'avenir, quand il s'était jeté dans l'armée comme on se jette sous les roues d'un train. Sigrid qui l'avait supplicié et supplicié encore dans les années qui suivirent, quand ils s'étaient montrés tous deux incapables de ne pas se retrouver à la sauvette, pour plus de déchirements que de plaisir. Sigrid qui comme lui, si longtemps après, continuait d'arpenter ces mêmes horizons désespérés avec un entêtement de droguée. Sigrid que Shonto avait aperçue la veille encore en train de galoper comme une chèvre, ou comme un bouc — le savait-elle elle-même ? —, de roc en roc...

Et maintenant, sous ces mêmes étoiles, Maureen. De quinze ans sa cadette et qui demandait à se blottir contre lui. Qu'avait-il à lui offrir ? Hormis l'illusion d'une force et d'une autorité qui ne lui servaient plus à rien, qui étaient bafouées chaque jour dans sa ville natale ? Hormis l'assurance trompeuse d'un passé sans taches mais sans joies, et d'un présent bien maîtrisé mais aussi aride que les pentes des Tuscamoras ?

Un coup d'œil au cadran lumineux de sa montre numérique le sortit de ses interrogations sans fin. Selon ses estimations, il devait se trouver à moins de cinq minutes de Goosewater. Il redoubla de prudence dans sa progression et épia le silence avec la plus grande attention. Quand il discerna l'ombre noire de la crête entourant la dépression, il se courba plus encore et finit son approche en rampant carrément. Il savait qu'il n'avait fait aucun bruit et que même un individu aussi méfiant que Josh Cadmus n'aurait pu déceler son arrivée. Il tendit lentement le cou et jeta un long regard circulaire dans l'immense cuvette.

Pas ses mouvements, pas un bruit. Il attendit trois minutes exactement puis se leva avec précaution. Dans le silence total, il commença sa descente vers le centre de la dépression. Il découvrit tout de suite le trou d'eau fraîchement recreusé dont le pourtour avait été foulé par de nombreux pas. C'est au moment où il plongea la main au fond qu'il sentit l'odeur amoniaquée de l'urine. Il agita ses doigts dans le liquide et les flaira aussitôt.

— Saloperie ! jura-t-il tout haut en s'essuyant contre son pantalon.

Il se releva et une bouffée de fureur l'envahit. Le seul trou d'eau de tout le désert, et ils avaient pissé dedans ! S'ils pensaient le coincer comme ça, ils le connaissaient mal ! Il était capable de creuser dix puits s'il le fallait, vingt puits, mais il trouverait de l'eau pour lui et ses randonneurs et ils s'en sortiraient ! Et alors là, il s'occuperait vraiment de tous ces guignols qui jouaient à la guérilla ! Waronker compris. Il en avait marre, marre d'eux tous !

— Je suis même capable de boire ta pisse, Josh Cadmus ! cria-t-il subitement dans la nuit. Je boirai ta pisse, mais j'aurai ta peau !

Il allait faire demi-tour quand il sursauta. Il lui semblait avoir entendu prononcer son nom.

— Boyd ?

C'était moins qu'un souffle.

— Boyd ? C'est toi ?

Un frisson fugace le picota entre les omoplates. Autour de lui il n'y avait rien, nulle part. Sans la confiance totale qu'il avait appris à avoir dans ses réactions, il aurait cru à une hallucination.

— Boyd !

Un cri murmuré.

Il fit quelques pas en direction de la voix et aperçut l'ombre oblongue sur le sol. Un tumulus.

— Boyd ! cria une dernière fois le tas de cailloux.

Stupéfait, Boyd se jeta à genoux et se mit à jeter les pierres à toute volée autour de lui pour dégager l'homme enseveli. Il ne reconnut pas tout de suite la face livide qu'il exposa à la lueur des étoiles.

— Boyd ! chuchota le visage en se tournant vers lui.

— Bradner ! Mon Dieu ! Qu'est-ce qui s'est passé ?

— Je... je suis blessé...

— Où ça ? demanda Boyd en finissant d'exhumer le corps couvert de poussière qui avait déjà tout l'air d'un cadavre.

Lorsqu'il fut maître de ses mouvements, Bradner

consentit à écarter les mains qui tenaient toujours son ventre et une odeur pestilentielle les enveloppa subitement tous deux.

— Là, geignit-il misérablement.

À l'aide de sa lampe, Boyd examina rapidement la blessure et détourna la tête, autant pour échapper à la puanteur qu'à l'horreur de ce qu'il avait vu. C'était incroyable ! Comment avait-il pu survivre jusque-là avec une plaie aussi épouvantable ? C'était impossible.

— Depuis quand, Brad ? Qu'est-ce qui s'est passé ?

Alors, d'une voix hachée, à peine perceptible, Bradner lui fit le récit de la journée. Novick qui pourrissait depuis le petit matin au pied de Cedar Point, Rice enterré à moins d'un kilomètre d'eux, Cuthbert dont il ne donnait pas cher s'il ne prenait pas rapidement le dessus sur Josh...

— Et Sigrid ? fit Boyd. Qu'est-ce qu'il lui veut ?

— Va savoir. Il veut un carnage... Appelle Grant, Boyd, je t'en supplie ! Sauve ma peau...

Boyd resta un instant sans voix. Il n'eut pas le courage de révéler à Bradner sa propre situation.

— Oui, Brad, dit-il. T'inquiète pas. Je vais l'appeler.

Bradner lui serra la main.

— Tout de suite, s'il te plaît.

— D'accord.

Il se leva, s'éloigna de quelques mètres et, à l'abri de l'obscurité, sortit sa radio inopérante puis fit semblant de contacter le bureau du shérif.

— Allô, ici Boyd... Vous m'entendez ?... Ici Boyd... Oui. C'est toi, Jim ? J'ai besoin d'aide, on a un blessé grave... Bradner...

Il acheva de passer son prétendu message de détresse et revint à Bradner.

— J'ai eu Jim. Il va alerter Waronker et ils vont faire l'impossible avec les secours aériens de Carver City...

Mais Bradner le regarda bizarrement.

— Tu me bourres le mou, Boyd. Jamais Grant ne laisse les veilles de nuit à Jim. Qu'est-ce qui se passe ?

Boyd baissa la tête. Pris en faute comme un gamin !

— Ma VHF est hors service, avoua-t-il. Et ça va pas trop bien pour nous non plus. J'ai un blessé dans un sale état avec mes randonneurs, à trois kilomètres d'ici...

— Le mojave ?

— Oui. Le mojave...

Bradner éructa une sorte de petit rire sec.

— T'as raison, ça va pas très fort, essaya-t-il de plaisanter. Merci quand même...

Ils restèrent silencieux un moment, Boyd ne sachant que faire. Ce fut Bradner qui décida pour lui :

— Vas-y. Va les retrouver. Tu peux me laisser crever tranquille. Y a pas de problème...

Boyd déroula son poncho et le couvrit du mieux qu'il put.

— Parle pas comme ça. Je n'en ai pas pour longtemps. À mon retour je verrai ce que je peux faire. J'aurai ma trousse d'urgence...

Bradner lui adressa un regard d'une insupportable tristesse.

— Ouais, c'est ça. À tout à l'heure...

Boyd se leva.

— Salut, Brad.

— Salut.

Boyd s'en fut en serrant les dents, sans regarder une seule fois derrière lui. Lorsqu'il revint une bonne heure plus tard avec le reste de la troupe, Bradner avait cessé de vivre et il sentait encore plus mauvais.

Sans un mot, sous les regards des trois randonneurs valides, il reconstitua patiemment sur la dépouille le tumulus qu'il avait démantelé peu auparavant, en se disant que Bradner était certainement l'un des très rares humains à avoir été enterrés deux fois dans la même demi-journée.

Puis il fallut s'occuper des vivants. Malgré deux nouvelles injections dont une effectuée par Maureen, la paralysie de Benkelman n'avait fait qu'empirer et il respirait maintenant avec difficulté. Boyd, qui ne se sentait pas d'humeur optimiste, ne lui donnait plus beaucoup de chances. Maureen fit boire au blessé les dernières gouttes de la gourde et leva les yeux vers Boyd.

— Cam… Qu'est-ce qu'on fait pour l'eau ?

C'était un dilemme. Seul concerné, il aurait certainement vidangé le trou existant et continué à puiser dedans. C'était un risque qu'il ne pouvait faire partager aux randonneurs dont il avait la charge. Connaissant Josh Cadmus, la probabilité que la source soit plus polluée qu'elle ne paraissait n'était pas négligeable. Les commandos de marines utilisaient des capsules pour empoisonner les réservoirs d'eau et Cadmus était suffisamment tordu pour être allé jusque-là. Manquer d'eau était une chose, mais se vider en milieu désertique sous l'effet d'une dysenterie bactérienne signifiait une mort assurée. Sa décision fut prise.

— On creuse, dit-il.

Il faudrait aller profond. Avec un peu de chance ils capteraient un filet d'eau potable. Il déplia sa pelle et partit à la recherche d'un site approprié.

Pendant plus d'une heure, il s'escrima en divers emplacements, mais vers minuit il abandonna. Le trou le plus productif qu'il avait creusé suintait tout juste comme un buvard humide et il avait fallu à Maureen plus de vingt minutes de patience pour remplir un quart goutte à goutte.

— Laisse tomber, lui dit-il. On n'y arrivera pas. On n'a plus le temps.

— Le temps de quoi ?

— Si le soleil nous trouve ici demain matin, on va griller sur place. Il faut absolument profiter des heures de nuit qui nous restent pour marcher.

— Pour aller où ?

Il avait eu tout le temps d'y réfléchir.

— On n'a que deux solutions. Soit on essaie de rejoindre la route de Hallock, mais avec Benkelman à porter le relief va jouer contre nous. Il va falloir remonter sur les hauts plateaux et ça va être très difficile... Soit on fait deux étapes en une et on va jusqu'au refuge final. Là-bas, il y a tout ce qu'il faut. De l'eau, des vivres, un véhicule, une batterie de rechange, tout...

— Ça veut dire combien d'heures de marche, deux étapes en une ?

— Une douzaine pour traverser le Nopahute, plus cinq ou six pour remonter le lit à sec de la Realston.

— On peut faire ça ?

Boyd hésita avant de répondre :

— Ça ne va pas être facile non plus, pourtant c'est faisable. En tout cas il faut bouger au plus vite. Dans ce genre de situation, c'est quand on perd l'initiative que les choses se gâtent vraiment...

Jed et Colin, qui les avaient vus discuter, les avaient rejoints.

— Vous voulez dire qu'on va partir sans eau ? intervint Hanson.

Boyd confirma d'un hochement de tête.

— On n'a pas d'eau dans les gourdes, mais on n'est pas déshydratés et on est en bonne condition physique. On va y arriver.

— Et Rod, vous la trouvez comment, sa condition physique ? répliqua Hanson.

— Jed, fit Boyd d'un ton conciliant. C'est ce qui me préoccupe le plus. Il faut parfois un jour ou deux pour sortir d'une intoxication pareille. Alors on ne peut pas rester là à tergiverser. Il faut partir tout de suite.

— Et où on va ? demanda Squibb, un peu perdu.

— Jusqu'au refuge final, répéta Boyd en rangeant sa pelle. Départ immédiat.

Personne ne bougea et Boyd les toisa comme des recrues récalcitrantes.

— En route, je vous dis! Si ça vous pose un problème, vous y réfléchirez en marchant...

Et il les entraîna à sa suite, feignant d'ignorer le regard peu aimable que lui lançait Maureen.

38

— IL SUFFIRAIT peut-être de dire que c'est Rice qu'a tiré sur Bradner. Après tout, c'est bien ce qui s'est passé. On dirait qu'on s'est séparés, que Brad est parti tout seul et que le nègre l'a embusqué...

Tout en progressant dans la nuit, Cuthbert s'efforçait de fournir à Josh quelque chose ressemblant à une issue honorable, avec l'espoir de lui remettre les pieds sur terre et de neutraliser la fureur rentrée et sournoise qu'il avait lue dans son regard au moment de quitter Goosewater.

— Ça se serait passé quelque part en bas de Silver Mount. Si Grant demande où exactement, on essaiera de lui montrer un coin, on dira qu'on n'est pas sûrs... Bref, on aurait retrouvé Brad, on l'aurait ramené à Goosewater et là il serait mort. Et après on aurait continué à traquer le nègre...

Il s'interrompit quelques secondes, le temps d'éprouver dans sa cervelle la stabilité de son échafaudage.

— Bien sûr, il va nous demander pourquoi on n'a pas utilisé la VHF. On pourrait peut-être dire qu'on n'était pas bien fiers de tout ce qui s'était passé et qu'on voulait à tout prix mettre le grappin sur Rice avant de l'appeler... Je crois que ça pourrait marcher comme ça...

C'est alors qu'en levant le nez vers le ciel il s'aperçut que les étoiles avaient changé de place. Ils étaient en train de faire fausse route.

— Hé ! Josh ! Si on veut arriver à la 318, on tire pas assez vers l'est…

Il n'y eu pas de réponse et il marcha encore quelques mètres.

— Josh, t'entends ?

Soudain inquiet, il marqua le pas et prit brutalement conscience de l'insondable épaisseur du silence.

— Josh ?

Il n'y avait rien. Pas un bruit, pas un son, seulement une sorte de grand vide opaque et ouaté tout autour de lui. Qu'est-ce que ça voulait dire ? Depuis combien de temps parlait-il tout seul ? Où avait-il perdu la trace de Josh ?

— Josh ! T'es là ?

Une sourde appréhension lui serra la gorge, et tout à coup lui revinrent à l'esprit les avertissements de Bradner. Il fut alors paralysé par l'évidence. Ce n'était pas lui qui s'était égaré, c'était Josh qui s'était volatilisé.

Les yeux hagards, il tourna la tête en tous sens comme si cela pouvait l'aider à percer le mur dense de la nuit. Il s'affola. C'était un traquenard ! Josh était en train de le piéger ! Il se mit à divaguer, bras légèrement tendus dans l'espace sans limites, comme un ivrogne à la recherche d'un appui, et trébucha plusieurs fois sur les caillasses.

— Josh ? Josh ? Fais pas l'idiot…, implora-t-il. Josh ? Où t'es ?

Il était ridicule.

Non loin de là, à une trentaine de mètres à peine, Josh était à plat ventre sur un tertre. Il avait fixé un viseur à infrarouge sur son fusil et tenait en joue Cuthbert dont il suivait toutes les évolutions. Il avait le plus grand mal à ne pas pouffer. Andy, ce vieux pétochard d'Andy qui dansait comme un sorcier indien sous les étoiles ! Et qui l'appelait, en plus ! « Josh, Josh, où t'es ? », qu'il disait ! C'était trop marrant !

Tandis que l'autre bavassait à s'en dessécher le gosier, il avait calculé son coup impeccablement. Il l'avait insensiblement distancé sur une bonne longueur et s'était brusquement accroupi contre une coulée de gros cailloux. Andy l'avait dépassé presque en le frôlant, à deux doigts de lui marcher dessus ! Il s'était retenu de ricaner comme l'envie lui en démangeait, de peur que ses dents luisent dans la nuit ! Mais maintenant, c'était le plus difficile. Car, pour que tout soit parfait, il n'avait pas droit à l'erreur. Un seul coup, un seul, juste à l'endroit où il fallait, et ce serait au poil !

Bien en appui sur ses coudes, il respirait à petites goulées et dans ses mains l'arme était aussi immobile que si elle était posée sur un support de tir. Malheureusement, l'autre continuait à errer de manière imprévisible et cela ne lui facilitait pas la tâche. Il fallait faire vite. Même si Andy n'était pas très malin, dans quelques secondes il allait finir par penser intelligemment et se jeter à terre. Et là, pour le coup qu'il lui réservait, bernique !

Attention... Trop par l'arrière... De profil, de profil... De face... Encore de face... Aaaah... de profil, de profil à nouveau... de profil trois quarts... Cible !

Josh tira. Cuthbert s'effondra en hurlant de douleur. Dans le viseur, Josh le vit se tortiller par terre en se tenant le genou droit. En plein dans le mille !

« Eu ! » faillit crier Josh.

Il se contenta de ramper à reculons aussi vite que possible derrière le monticule et de disparaître dans l'immense trou noir du désert. Bientôt les cris et les gémissements de Cuthbert furent étouffés par la distance et s'évanouirent définitivement.

C'est vrai que c'était douloureux la rotule ! songea Josh.

Il était très content de lui. Andy était foutu, et ça faisait tout simplement un *accident* de plus ! Car il allait quand même essayer de marcher, Andy. C'était impossible, mais il se traînerait bien sur cinq ou six cents mètres. Et là où il s'effondrerait pour ne plus se relever, on ne risquerait pas de tomber sur la balle qui lui avait cassé le genou. Une fracture. Une bête fracture et le désert avait eu sa peau. Voilà ce qu'on conclurait quand on retrouverait ses os... si on venait les chercher jusque ici !

Il marcha, marcha, empli de l'ivresse du joueur qui sort du casino plein aux as, humant l'air à grandes goulées, comme s'il voulait avaler toute l'étendue du monde. Il savait où il allait. Il connaissait, à mi-parcours des hauts plateaux, un endroit idéal pour une halte, et même pour un somme. Il y parvint en moins d'une heure. Une simple dalle rocheuse polie par les vents, aussi douce au toucher qu'un coussin de canapé, sur laquelle il s'installa comme dans son salon après avoir déroulé son tapis de sol. Déjà un peu en altitude, il laissa longuement voguer son regard sur le grand néant obscur du désert qui partait se fondre dans les frontières incertaines de la nuit. Dans un état proche de la béatitude, il s'étendit et laissa folâtrer ses rêves.

Sigrid. Elle était si proche de lui ! Elle dormait, quelque part par là, sur les herbes du plateau ou sur les flancs d'Hillary Peak... Ou peut-être était-elle éveillée, elle aussi... Et peut-être même étaient-ils tous deux en train de contempler la même étoile ? Celle-là, par exemple, juste au-dessus... Quelque chose comme une exquise sérénité céleste descendit sur Josh et il ferma les yeux. Il avait le temps, tout le temps. Il pouvait dormir. Il partirait à la chasse avec le lever du soleil.

39

Il était deux heures et demie du matin et Jim McDonough ne dormait pas. D'abord parce qu'il avait le sommeil léger et qu'il avait été réveillé par son père. Celui-ci se levait fréquemment au milieu de la nuit pour ingurgiter un pansement gastrique censé calmer son ulcère. Ensuite parce qu'il n'avait pu se rendormir, préoccupé qu'il était depuis deux jours par les morts violentes à répétition de Haydenton.

À vingt-deux ans, Jim vivait chez ses parents. Ce qui avait certes un côté pratique, mais créait chez lui une étrange sensation de double personnalité le mettant mal à l'aise. De son petit lit à une place, il pouvait voir sur les murs de sa chambre un poster des Red Sox en pleine action ainsi que l'éclaté d'une navette spatiale, vestiges de son adolescence pas si lointaine, et sur le dossier de sa chaise son uniforme impeccablement plié. Moyennant quoi, à certaines heures du jour ou de la nuit, il ne savait plus trop qui il était.

Mais ce dont il était persuadé en cet instant, c'est qu'à lui seul il était parfaitement capable de débrouiller l'écheveau des homicides mystérieux de Bert et Molly. C'était une question d'angle. De point de vue. Ces derniers mois, il avait lu en long, en large et en travers le *Manuel du maintien de l'ordre* que lui avait solennellement confié Waronker quand il l'avait admis comme stagiaire. Et il avait retenu ce mot, « angle », qui revenait plusieurs fois dans le chapitre traitant des investigations policières. Pour sûr, en ce qui concernait Bert et Molly, personne ne l'avait découvert, cet « angle » ! Et, sauf à mettre la main sur le fugitif, il était bien convaincu que ce n'était pas en courant d'une frontière du comté à l'autre qu'ils allaient le trouver.

Il en était encore à ruminer sur ce sujet quand l'aube parut et qu'il entendit arriver la voiture de Waronker.

La maison des McDonough était située pratiquement en face du bureau du shérif, de l'autre côté de la rue. En conséquence, et cela depuis leur installation, bien avant la naissance de Jim, les McDonough entretenaient des rapports d'excellent voisinage avec la police du comté. D'autant plus que trois fois par semaine Mme McDonough s'occupait de l'entretien des locaux du shérif, ce qui n'avait pas été sans rapport avec la vocation de Jim.

Celui-ci entendit la portière claquer. Il se leva et aperçut à travers les stores Grant Waronker entrer dans son bureau puis en ressortir presque aussitôt, Zack Shellman sur ses talons. Les deux hommes parlementèrent un moment sur le perron et finalement le shérif se dirigea vers un 4×4 de service, grimpa dedans et démarra.

Ça y est ! songea Jim. Il doit partir à la rencontre de l'équipe de Novick et de Josh Cadmus...

Tandis que le tout-terrain passait sous sa fenêtre pour quitter Haydenton par l'est, Jim se replongea dans ses réflexions. Il se dit qu'à la place de Waronker il laisserait les quatre shérifs délégués perdus dans la nature se dépatouiller à leur manière. C'était bien leur genre de garder le silence radio pendant quarante-huit heures ! Ils se payaient une excursion dans le désert comme à la chasse ! De toute façon, il n'y avait que ça qui les intéressait... Et Jim n'était pas loin de partager l'opinion de Boyd sur toutes ces grandes gueules qui étaient autant de problèmes pour la communauté d'Haydenton. Pas un pour racheter l'autre !

À huit heures tapantes, il pénétra à son tour dans le bureau du shérif où il trouva Zack endormi dans la salle de veille. Il se racla la gorge un peu bruyamment et Zack ouvrit un œil.

— Salut, Jim ! dit-il en bâillant. T'arrives juste quand je commençais à avoir une petite faiblesse...

Jim songea que sa petite faiblesse, il avait dû la ressentir dès le départ de Waronker, mais garda ses impressions pour lui.

— Vous voulez que je vous apporte un café ? s'enquit-il.

— Surtout pas ! Je compte bien récupérer un peu de sommeil à la maison...

Il quitta son fauteuil, rajusta sa chemise et coiffa son Stetson.

— Jim, tu gardes la boutique ce matin, ordre de Grant. Je te relèverai à midi. Et interdit d'appeler chez moi, sauf si un 747 s'écrase à l'entrée de la commune. Pour le reste, tu fais patienter. Vu ?

Jim opina respectueusement.

— Il y a du neuf? demanda-t-il.

— Rien. Grant est parti à l'aube pour essayer de les rejoindre du côté de Goosewater. Il a appelé vers cinq heures pour me dire qu'il quittait la 318. Pas de nouvelles pour l'instant. Et à part ça, toujours pas de contact radio des autres. Ou ils ont été enlevés par une soucoupe volante, ou ils font une bamboche du tonnerre dans les montagnes...

Jim le raccompagna jusqu'à la porte et Zack se pencha à son oreille avant de sortir.

— Pour le 747 c'était une blague. Tu m'appelles si t'as un problème. Fais pas de zèle. T'as pas encore tes galons...

Il lui tapa sur l'épaule et fila vers sa voiture garée au parking. Jim se retrouva seul.

Ses galons ! Il en rêvait. Avec un peu de chance, si tout se passait bien, d'ici quelques mois le Conseil du comté accepterait de lui financer une formation appropriée à l'Académie de police de l'État. Alors là, il n'en doutait pas, ce serait vraiment le début d'une grande carrière !

Il traîna dans les bureaux une bonne partie de la matinée, répondit à quelques coups de téléphone sans importance, et ne fut tiré de son désœuvrement que vers dix heures et demie, lorsque le coroner Wiggins fit son apparition. Jim lui indiqua où se trouvait le salon funéraire de Zbignewski et s'excusa, tout en se réjouissant intérieurement de ne pouvoir l'accompagner. Depuis la veille, il avait espéré échapper au découpage de la grosse Molly.

Wiggins reparti, il recommença à tourner dans sa tête cette histoire invraisemblable. Pourquoi ce noir, s'il avait tué Bert, était-il allé ensuite — ou avant ? — faire quoi que ce soit avec Molly ? Ça ne tenait pas debout. Un angle. Il devait y avoir un angle dans tout ça.

Il se rendit dans la pièce du shérif, ouvrit son armoire personnelle et trouva, bien en évidence sur un des rayons, tout ce qui avait été amassé sur cette affaire. Il déposa les éléments sur le bureau et les examina un à un.

Tout d'abord les photos du cadavre de Bert. Il y en avait une douzaine. Sans grand intérêt apparemment. Ensuite la clé à pipe dans un sac en plastique. Il saisit l'objet maculé de traces graisseuses et de croûtes de sang noir à son extrémité.

Il tenait dans sa main le seul témoin crédible de la scène, le témoin inerte qui avait tout vu et qui ne dirait rien… Encore que… le *Manuel* précisait bien que pour les indices, les pièces à conviction, on se devait également d'adopter un *angle*. Mais quel angle, bon sang, quel angle ?

Il reposa la clé et fourragea dans le second jeu de photos, celles du cadavre de Molly. Confronté à cette nudité obscène, il éprouva un fugace intérêt morbide qui se transforma aussitôt en nausée. Il écarta ce déguisement infect de la mort et s'intéressa à un dossier rose sans titre.

Dans la chemise, il trouva le rapport de l'autopsie de Bert et un premier compte rendu des faits dûment signé de Waronker. Jim lut celui-ci dans les détails et fut surpris d'apprendre que le shérif était allé visiter les alentours de la maison de Josh Cadmus en l'absence de celui-ci. Qu'était-il allé faire là-bas ? Poussé par quelle intuition ? Encore que, selon lui, ça n'avait rien donné...

Jim se renfonça dans le fauteuil de Waronker, croisa les mains derrière sa tête et se concentra de toutes ses forces. Un *angle* ! Ça c'était un *angle* ! On voyait quoi, depuis cet angle ?

Josh. Josh Cadmus. Un type qu'il ne connaissait pratiquement pas. Un caractère de cochon, à ce qu'il savait, mais ce n'était pas bien original. Comme cul et chemise avec les antifédéralistes du coin. Un bon chasseur, à ce qu'on disait, en tout cas meilleur pisteur que mécano... Un mécano à qui M. McDonough père n'aurait pour rien au monde confié sa voiture... Un mécano...

Et, subitement, l'illumination qu'il appelait de ses vœux avec une ferveur quasi mystique depuis plus de deux jours frappa Jim comme la foudre.

Il en resta bouche ouverte, mâchoire pendante. Il y était ! Il avait mis le doigt dessus ! Il lui fallait vérifier immédiatement !

Il replaça toutes les pièces dans l'armoire, s'en alla chercher le passe communal sur le tableau des clés et bascula le téléphone sur la VHF. Après quoi, il quitta précipitamment le bureau et sauta dans une voiture de patrouille.

Sur le parcours qui le mena jusqu'à l'endroit où l'on avait trouvé Bert, plusieurs citoyens lui adressèrent un signe amical depuis le trottoir, sans qu'il s'en soucie le moins du monde. Son esprit n'était maintenant plus occupé que par une idée, une seule.

Il gara la voiture devant le hangar, fit jouer le passe et tira l'énorme porte coulissante en tôle ondulée. Il fonça vers l'établi et contempla longuement, comme il l'avait fait la nuit même de la mort de Bert, le jeu de clés et l'emplacement vide au bout sur la droite. À cette différence près qu'en cet instant il savait pourquoi il les regardait. Il prit tout son temps et examina attentivement chaque clé. Des Rigid, comme celle qui avait tué Bert. C'était la même marque, mais ce n'étaient pas les mêmes clés... aucun doute là-dessus.

Lorsqu'il fut de retour au bureau, il était midi passé et il y trouva Zack en grande discussion avec Wiggins.

— Eh bien, Jim ! Qu'est-ce que t'as fichu ? C'est comme ça que tu fais ton boulot ?

— J'avais basculé le standard sur la VHF.

— Peut-être, mais M. Wiggins t'attendait devant la porte.

— C'est pas grave, fit Wiggins. J'ai terminé plus vite que prévu, c'est le principal. Vous direz à Grant ce que j'en pense. Le larynx a été enfoncé mais il n'y aucune trace d'asphyxie. Mon opinion, c'est qu'elle était morte quand on l'a étranglée.

— Et elle est morte de quoi, alors ? ne put s'empêcher de demander Jim.

Wiggins se tourna vers lui avec un sourire en coin.

— Toujours aussi passionné par les autopsies, hein ? Elle est morte d'hémorragie, tout simplement.

— D'hémorragie ?

— Ouais. Vaginale. Elle s'est vidée complètement. Utérus perforé et lésions sur le côlon pelvien...

Jim songea aux photos de Molly et essaya de se représenter ce que lui disait Wiggins.

— Et comment ça se fait ? insista-t-il. C'est accidentel ?

— Ça se fait avec quelque chose de gros et dur, mon gars, répliqua le coroner avec un petit ricanement.

— Vous voulez dire... quelque chose d'humain ?

— Par exemple. Ça s'est déjà vu. Ça s'est vu aussi que les gens s'amusent à fourrer n'importe quoi dans ce genre d'endroit... Là, je ne peux pas vous dire. Ce qui est sûr, c'est qu'il y a eu rapport. J'ai fait un prélèvement. Ça vous sera utile si vous souhaitez un jour faire une identification par l'ADN.

Il récupéra sa sacoche.

— J'ai signé l'autorisation d'inhumer chez M. Zbignewski, dit-il en leur serrant la main. J'enverrai demain mon rapport à Grant.

Il passa la porte.

— Et arrêtez de tuer les gens. C'est pourtant calme, d'habitude, chez vous...

Il les salua et s'en fut. Aussitôt, Jim se tourna vers Shellman.

— Zack...

— Oui ?

— Je crois que j'ai trouvé quelque chose.

— Sur quoi ?

Jim prit sa respiration.

— Sur Bert... Je pense que c'est pas une clé de son établi qui lui a enfoncé le crâne...

— Et pourquoi tu penses ça ?

Jim baissa les yeux, mal à l'aise.

— Juste à cause d'un truc... L'établi de Bert, tu as vu comment il est ? Il est nickel. Ses outils, ils sont impeccables. Et son jeu de clés à pipe, c'est bien simple, il brille. Pas une trace de cambouis. Rien. Ça pourrait être des instruments de chirurgien...

— Et alors ?

— Alors, celle qui a démoli Bert, elle est pleine de crasse, répliqua Jim, déçu de voir que Zack ne percutait pas du tout sur ce qui lui semblait évident. Elle est noire de graisse, c'est tout !

Zack considéra Jim silencieusement.

— Qu'est-ce que ça prouve ? fit-il. Peut-être qu'il l'utilisait plus souvent que les autres...

Jim se mordit les lèvres. Il n'avait pas songé à cette objection.

— Et si c'est pas une clé de Bert, c'est une clé qui viendrait d'où ? Là aussi t'as trouvé quelque chose ?

Jim se sentit perdre pied. À la manière dont Zack avait posé la question, il comprit que sa réponse ne tiendrait pas le coup. Il essaya néanmoins.

— C'est... c'est juste une idée comme ça, balbutia-t-il. J'ai... j'ai pensé à Josh par exemple...

— À Josh par exemple...

Sous le regard glacial de Zack, Jim se sentit rougir jusqu'à la racine des cheveux.

— Et pourquoi à Josh ? poursuivit Zack sèchement.

À cela il ne pouvait rien répondre. Il le savait.

— Parce que... parce que c'est un mécanicien-garagiste... c'est un drôle de type... Et il était avec Molly, s'enferra-t-il. Peut-être qu'on pourrait chercher par là ?

Cette déclaration fut suivie d'un long, long silence.

— Jim, reprit Zack sans élever la voix. Est-ce qu'il y aurait pas par hasard un autre mécano-garagiste à Haydenton ?

— Si, murmura Jim.

— Est-ce qu'il pourrait pas y avoir des tas de gars avec des clés de quarante chez eux ?

— Si, c'est possible...

— Et malgré tout ça, toi tu sors de ton chapeau le nom de Josh Cadmus !

Jim évitait par tous les moyens le regard de Shellman.

— Fais attention à ce que tu dis, mon gars, conclut Zack d'un ton légèrement menaçant. C'est une petite ville ici. Et on ne peut pas s'offrir le luxe de se laisser dépasser par ses propres paroles... Si t'as des soupçons sur Josh, t'as intérêt à pouvoir défendre ce que t'avances. Sinon tu gardes ta langue et tes idées pour toi. T'en parles pas... Même pas à moi !

Sans s'étendre davantage, Zack Shellman se détourna et partit vaquer à ses occupations, laissant Jim planté dans le hall.

Pour ce dernier, c'était la pause de midi, et une bonne occasion de pouvoir faire une retraite pas trop déshonorante. Car les oreilles lui cuisaient encore d'avoir tant rougi de confusion et surtout d'humiliation. Pourtant il n'avait pas dit son dernier mot. Son angle, il le tenait. Et puisqu'il fallait trouver des preuves, ma foi, il allait s'en occuper.

40

JOSH CADMUS s'était éveillé avec l'aube lui aussi, mais n'avait pas encore décidé de se lever. Confortablement calé contre son sac, roulé dans la tiédeur de son poncho, il désirait assister à la lente apparition du monde. Déjà, là-bas vers le sud, la silhouette massive des Tuscamoras se dessinait dans une vapeur bleutée, et au-dessous de lui, à perte de vue, l'ombre immense du désert frémissait d'une lueur incertaine, comme une eau noire traversée d'un léger souffle d'air. Et soudain, ce fut le renouvellement de la Création. Ainsi qu'une photographie révélée par la magie d'un bain chimique, la matière terrestre prit consistance en quelques minutes dans toute sa force, avec ses ondulations, ses aspérités, ses ocres, ses rouges et sa séduction trompeuse de tableau grandiose et inoffensif. Le soleil était là.

Josh consulta sa montre : 4 heures 59. À l'approche de l'heure ronde, un autre aspect de la réalité se rappela à lui. C'était peut-être l'occasion d'obtenir des nouvelles de la civilisation qu'il avait abandonnée depuis plus de deux jours. Il s'assit, sortit de son sac la radio de Bradner et se cala sur la fréquence du shérif. Il avait prévu de laisser le haut-parleur crépiter à tout hasard cinq à dix minutes, mais il n'eut pas à attendre bien longtemps. À peine posé à côté de lui, l'appareil se mit à crachoter.

— Zack ? Tu me reçois ? C'est Grant...

Josh régla précipitamment le *squelch* et colla son oreille à l'écouteur.

— Ici Zack, entendit-il. Où tu te trouves ?

— Je viens de quitter la 318. J'ai pris la piste de la vieille carrière. J'y serai dans dix minutes.

— Et après ?

— Après, j'essaierai de trouver le passage de Boyd quand il va stocker son ravitaillement en bas de Silver Mount. J'en ai pour un moment. Reste en veille.

— OK.

Dans le silence qui se referma, Josh resta immobile. Noyé comme il l'était au milieu de cette désolation, l'intrusion de ces voix familières était aussi irréelle que les traces évanescentes d'un songe. Et pourtant... Quelque part vers le sud-est, hors de regard et de portée, la voiture de Waronker était en train de soulever un panache de poussière dans les rayons du petit matin. Elle toucherait d'ici peu à l'antique excavation qu'il connaissait bien, d'où l'on extrayait avant guerre l'opale et la turquoise. Ensuite, Waronker continuerait à fouiner partout, et il ne pouvait rien faire pour l'arrêter.

La sérénité que lui avait apportée la naissance du jour fit place à une pointe d'appréhension. Aussi grand que fût le désert, il n'y était pas seul avec ses rêves. À un moment ou à un autre, la réalité triviale qui commandait le monde dans ses aspects les plus décourageants allait le rattraper, et il sentait bien que cela ne donnerait rien de bon.

Gagné par la mauvaise humeur, Josh s'empressa de ranger son paquetage. Même si l'issue du jour était incertaine, du moins accomplirait-il jusque-là ce qu'il avait prévu. Et il ne s'attendait pas à ce que ce fût facile. Il escalada la roche où il avait bivouaqué et reprit sa marche vers les hauts plateaux.

Beaucoup plus au nord, au même moment, Sigrid Thomsen observait avec une infinie patience les étendues sans limites qu'elle contrôlait depuis le promontoire où elle était assise. Avec ses jumelles elle fouillait chaque crête, chaque pente, chaque replat, chaque trou d'ombre qui s'ouvrait au jour, dans l'espoir de surprendre les animaux encore tout engourdis de la quiétude de leur nuit. Mais elle ne découvrit rien et abaissa ses jumelles, songeuse.

Elle avait à peine dormi. Depuis une douzaine d'heures qu'elle avait quitté Goosewater et Rice, elle avait marché avec une détermination sans faille à la recherche de la harde de mouflons. À son avis, quelque chose clochait. Elle savait les bêtes proches, grâce à leurs traces nombreuses et aux déjections qu'elle rencontrait par endroits, mais à chaque étape franchie, elles lui paraissaient encore plus insaisissables. Comme si elles étaient alertées de sa présence et gardaient une distance de sécurité en s'éloignant de deux pas à chacun des siens. C'était à n'y rien comprendre. Elle aurait dû établir un contact, visuel pour le moins, dès la veille au soir. Mais les bêtes s'enfonçaient obstinément dans la montagne, comme si elles refusaient de se laisser approcher. Pourtant, Sigrid avait toute confiance en son talent de pisteuse. Il lui était parfois arrivé d'approcher ce genre de gibier à moins de vingt mètres, et encore, le vent jouant contre elle ! Néanmoins, pouvait-elle être certaine de n'avoir pas été repérée ? La traque, sur ce type de terrain, était d'une grande difficulté. Une silhouette mobile y était décelable de très loin. Et les mouflons s'y entendaient pour détecter la moindre anomalie sur l'étendue de leur territoire.

Sigrid réfléchit un bon moment. Aucune importance ! Elle en avait vu d'autres ! Quelques années auparavant, au Canada, dans les Territoires du Nord-Ouest, elle avait chassé le mouflon de Stone en compagnie d'un guide et avait dû traquer les bêtes sur près de cent cinquante kilomètres avant de pouvoir ajuster son tir. Si elle avait fait ça, elle parviendrait une fois de plus à débusquer les *bighorns* du désert. Elle se leva.

Les traces semblaient indiquer que les bêtes montaient vers Hillary Peak, mais Sigrid était convaincue qu'un peu plus haut elles allaient bifurquer sur la gauche et chercher refuge dans les rochers des Tocumas. Elle reprit donc son ascension, tous ses sens en éveil, les yeux rivés sur le sol à la recherche du moindre indice.

Il lui fallut quatre heures d'une marche soutenue pour découvrir l'endroit où les mouflons avaient passé la nuit. C'était une sorte de cuvette creusée par des éboulis, protégée des vents et des regards par deux talus en entonnoir. De là, Sigrid fut certaine qu'ils n'avaient pu la voir. Ils étaient déjà repartis, soit en quête d'un terrain plus propice, soit pour toute autre raison qui n'avait rien à voir avec sa présence. Il ne restait de leur séjour qu'un tapis d'excréments frais qu'elle se prit à contempler longuement.

Lors d'une de ses virées dans les Appalaches, elle avait fait la connaissance d'un chasseur à l'arc comme elle qui finissait son approche nu, à plat ventre et couvert de boue, et parfois même humecté de la forte odeur des fougères où les grands cerfs en rut marquaient leur territoire. Si certains de ses compagnons avaient ri, elle n'avait pas ri du tout. Elle avait compris cet impératif d'une imprégnation absolue de l'intimité la plus vitale de la bête, ce désir de ne plus faire qu'un avec les sécrétions musquées du mâle dans les instants précédant sa mise à mort. Et plusieurs fois elle s'était imaginée se coulant à son tour dans l'habit invisible de ces odeurs bestiales et lourdes, sans jamais avoir eu le courage de le faire. Car si ce chasseur s'attirait des railleries pleines de sous-entendus, elle concevait assez bien les réactions que pourrait susciter un tel comportement chez une femme. Et malgré l'envie qui la tenaillait et le désir de provoquer qui ne l'abandonnait jamais, elle s'était jusque-là abstenue.

Jusque-là. Car en cet instant lui apparut l'occasion inespérée d'opérer cette transgression ultime héritée du fond des âges qui exige parfois la fusion de l'humain et de l'animal. Sans plus hésiter, elle posa son arc et son sac à terre et se dévêtit. Bien souvent, dans la solitude totale du désert et des montagnes, elle avait marché nue, des heures durant, pour le simple plaisir des caresses tièdes du vent et des morsures du soleil sur sa peau. Cette fois, c'était tout autre chose. Ce n'était plus la volupté d'un privilège charnel plutôt rare, c'était l'accomplissement d'un rite.

Elle ramassa plusieurs de ces boulettes fraîches, noires et odorantes, les malaxa comme une pâte et commença à s'en enduire le corps, en longues applications brunâtres. Elle s'en couvrit intégralement, jusque sur le cou, le visage et les cheveux, jusqu'à occulter toute trace olfactive humaine, jusqu'à disparaître. Pour parachever cette étrange cérémonie, elle s'allongea ensuite sur le sol et s'ébroua dans la poussière comme une laie dans sa bauge. Lorsqu'elle se releva, elle ressemblait à ces aborigènes habillés de boues séchées et zébrées de peintures mystérieuses. Le plus naturellement du monde, elle rechaussa ses rangers, passa les sangles de son sac et, munie de son arc, repartit de plus belle sur la piste des mouflons. Si c'était elle, précédée de son odeur humaine, que les bêtes fuyaient, elle était maintenant devenue non seulement indécelable, mais l'une d'entre elles… Et elle se promettait pour aujourd'hui l'extase d'un trait de flèche comme elle n'en avait jamais connu.

41

De son côté, depuis environ minuit, Boyd faisait progresser sa troupe à marche forcée. Toujours secondé de Jed pour transporter Benkelman, il lui avait imposé un rythme épuisant afin de parcourir le plus de distance possible avant la montée du soleil. Le résultat était là. Lorsque l'aube les surprit, Maureen, Jed et Squibb découvrirent que derrière eux les terres rassurantes des Tuscamoras étaient pratiquement hors de vue et qu'ils étaient embarqués sur un immense horizon onduleux que fendait leur étrave invisible.

Durant la nuit, Benkelman avait geint par intermittence. Mais vers huit heures, lorsque Boyd annonça une nouvelle pause, il émettait depuis un moment une plainte continue, aussi faible que sa respiration. En soulevant le pansement, Boyd constata que la plaie avait pris une mauvaise teinte verdâtre et purulente. La morsure avait tourné à l'infection et Benkelman commençait à délirer sous l'effet de la fièvre.

Boyd se prit la tête dans les mains. Il était fatigué. Il lui restait, à lui comme aux autres, un énorme effort à accomplir pour atteindre l'objectif fixé, et il devait en plus prendre une décision comme celle qui s'annonçait.

— Les tissus sont en train de se nécroser, remarqua Maureen d'un ton monocorde, presque indifférent.

Boyd acquiesça d'un mouvement de tête.

— Il faut enlever ça si on veut éviter la gangrène.

Sous le regard des randonneurs assis à côté de lui, il aseptisa le scalpel de sa trousse d'urgence et incisa le muscle. Benkelman, à demi conscient, eut un sursaut réflexe.

— Jed, tiens-le s'il te plaît, lâcha Boyd sans s'émouvoir.

Avec une docilité de chien fidèle, Jed immobilisa Benkelman en le plaquant sur la civière et Boyd creusa minutieusement la plaie jusqu'aux tissus sains, ignorant les cris du malade réveillé par la douleur.

Quand la plaie se remit à saigner d'un beau rouge vif, Boyd se tourna vers Maureen.

— Ça ira pour l'instant. Mets-lui une compresse stérile, je vais lui faire la dernière ampoule.

Tous ressentirent ce moment comme celui de la vérité. Boyd piqua, injecta lentement, puis retira l'aiguille.

— À toi de jouer maintenant, fit-il à Benkelman en lui tapotant la joue. Et tire les bonnes cartes.

Benkelman lui adressa un regard embrumé et cligna plusieurs fois des yeux en signe d'assentiment.

— Boire !... répondit-il dans un souffle.

Il y eut un silence embarrassé. Parler d'eau, et même simplement y penser, allait très bientôt devenir pour chacun un supplice.

— Désolé, vieux, tu as tout bu, dit Boyd. Fais comme nous. Serre les dents et tiens le coup !

— Boire !... répéta Benkelman qui n'avait pas l'air de comprendre.

Boyd se leva.

— Faut repartir, dit-il. On n'a pas une minute à perdre.

Tandis que Maureen, Jed et Boyd se préparaient, Colin Squibb resta assis sur le sol.

— J'arriverai pas au bout, geignit-il, exténué.

— Possible, rétorqua froidement Boyd en faisant signe à Jed de soulever la civière en même temps que lui. Si tu marches, tu as une petite chance de t'en sortir. Si tu ne marches pas, t'es mort. À toi de voir.

La civière bien en main, tirant Jed à sa suite, il repartit dans le désert.

Maureen leur emboîta le pas pour s'arrêter quelques mètres plus loin. Squibb était resté derrière elle, buté, assis dans la rocaille.

— Cam ! appela-t-elle. Attends ! On va quand même pas le laisser là !

— On n'a pas le temps de réfléchir, Mo, répliqua-t-il sans ralentir sa marche. Avec la montée de la chaleur on va aller de moins en moins vite. Chaque minute qu'on perd joue contre nous...

— Cam, arrête ! S'il reste là, je reste aussi !

— Tant pis, lança Boyd sans se retourner. J'essaie de sauver des vies humaines. Si les vies humaines ne veulent pas se sauver elles-mêmes, c'est plus mon problème. J'ai pas le temps de faire de la psychologie.

Et les brancardiers continuèrent à s'éloigner de leur marche résolue.

— Cam ! cria Maureen.

Cette fois-ci, Boyd ne prit même pas la peine de lui répondre. Une fureur soudaine saisit la jeune femme et elle revint sur ses pas pour secouer Squibb sans ménagement.

— Allez, debout !

Elle le tira violemment par la manche pour le forcer à se relever et, devant l'exaspération de la jeune femme, Squibb n'osa pas résister. Elle le poussa ensuite devant elle d'une bourrade dans le dos.

— Marche et ne pense plus à rien, lui ordonna-t-elle.

Et elle le harcela sans répit jusqu'à ce qu'ils aient retrouvé une allure convenable. Devant eux, Jed et Boyd avaient pris au moins cinq cents mètres d'avance.

Maureen et Squibb ne les rattrapèrent qu'à la pause suivante, durant laquelle personne ne se parla. De toute façon, il n'y avait plus rien à dire. Ils étaient engagés dans un combat contre le temps, la soif et les kilomètres et, face à l'implacable indifférence que leur opposait le désert, ils étaient comme paralysés par leur propre audace.

Ils marchèrent, marchèrent, et à mesure que leurs ombres diminuaient, Boyd multiplia les haltes. Toutes les vingt minutes, tous les quarts d'heure, et enfin toutes les cinq à dix minutes.

Vers midi, le pied de la chaîne des Tocumas dansait toujours dans un infime voile de chaleur au ras du sol, tel un mirage inaccessible. Contrairement aux estimations de Boyd, ils n'avaient pas achevé leur traversée, et de beaucoup. Colin Squibb s'était peu à peu laissé distancer sur plus d'un kilomètre et Maureen, traînant elle aussi derrière eux, ne se préoccupait plus de lui depuis longtemps. Les choses tournaient mal.

Lorsqu'ils eurent déposé la civière, Jed se laissa tomber de tout son long, bras en croix, épaules douloureuses, éreinté.

— Je ne sais pas si je pourrai continuer bien longtemps, souffla-t-il entre ses lèvres desséchées.

Boyd ne dit rien, mais lui aussi avait atteint un état de fatigue qui risquait de mettre en cause leur vie à tous. Il avait présumé de leurs forces et il lui fallait modifier son plan au plus vite. Jamais ils ne pourraient achever la traversée du Nopahute en groupe, ralentis par le poids du blessé et leur épuisement total. Il savait déjà ce qu'il fallait faire. C'était leur dernière chance. Il prit sa décision sur-le-champ et se remit debout.

Quand Maureen les rejoignit, il était en train de creuser le sol à grands coups de pelle.

— Qu'est-ce que tu fais ? s'enquit-elle en le regardant comme s'il avait perdu la tête.

— Un abri, répondit-il sans s'arrêter.

Elle se laissa tomber à côté de Jed et ne trouva pas suffisamment d'énergie pour continuer la discussion. Quand Squibb les rattrapa à son tour, un bon moment plus tard, Boyd, qui avait creusé une sorte de longue tranchée, cessa de pelleter.

— On va se séparer, leur expliqua-t-il. Seul, je pense que j'arriverai à mon refuge. Tous ensemble, on est fichus. Alors vous allez rester ici à l'abri et attendre mon retour. C'est la seule solution, je ne vois pas ce qu'on peut faire d'autre.

— Et si tu ne reviens pas ?

Maureen avait lâché sa question les yeux perdus dans le vague, quelque part dans le désert calciné.

— Pourquoi je ne reviendrais pas ?

Elle haussa les épaules.

— Je n'en sais rien. Il peut se passer n'importe quoi...

— Ce qui se passera, c'est qu'avant la nuit je serai là avec mon 4×4 et de l'eau. Fais-moi confiance.

Maureen se tourna vers lui.

— Ce qui devait se passer aussi, c'est qu'on traverse le désert...

Dans sa voix il n'y avait plus trace de cette sympathie qu'elle lui avait manifestée la veille. Boyd eut l'impression que ce n'était plus la même femme. Il lui sembla qu'elle se laissait dominer par la situation, ou peut-être qu'elle s'était sérieusement offusquée de ses manières un peu brutales. Mais surtout, elle n'avait pas l'air de se rendre compte des responsabilités qui pesaient en ce moment sur ses épaules.

— D'accord, j'avais présumé de nos forces à tous, reconnut-il, pourtant je sais ce que je peux faire seul. Ne t'inquiète pas.

Elle n'ajouta rien et il tendit sa pelle à Jed :

— Allez, donne-moi un coup de main !

Ils se relayèrent et bientôt il y eut quatre fosses côte à côte, comme quatre sépultures attendant le dépôt des corps. En guise de plafond, ils étalèrent les tapis de sol au-dessus des trous et les maintinrent avec des cailloux en prenant soin de ménager un point d'entrée. Ensuite, utilisant la terre qu'ils avaient déblayée, ils élevèrent un petit talus sur le périmètre de chaque abri et tendirent les ponchos sur ces supports. Il en résulta une sorte d'isolation à deux membranes permettant la circulation de l'air et diminuant le niveau de chaleur au fond des trous.

Avant d'aider les naufragés à s'introduire dans leur cache, Boyd réquisitionna tout le linge blanc ou de couleur vive, qu'ils prirent sur eux-mêmes ou dans les sacs. Il confectionna par terre la plus grande croix possible afin de signaler l'emplacement.

Jed et lui installèrent péniblement Benkelman dans son trou après que sa plaie eut été une nouvelle fois nettoyée. Puis Boyd confia sa trousse de premiers secours à Maureen et aida celle-ci à s'engouffrer dans son abri.

Elle fut surprise de la fraîcheur qui y régnait déjà.

— Ça va aller ? s'enquit Boyd.

— J'espère, dit Maureen.

Accroupi devant le trou, il lui retint la main pour l'encourager mais, lasse, elle ne fit rien pour répondre à cette attention.

— J'ai l'impression que tu m'enterres, Cam, lui dit-elle seulement.

— C'est exactement ça, Mo, mais c'est la seule façon de survivre jusqu'à ce que je revienne. Tiens bon !

Il vérifia que tout son monde était bien abrité et décida de ne pas se s'encombrer de son sac. Il se vêtit suffisamment pour limiter autant que possible l'évaporation de sa sueur, récupéra ses jumelles et empocha sa boussole et son couteau. Il s'entortilla ensuite la tête d'une chemise en ne laissant apparaître que les yeux à la manière des Bédouins et se plaça face aux Tocumas pour établir son cap.

— J'y vais, lança-t-il en direction des abris. À tout à l'heure !

Aucune des tombes ne lui répondit, et aucun des enterrés vivants ne vit l'étrange Touareg partir à l'assaut de la poussière, du soleil et du vent brûlants.

42

FACE AU GARAGE de Josh Cadmus, Jim perdit un peu de son assurance. Ce lieu clos, silencieux, envahi de carcasses dévorées par les herbes folles, au désordre délibéré et agressif, était tellement à l'image de son propriétaire que Jim crut sentir peser sur lui le regard de Josh. Il poussa néanmoins le portail de guingois et s'avança sur l'allée imbibée de flaques d'huile.

La grande porte de l'atelier était fermée. Il fit le tour du bâtiment, de plus en plus stupéfait par la luxuriance de la jungle mécanique et végétale qui prospérait sur tout le terrain. À l'arrière, il trouva une petite porte au cadre déformé. Le pêne était tiré, mais on devait pouvoir le dégager en forçant quelque peu la gâche. Après une ultime hésitation, il récupéra dans la casse une lame d'amortisseur mangée de rouille et fit levier sur la serrure. À la première pression, la porte s'ouvrit.

Dans la pénombre de l'intérieur, il se fraya un passage au milieu des amoncellements de pièces démontées, jusqu'à l'établi qu'éclairait le vasistas. Mais le fouillis était tel qu'il dut entreprendre une longue et patiente inspection des lieux afin de trouver la preuve qu'il recherchait. Il lui fallut plus de vingt minutes pour reconstituer le jeu de clés à pipe de Josh. Des Rigid, comme celles de Bert, toutes plus sales les unes que les autres. En les rangeant pas ordre de taille, il arriva à la conclusion qu'il lui en manquait deux, celle de dix-huit et celle de quarante.

Que pouvait-il faire de cette découverte, si c'en était une ? Ce n'était pas avec ça qu'il allait convaincre Zack ou Waronker de quoi que ce fût !

Le regard perdu parmi les nus féminins suggestifs affichés autour du vasistas, Jim se prit soudainement à penser qu'il était allé trop loin et faisait fausse route. Hormis ce jeu de clés incomplet, qu'avait-il vraiment à se mettre sous la dent ? Après tout, l'absence de quelque chose ne signifiait rien. On ne pouvait rien démontrer par le vide…

Il en était là de ses réflexions lorsque son attention fut attirée par un mouvement de l'autre côté de la vitre. Un groupe de quatre jeunes filles en short venait d'apparaître, et ce n'est qu'en les voyant qu'il réalisa que le garage de Josh jouxtait le terrain de gym de l'école. Les adolescentes se séparèrent et commencèrent, chacune pour soi, à lancer et à faire tournoyer haut dans les airs leurs bâtons de majorettes. De toute évidence, elles profitaient comme lui de la pause du déjeuner pour s'entraîner un peu.

Il les regarda exercer leur habileté durant une bonne minute, et ce ne fut que lorsque ses yeux glissèrent encore une fois vers les poses obscènes décorant le mur en face de lui que le cours de ses pensées s'arrêta net.

Josh Cadmus ! Planté à cette même place, il devait être comme au cinéma ! Il devait s'en mettre plein la vue !

Tous les soupçons de Jim revinrent au grand galop. Non, il ne s'égarait pas. Le garagiste était pour lui définitivement suspect. Son hypothèse s'échafaudait à toute allure. Elle avait dépassé l'« angle » de son manuel, elle avait même dépassé le stade de la présomption. Elle était à deux doigts de devenir une certitude.

Il se remit fébrilement à chercher en tous sens. Et cette fois-ci il n'allait pas baisser les bras. La preuve dont il avait besoin, c'était le contraire de ce qu'il avait trouvé, c'était une démonstration par le plein. C'était tout simplement l'outil qui avait remplacé l'arme du crime.

Il passa au crible tous les tiroirs, les recoins les plus obscurs, et même les combles encombrés d'un fatras inextricable. Il n'en retira que des mains noires de poussière et s'attaqua de plus belle au bureau.

Où est-ce qu'il l'a mise, bon sang ? Où a-t-il bien pu la planquer ?

Dans une armoire aux battants défoncés, il tomba, au milieu de la comptabilité, sur des piles de revues pornographiques. Il en feuilleta quelques-unes à la hâte avec une vision de plus en plus claire de la situation.

Josh Cadmus ! Josh Cadmus ! Qu'est-ce que tu as fait à Molly ? Qu'est-ce que tu lui as fait ? Quelque chose de gros et dur, hein ? Perforation de l'utérus, hein ?

Il rejeta les magazines, fourragea comme un chien élargissant l'entrée d'un terrier, puis s'arrêta, la chemise collée par la sueur sur son dos. Il était encore une fois bredouille.

Il quitta le bureau, cherchant des yeux désespérément dans le hangar. Une clé, bon sang ! Une clé de quarante…

Lorsqu'il avisa la dépanneuse garée au fond, son cœur manqua un battement. Il sut dur comme fer qu'il touchait au but.

Il se précipita sur le plateau de la dépanneuse, trouva le coffre à outils, l'ouvrit et resta figé dans son geste, ébahi, émerveillé.

La clé de Bert ! Elle était là, jetée à la va-vite, éclatante dans sa robe d'acier immaculé, resplendissant de tous ses feux comme un diamant.

Reprenant son souffle, il se trouva confronté à un

nouveau problème. Que faire maintenant ? Il n'avait guère confiance en Zack. À y réfléchir, il n'avait guère confiance en Waronker non plus. Il avait devant lui une pièce à conviction de la plus belle eau et se méfiait de ce qu'elle pouvait devenir s'il la remettait entre les mains du shérif. Il se sentit subitement très seul, très vulnérable. Une crainte irraisonnée de voir apparaître la silhouette de Josh Cadmus dans l'encadrement de la porte qu'il avait forcée lui serra le ventre et il n'eut plus qu'une idée, quitter les lieux au plus vite.

Il trouva un papier journal pour envelopper la clé et la protéger de ce que le manuel appelait « toute contamination extérieure ». Il y avait peut-être dessus des traces de la plus haute importance.

La peur toujours au creux de l'estomac, il retourna à l'établi et éparpilla un peu partout au hasard les clés qu'il avait alignées, en espérant sans trop y croire que sa visite passerait inaperçue. Il quitta l'endroit en prenant le soin de replacer le pêne dans la gâche tordue.

43

À PEU PRÈS au même moment, Waronker était planté en plein milieu de la partie orientale du Nopahute. Depuis cinq heures du matin, il avait fait un bon bout de chemin… qui ne l'avait mené nulle part.

Assez tôt, vers huit heures, il était parvenu à grand-peine au pied de Silver Mount et avait découvert le camp ravagé de Boyd. Il en était resté les bras ballants. Les ruines de l'abri ne fumaient plus, mais le désastre n'en était que plus impressionnant. Comme s'il s'agissait déjà d'un vestige lointain et insignifiant dont le temps avait achevé le deuil. Que s'était-il donc passé ici ? Qui s'en était pris à Boyd et où étaient-ils tous maintenant ? La stupeur avait fait place à la colère quand il avait décidé de considérer tout cela comme un machination spécialement ourdie contre lui. Il se passait trop de choses à son insu et il sentait son prestige et son autorité de plus en plus menacés.

En fouillant les décombres, il avait découvert des ampoules brisées d'antivenin. Elles n'étaient pas noircies et avaient donc été utilisées après l'incendie. Il devait y avoir un blessé quelque part… Mais qui, bon sang ? Et pourquoi la radio restait-elle muette ?

Il avait alors poussé vers Goosewater qu'il avait atteint une heure plus tard, roulant avec la plus grande attention sur le relief cahotique. Et lorsqu'il avait découvert le cadavre de Bradner sous le tumulus, il n'avait plus hésité. C'était maintenant une question de vie ou de mort pour sa carrière. Il fallait absolument qu'il retrouve quelqu'un, qu'il obtienne des explications avant de décider quoi que ce fût. Et tout seul. Car s'il demandait l'assistance de la police d'État, il perdrait le peu de contrôle qui lui restait sur la situation. Dieu sait dans quels embêtements il allait se fourrer.

Tout en buvant quelques gorgées dans l'air climatisé du véhicule, il décida d'explorer la partie nord. Depuis des heures qu'il sillonnait méthodiquement le désert, il ne paniquait pas. Il avait encore la moitié du jour devant lui pour résoudre le problème.

La pause terminée, il relança le tout-terrain à petite allure dans le paysage torturé par le soleil. Il trouverait. En attendant, c'était son affaire à lui. Silence radio. Comme les autres.

Boyd prit pied sur le lit asséché du Realston peu avant cinq heures. Il avait marché comme un forcené, indifférent à la chaleur et à la soif, sans faire une seule pause depuis son départ. Mètre après mètre, il avait concentré toute son énergie et toutes ses pensées sur ce seul objectif : sortir du désert. Et il y était. Face à lui, la douce pente de la partie occidentale des Tocumas s'élevait pour aller se perdre vers le nord jusqu'à la nationale 50, et plus loin encore jusqu'à Huckinson Summit. Il n'avait plus qu'à suivre le lit poussiéreux de ce torrent qui s'engorgeait d'eau au mieux une fois par an, souvent moins, quand les nuages d'orage venaient en hiver miraculeusement buter contre la montagne, et, environ douze kilomètres plus haut, il trouverait son refuge.

Il s'élança sans prendre le temps de souffler. Sa

bouche était encroûtée de salive desséchée et ses yeux lui brûlaient de manière presque insupportable. La déshydratation faisait son œuvre et déjà les sécrétions sensées le protéger s'étaient taries. Bientôt, cette sensation d'aridité râpeuse atteindrait son gosier et ses poumons s'irriteraient à chaque inspiration. Mais le plus dur était derrière lui, et il trouva même l'énergie de parcourir presque au pas de course les derniers kilomètres qui le séparaient de son objectif.

Quand il aperçut dans les arbres, à quelques centaines de mètres au-dessus de lui, le toit de planches du refuge, il s'élança avec une véritable frénésie. Il arriva tout chancelant sur le terre-plein d'herbe jaunie et se précipita sur la porte. Il ôta le cadenas, mains tremblantes, tira les battants à lui et découvrit le Humvee qui l'attendait là, fidèlement, comme un chien lové dans sa niche. Se jetant sur un des jerricans d'eau, il but à longues goulées et dut se faire violence pour ne pas se remplir l'estomac. Ils s'aspergea le visage, écarquillant les yeux pour les humecter, puis il grimpa dans le tout-terrain et s'accorda une minute de répit sur le siège pourtant spartiate du conducteur.

Il consulta sa montre. Sept heures. Il lui avait fallu à peine plus de deux heures pour gravir le torrent ! Il n'en revenait pas... Il mit le contact, alluma la VHF du tableau de bord et passa sa langue sur ses lèvres recuites.

— Allô, Haydenton ?

Les grésillements se turent pour laisser place à une voix fluette que Boyd reconnut instantanément.

— Haydenton, bureau du shérif, à vous...

— Allô, Jim ? C'est toi ? Ici c'est Boyd...

— M'sieur Boyd ? Vous êtes où ?

— À mon point d'arrivée, sur les Tocumas. J'ai besoin d'aide. Tu m'entends ?

— Oui, je vous entends. Qu'est-ce qui se passe ?

— Il y a des problèmes, par ici. À ce que je sais, Novick et Bradner sont morts et Josh Cadmus a abattu le noir après qui tout le monde courait. Vous êtes au courant à Haydenton ?

La radio resta quelques secondes silencieuse comme si Jim avait disparu à l'autre bout. Puis sa voix retentit à nouveau :

— Négatif. Vous dites : Bradner et Novick morts, Cecil Rice abattu par Cadmus ? Correct ?

— Correct. Josh Cadmus a en plus détruit mon point de ravitaillement à Silver Mount et il a piégé un de mes clients avec un crotale. En ce moment, il est en cavale avec Cuthbert, mais c'est possible qu'il lui ait réglé son compte à lui aussi.

Un nouveau silence.

— M'sieur Boyd, est-ce que vous savez pour Bert et Molly ?

— Je sais qu'ils sont morts et que le fugitif Rice était soupçonné.

— Je crois qu'il y a eu erreur, m'sieur Boyd. Je crois que c'est Josh Cadmus qu'est à l'origine de tout ça. Avec tout ce que vous me dites, c'est même sûr.

Et Jim résuma rapidement ce qui s'était passé à Haydenton et le résultat de ses recherches.

Boyd était atterré. Que Josh lui voue une haine assez intense pour avoir agi comme il l'avait fait, il n'en était surpris qu'à moitié. Qu'il ait suffisamment disjoncté pour avoir liquidé ce pauvre noir comme le lui avait raconté Bradner, c'était atroce... Mais qu'il ait déclenché toute cette tuerie et qu'il soit en train de galoper en pleine folie meurtrière derrière Sigrid, ça devenait proprement inconcevable.

— Qu'est-ce que je fais, m'sieur Boyd ? Je crois que ça me dépasse...

— Où est Zack ?

— Parti en patrouille sur la 318.

— Et Waronker ?

— Justement. Il est parti ce matin pour Goosewater et y a pas de nouvelles... Alors Zack est allé voir.

Qu'est-ce qui s'était encore passé ? rumina Boyd. Waronker avait dû découvrir les décombres de Silver Mount, la tombe de Bradner… Qu'est-ce qu'il fichait depuis toutes ces heures ?

— M'sieur Boyd, vous êtes là ?

— Oui. Écoute-moi bien, Jim. Tu vas faire exactement ce que je te dis. J'ai dû laisser dans le désert le gars mordu par le serpent et mes trois autres clients. Il y a urgence. Il faut aller les chercher.

— Ils sont où exactement ?

Tout en parlant, Boyd avait déplié une carte sur ses genoux.

— Tu as la carte d'état-major sous les yeux ?

— Non. Attendez… Ça y est, allez-y.

— Au pli numéro dix-huit, par le travers de la route 361. Tu vois ?

— À peu près.

— Compte une trentaine de kilomètres depuis la route. Ils sont enterrés sous des abris. J'ai matérialisé une croix d'environ cinq mètres sur le sol avec des vêtements. On doit pouvoir les repérer sans trop de peine. Mais ils sont sans eau depuis plus d'une vingtaine d'heures. Il faut faire vite.

— Et comment vous voulez que j'y aille ?

— Appelle tout de suite la Sécurité civile de Carver City. Demande de ma part le capitaine Morritt. Lance Morritt. On se connaît depuis l'armée. Qu'il envoie un hélico au kilomètre soixante-quatre sur la 361. Dis-lui de te retrouver là et partez chercher mes gars. Tu as compris ?

— Et vous ? Pourquoi vous n'y allez pas ?

Boyd marqua une pause. Il se doutait bien que Jim allait lui poser la question.

— À cause de Cadmus, Jim. Il est après Sigrid Thomsen. Elle traque le mouflon sur Humbelt Flats. Je peux pas l'abandonner là-haut. Tu comprends ?

Ce fut au tour de Jim de disparaître de la radio quelques secondes.

— Ça devient trop compliqué pour moi, m'sieur Boyd, reprit-il. Vous laissez vos clients pour partir intercepter Cadmus, c'est ça ? Vous confirmez ?

Boyd soupira.

— C'est ça. Je confirme. N'importe comment, je n'arriverais pas plus vite que toi auprès de mes clients si j'essayais de les rejoindre avec le Humvee, ajouta-t-il pour se convaincre lui-même. Mais appelle Morritt immédiatement et pars aussitôt après, tu entends ?

— Et Zack ? Et Grant ? Qu'est-ce que je fais, bon sang ? protesta Jim.

— T'occupe pas d'eux. C'est par leur faute qu'on est dans une situation pareille ! Occupe-toi de mes randonneurs et fais ce que je te dis. Vite !

Jim ne reprit pas la porteuse tout de suite.

— Bon, déclara-t-il finalement. Entendu, m'sieur Boyd. Je vais faire comme vous m'avez dit. J'espère que je ne fais pas de bourde. Vous restez en contact ?

— Affirmatif. Je pars avec le Humvee et j'ai la radio à bord. Appelle quand tu veux.

Il raccrocha le micro sans couper la radio et se tourna vers l'arrière du véhicule. Il ouvrit un coffre et saisit un fusil. Après avoir vérifié son chargement et empoigné une boîte de balles, il le rangea à côté de lui, contre le siège du passager. Puis il but une nouvelle fois à longs traits, empoigna des barres de soja vitaminées dans ses réserves et fit démarrer le Humvee. Le ronflement assourdissant des pistons envahit le refuge et Boyd roula hors de celui-ci. Le Humvee n'était pas connu pour la discrétion de son moteur, mais en l'occurrence c'était pour Boyd le bruit réconfortant d'un allié efficace qui lui redonnait toute maîtrise sur la réalité. Et quand les portes du refuge furent refermées, il lança le tout-terrain sur la partie des Tocumas montant jusqu'à Hillary Peak. Il savait exactement par où passer.

44

JOSH CADMUS éteignit la VHF. Il voulait économiser la batterie. Mais pour quoi faire au juste ? Combien de temps encore en aurait-il besoin ? Jusqu'où comptait-il aller ? Il n'avait pas de réponse. Il n'en savait rien. La seule chose qu'il savait, c'était que Boyd venait à lui.

Depuis le lever du soleil qu'il marchait, il s'était mis à l'écoute de la VHF à chaque heure tapante. Au cas où. Il n'avait pas glané grand-chose durant toutes ces heures, mais il avait bien fait d'insister. À l'instant il venait d'entendre Boyd. Il venait d'entendre Jim. Alors comme ça, ils savaient... Le tam-tam allait se mettre à fonctionner et ça se répéterait bientôt partout... Molly... Bert...

C'était épuisant. Tout était épuisant. Il s'étendit à plat dos, les yeux perdus dans la gaze vaporeuse du ciel, et laissa échapper un long soupir. Il avait le sentiment que l'immense espace vide où il se trouvait n'était qu'une illusion, un mirage impalpable et désespérant. Il allait bientôt y être rejoint par le monde qu'il fuyait. Il serait le point de mire de toutes les discussions, de tout un tas de préoccupations, de tout un tapage, et bien sûr il n'y survivrait pas. Le véritable espace vide auquel il aspirait finalement, il était juste au-delà d'un point précis qui marchait en ce moment dans la montagne, certainement plus très loin. Un point à la chevelure blonde, au sang surchauffé par la transe de la traque, un fruit défendu, plein de saveur, qu'il voulait croquer à s'en faire couler le jus sur le menton, avant de se dissiper lui-même, de s'évanouir une bonne fois pour toutes... Il s'arracha à la spirale infernale de ses réflexions et s'assit.

Boyd. En voilà un qui se croyait malin ! Qui s'imaginait venir le surprendre. Qui jouait au preux chevalier... Mais il savait tout, Josh ! Il savait mieux. Il savait même par où il allait venir !... Le seul moyen pour Boyd de se rapprocher de Humbelt Flats avec son tout-terrain, c'était d'utiliser la vieille voie minière qui menait aux plus anciennes galeries de la région. Elle se trouvait quelque part sur sa droite, pas très loin, à quelque chose comme trois kilomètres à vol d'oiseau. Et pas de doute, il se sentait prêt à faire l'oiseau ! En coupant par le sommet qu'il longeait depuis un moment, il pouvait tomber droit dessus comme un busard !

Sans attendre, il se remit debout, ajusta son barda sur ses épaules et attaqua la pente escarpée avec une vigueur toute nouvelle. C'était un défi comme il les aimait. Il s'agissait d'arriver le premier, tout simplement.

— Jim, c'est Boyd. Tu es là ?

Micro à la main, Boyd donna un furieux coup de volant pour ne pas quitter la piste.

— Je vous entends, m'sieur Boyd.

— Où tu en es ? Qu'est-ce qui s'est passé depuis tout à l'heure ?

Le chemin sur lequel cahotait le Humvee n'en était plus un. Jadis, cet accès à la mine était constitué d'une piste de terre battue tout à fait praticable doublée d'une voie ferrée pour wagonnets à empattement de deux pieds. Aujourd'hui, seuls les rails tordus et dévorés par la rouille témoignaient de ce passage tracé par les hommes car la chaussée elle-même, ravinée et couverte d'éboulis, avait pour ainsi dire disparu.

— On est en route sur la 361. Je suis avec le Dr Deshler. Il a bien voulu m'accompagner.

— Tu as bien fait. Et Morritt ?

— À l'heure qu'il est, il a dû décoller. Il compte cinquante minutes de vol. Et vous, vous êtes où ?

Boyd faillit répondre, et puis quelque chose le retint. Il avait déjà trop parlé lors de son premier contact avec Jim. Il jugeait très improbable que Josh soit à l'écoute, mais c'était possible.

— Je continue. Tout va bien, répondit-il évasivement. Rappelle-moi quand vous serez arrivés au kilomètre soixante-quatre.

— Entendu. À tout à l'heure.

Boyd poursuivit sa lente ascension vers Humbelt Flats, deux roues entre les rails, deux roues sur les vestiges de la piste effondrée.

Il aurait pu tout aussi bien parler librement, car Josh n'écoutait plus la radio. Il s'en fichait éperdument, il n'en avait plus besoin. Il venait d'accéder au sommet de cette partie de la chaîne et, muni de ses jumelles, il inspectait méthodiquement le versant qui dévalait à ses pieds.

En plusieurs endroits, il repéra la saignée taillée à flanc de montagne où courait toujours la vieille voie ferrée. Tout était calme, il n'y avait aucun bruit. Reprenant sa course, il dégringola la pente sur quelques centaines de mètres et parvint à un surplomb. Au-dessous de lui, dans une sorte d'immense entonnoir formé par la montagne, étaient dispersées des excavations, des entrées de galeries effondrées et diverses installations complètement démolies. C'était l'aboutissement des rails et de la piste, et forcément Boyd n'irait pas plus loin. Au-delà, le relief interdisait tout passage à n'importe quel 4×4.

Josh décida d'aller s'embusquer dans les ruines d'un collecteur de minerai à la sortie de l'un des tunnels. Il reprit aussitôt sa longue descente effrénée et arriva en moins de dix minutes à l'endroit qu'il avait choisi. C'était parfait. Adossé à la pente, il contrôlait pratiquement toute l'étendue du site. Il prit place à plat ventre entre deux blocs de béton et attendit.

Il ne s'écoula guère de temps avant que la montagne s'emplisse du ronronnement tenace et régulier d'un moteur en rapport court. Dans son poste d'observation, Josh se tassa un peu plus. La rumeur s'amplifia, et quelques secondes plus tard la calandre du Humvee apparut pile dans son axe de tir. Il ajusta son fusil et retint sa respiration. Il voulait régler le problème avec une seule balle. Pour cela, il fallait que le véhicule se rapproche encore un peu. Il n'avait plus le temps de jouer à la guéguerre avec Boyd. Le soleil était beaucoup trop bas et un autre gibier, bien plus excitant, l'attendait.

Mais il se passa quelque chose d'étrange. Il entendit le régime du Humvee décroître et vit celui-ci s'arrêter, moteur au ralenti. Qu'est-ce qu'il fiche ? se demanda Josh en levant un œil au-dessus du viseur.

Au volant, Boyd était indécis. Il n'était pas venu en ces lieux depuis bien longtemps et, quand il avait pénétré dans le cirque grandiose et encaissé, il avait été saisi d'une appréhension. C'était un vrai coupe-gorge de *desperados*. La vaste zone découverte où il entrait n'offrait aucune protection. Autrement dit, le pire cas de figure du point de vue militaire.

Sans quitter son siège, il examina attentivement le

site à l'aide de ses jumelles et ne trouva rien d'anormal. Il enclencha une vitesse et reprit son avance.

De son poste, Josh avait suivi le manège. Ça y est, le tout-terrain roulait à nouveau vers lui ! Il aligna le pare-brise du conducteur en plein dans sa mire. Encore un peu, mon gars, encore un peu... Il laissa soudain échapper un juron. Le véhicule venait de s'arrêter une seconde fois.

C'était une véritable sonnette d'alarme qui retentissait dans le crâne de Boyd. Sans aucune raison objective, tout son être refusait d'aller plus avant, comme ces mules rétives qui sentent le danger sans l'avoir vu.

Quand il entendit le moteur ronfler à nouveau, Josh comprit que Boyd allait faire marche arrière et attaquer la montagne différemment. C'était impossible. Il fallait tirer tout de suite. Il pointa sa mire au cœur de la silhouette qui se dessinait derrière le pare-brise et, quand la cible commença à reculer, il tira.

La vitre s'étoila et le Humvee stoppa net, moteur calé.

À l'impact, Boyd s'était jeté en travers des sièges, immobile. Ne rien faire. Il observe. Il va bouger. Il va devoir se montrer.

Il agrippa son fusil et attendit.

Dans son trou, Josh fulminait. Il savait qu'il l'avait raté. Trop loin. Il n'aurait pas dû tirer si vite. Dans ses jumelles, il voyait bien à la position de l'impact que son tir était trop à gauche. Boyd n'était pas visible, mais c'était une ruse. Il se planquait, il en était sûr. Il fallait le déloger à l'assaut, comme à l'entraînement, comme pour de vrai.

Il s'élança hors de son abri en direction d'une autre ruine, plus rapprochée du tout-terrain. Il avait l'avantage de la position haute.

Boyd l'entendit courir. Il leva la tête et l'aperçut. Il veut me prendre à revers ! Sans réfléchir, il quitta le véhicule à reculons par son angle mort.

Accroupi derrière une des roues, il étudia le terrain en quelques coups d'œil. En contrebas de l'ancienne piste, il apercevait une sorte de monticule qui avait l'air de remonter jusqu'aux bouches des galeries. C'était peut-être ça la solution. S'il arrivait là-haut, il serait en bien meilleure posture pour combattre.

Il bondit à découvert, courut sur plusieurs mètres et plongea derrière le talus. Deux balles sifflèrent à l'instant où il se recevait sur un matelas de caillasse meuble. Le monticule qu'il avait aperçu était en fait les vestiges d'un terril rejeté pendant des années sur toute la longueur du site. À l'abri des déblais, il remonta à toutes jambes vers les galeries.

Josh, fou de rage, assista au manège, totalement impuissant. À tout hasard, il tira encore à deux reprises lorsqu'il vit par instants apparaître la silhouette de Boyd, puis décrocha de sa position. Si l'autre remontait jusqu'aux puits, il fallait à tout prix le cueillir là-bas. Il fit demi-tour et courut lui aussi vers les orifices béant dans la montagne.

Le talus se fit de moins en moins haut et Boyd arriva au débouché de plusieurs galeries. Malgré toute l'énergie qu'il avait déployée, il comprit qu'il n'arriverait jamais à grimper suffisamment haut sur le versant pour s'assurer une position favorable. Il entendait l'autre cavaler vers lui pour conserver son avantage stratégique, et dans une seconde il allait se faire tirer dessus comme une pipe en terre dans une fête foraine. Il avisa, plus haut sur sa gauche, deux ouvertures basses qui devaient mener à un tunnel plus large. Il gravit à toute vitesse les quelques mètres qui l'en séparaient et s'engouffra dans la première.

Au même instant, Josh déboula sur le terre-plein juste au-dessus de la galerie, fusil en position d'assaut, prêt à tirer. Personne. Il le comprit en découvrant sous ses pieds les madriers effondrés du boyau d'entrée. Il s'y laissa dégringoler et, à peine relevé, tira une salve au jugé dans le trou noir en hurlant :

— Crève, Boyd, crève ! J'ai pas le temps ! Tu comprends ? J'ai pas le temps !

Il écumait. Si l'autre restait terré là-dedans comme un cancrelat, il allait être cloué dans ce coin jusqu'à la saint-glinglin. Il s'élança comme un dément à l'intérieur, crachant balle sur balle au rythme de « j'me lève, je tire, j'suis mort », « j'me lève, je tire, j'suis mort », comme on le lui avait appris il y avait longtemps dans les Forces spéciales. Il avait l'impression d'avoir dans les oreilles les aboiements du sergent instructeur : *À la base, t'es qu'un tas de merde qui part au carton ! Tu le sais, ça ? Alors planque tes miches avant que ta cervelle pense « j'suis mort » ! Sinon, y a de bonnes chances que tu le sois pour de bon !*

Face à cette furie, Boyd battit précipitamment en retraite dans le boyau. Il trébucha sous le sifflement des balles et s'étala de tout son long. Dans l'obscurité, ses mains reconnurent des rails. Il avait dû atteindre la galerie principale. Il se releva et, à tâtons, s'enfonça plus profondément encore dans la mine.

— T'es mort Boyd ! brailla Josh en arrivant au même endroit. J'vois la nuit, moi !

Il installa le viseur à infrarouge et sonda l'obscurité totale. Un mouvement.

— Je tire !

Une déflagration insupportable dans l'étroitesse du tunnel. Josh avançait, son viseur collé à l'œil, tel un cyclope.

— Ça bouge, je tire !

Une autre détonation.

— T'es mort, Boyd ! Tu sais ce qui vient ? C'est l'Apocalypse. Tu la connais l'Apocalypse ?

Encore un tir. Des éclats de roche cinglèrent Boyd. Et soudain, la voix de Josh, à tue-tête, délirante, se mit à emplir le souterrain :

— J'veux dire, qu'est-ce qu'y vont dire, mec, hein, quand y s'ra clamsé ? Pasque si y crève, tout crève, mec ! Et si tout crève, y crève…

Boyd n'en crut pas ses oreilles. Josh était en train de lui dégoiser le monologue du photographe de presse dans *Apocalypse Now* ! Depuis des années c'était un cri de ralliement qui courait dans les commandos. Tous les Schwarzenegger bourrés de stéroïdes du 10e groupe des Forces spéciales connaissaient ce texte par cœur ! Il avait pu le vérifier lui-même sur le terrain aux derniers jours de la guerre du Golfe.

— … Qu'est-ce qu'y peuvent dire là-d'ssus ? Hein ? Ils vont dire « c'était un brave type » ?, « c'était un malin » ?…

Encore une balle, et Josh qui hurlait son texte comme un acteur hystérique :

— … « Un type qui savait c'qu'y f'sait » ? « Un grand sage » ? Tu parles, mec ! Et c'est moi qui devrais remettre de l'ordre dans tout ça ? Regarde-moi, mec ! Y a erreur !

Derrière Boyd, une balle frappa la benne d'un wagonnet avec un bruit de cloche assourdissant. Ce fut comme un déclic dans son esprit.

En toute hâte, il recula en rampant encore sur une dizaine de mètres et se heurta aux roues du chariot métallique. Il était renversé sur le flanc.

Boyd se glissa dessous et, prenant appui contre le tunnel, parvint d'une brusque détente à le remettre debout sur ses rails.

— Vu, Boyd ! hurla Josh.

Une balle s'écrasa à nouveau sur le wagonnet. Mais déjà Boyd était en train de le pousser de toutes ses forces. Il courait derrière de plus en plus vite dans des grincements et un tintamarre à déchirer les tympans.

Quand Josh s'aperçut de ce qui se passait, il se plaqua contre la paroi, effaré.

Boyd avait lâché le wagonnet qui déboulait maintenant à toute vitesse dans l'obscurité totale. Il y eut subitement un heurt et un vacarme insoutenable. La benne avait versé, entraînant avec elle les étais vermoulus. Une succession de craquements sinistres retentit dans la galerie et tout s'effondra sur des mètres et des mètres comme dans une réaction en chaîne.

Toussant, asphyxié par la poussière, Josh revint sur ses pas jusqu'au boyau d'accès et à la lumière du jour. C'était incroyable ! Tout le tintouin s'était écroulé ! Et Boyd ! Il devait être là-dessous, comme une crêpe !

Il fut secoué de ricanements irrésistibles. L'Apocalypse ! Pas de doute, il était bien l'Apocalypse !

Comme pour s'en convaincre encore une bonne fois, il redescendit jusqu'au Humvee et entreprit de le démolir systématiquement à coups de fusil. Et pan ! dans les pneus ! Pan ! dans les phares ! Dans la bâche !

— ... Ils vont dire, « c'était un brave type » ? recommença-t-il à hurler.... « C'était un malin » ? « Un grand sage » ? Tu parles, mec !...

Pan ! dans la tôle ! Les portières ! Les fenêtres en plastique !

— ... Et c'est moi qui devrais remettre de l'ordre dans tout ça ? Regarde-moi, mec ! Y a erreur !

Il attaquait la destruction du tableau de bord quand il entendit une voix :

— Boyd ? Vous m'entendez ? C'est Jim...

La VHF !

— Vous m'entendez ? On est au kilomètre soixante-quatre. L'hélico devrait pas tarder... Vous êtes là ?

L'hélico ? Quel hélico ? s'indigna Josh intérieurement.

— Y a pas d'hélico ! hurla-t-il, en pleine démence. J'en veux pas, d'hélico !

Et il vida ce qui lui restait de balles dans le chargeur sur le poste VHF.

Puis le silence revint. Il était exténué. Il avait des

fourmillements plein les mains. Je m'égare, songea-t-il. Je m'égare. C'est ailleurs que ça se passe. Je perds mon temps. Allez, Josh ! En route.

Il repartit à l'assaut de la montagne, le regard fixé sur le sommet d'où il était descendu telle la colère de Dieu.

45

HAGARD, rongé par ses délires morbides, les muscles raidis par la fatigue, Josh Cadmus avançait comme une mécanique. Il était repassé de l'autre côté de la chaîne et s'était remis en chasse à une allure infernale. Tout autre que lui aurait abandonné, mais il était conscient que cette poursuite avait depuis longtemps dépassé son point de non-retour et que sa justification ne résidait plus que dans le mouvement régulier, têtu, qu'il commandait à ses jambes.

Lorsqu'il déboucha sur une longue gorge abrupte qui le séparait d'une nouvelle chaîne, il céda au découragement et se laissa tomber avec un grognement. Il en était persuadé, de cet endroit il aurait dû découvrir son gibier. Car, depuis qu'il avait repris sa traque, il avait marché vite, comme peu de gens pouvaient marcher en montagne, et il aurait dû être très, très proche. Mais il n'y avait rien qu'un paysage désespérément vide.

Reprenant son souffle, il laissa son esprit flotter au hasard, ses yeux rougis perdus dans le ciel. C'est alors qu'il perçut le bruit. Quelque chose comme un claquement feutré de boules de billard résonnant dans le lointain. Il saisit ses jumelles, inspecta lentement la montagne face à lui, et tout à coup il la vit. Elle était là ! Il ne s'était pas trompé. Elle venait de faire rouler des pierres en traversant un éboulis de roches. C'était un vrai miracle ! Il avait souvent connu cette exaltation ultime dans les battues, quand le gibier se présentait brusquement au moment où on ne l'attendait plus... Mais là, c'était plus encore qu'un don du ciel. C'était un prodige, une merveille. Ce qu'il apercevait était à la limite du concevable.

La petite silhouette qui dansait là-bas, très loin, sur l'autre versant, était bien celle de Sigrid Thomsen, et c'était absolument extraordinaire. Tout d'abord, il avait cru qu'elle portait une tenue de camouflage, puis il avait compris. Il n'y avait pas de doute possible. Elle traquait nue ! Certes barbouillée de la tête aux pieds d'un enduit coloré qu'il ne connaissait pas, mais nue comme la main, nue comme c'était impensable, comme un rêve. Il en eut la bouche sèche.

Il la suivit autant qu'il put, compagnon invisible à la fois si près d'elle et si éloigné, lorgnant chacun de ses pas, ne ratant aucun de ses mouvements, coupant net sa respiration à chaque pause qu'elle marquait, afin de se gaver de l'image invraisemblable qu'elle offrait dans son immobilité splendide.

En quelques minutes, elle atteignit une crête. Elle sembla hésiter, tapie derrière des rochers, puis s'élança et disparut de l'autre côté de la montagne.

Josh Cadmus abaissa alors ses jumelles et s'aperçut qu'il tremblait. Il déboucha sa gourde précipitamment et but, tête renversée, laissant de larges filets d'eau couler sur son menton et dans son cou, comme s'il cherchait à tempérer une autre brûlure, bien plus terrible que la soif.

Fouetté par cette vision, il dévala aussitôt la pente où il se tenait afin de contourner la gorge lui barrant la route. Ça faisait un beau détour, mais c'était sans importance. À présent il avait des ailes. Il l'avait trouvée. Elle était à lui !

En passant la crête, Sigrid savait qu'elle touchait au but. En début d'après-midi, elle avait établi le premier contact visuel avec les *bighorns*. Une harde de sept bêtes, à environ deux kilomètres, qui progressait vers le nord-ouest comme elle l'avait prévu. À partir de cet instant, elle n'avait eu de cesse de réduire la distance qui les séparait. En quatre heures de traque à la jumelle, elle avait ramené celle-ci à quelques centaines de mètres. Les bêtes étaient passées de l'autre côté de la montagne un peu plus en contrebas et elle avait décidé de les prendre à revers par le haut. Son calcul s'était avéré parfait.

À peine franchie la ligne de crête, elle les avait aperçues, à trois ou quatre cents mètres. C'était le début de la fin. Le vent tournait, ce qui ne la dérangeait pas. Elle suintait le bouc par tous ses pores et savait que la surprise serait complète.

Avec la plus extrême prudence, elle se dégagea de son sac et posa celui-ci contre un rocher. Elle choisit minutieusement ses flèches. Des Extreme Predator en aluminium fabriquées par Easton, munies de têtes Titan. Deux, pas plus. Si elle manquait sa cible par deux fois, elle se faisait un honneur de considérer que la bête avait gagné la partie et elle abandonnait la chasse. En fait, elle n'avait jamais raté deux tirs consécutifs depuis bien longtemps.

Elle glissa les flèches dans le carquois fixé à l'arc, passa celui-ci en travers de sa poitrine, et commença sa descente lente et silencieuse vers les mouflons. Elle avait mis toutes les chances de son côté. Ces animaux, qui ont pour habitude de dominer l'horizon, ne se méfiaient guère d'un danger venant des cimes et vaquaient en toute quiétude.

Elle avait déjà repéré sa victime. C'était le plus vieux des trois mâles, facilement identifiable par une corne endommagée, moitié moins enroulée que l'autre. Les chasseurs du dimanche de Haydenton n'auraient certainement pas fait ce choix. Quant à elle, elle n'avait que faire du trophée. Le vieux mâle mort, elle savait que sa place serait aussitôt prise par un des deux jeunes qui composaient la troupe et que la reproduction du cheptel en serait stimulée.

Il lui fallut plus d'une demi-heure pour parvenir à mi-distance de la harde. C'était une progression extrêmement délicate, car tandis que ses congénères flânaient tranquillement, le vieux mâle surveillait l'horizon. C'était son rôle. Mais il ne pouvait voir partout à la fois. Et Sigrid devait anticiper chaque mouvement de sa tête, calculer l'instant où elle allait se trouver dans son angle mort, et avancer alors de quelques pas sans faire crisser le moindre caillou.

Lorsqu'elle fut parvenue à une centaine de mètres des bêtes, elle se coucha sur le ventre et commença son approche finale en rampant, arc à la main, aussi furtive et vigilante qu'un animal sauvage à l'affût. Elle procédait par mouvements infimes, centimètre par centimètre, non seulement parce qu'elle n'avait pas droit à l'erreur, mais parce que c'était le moment ultime de la traque, le meilleur, celui qu'elle entendait goûter le plus longtemps possible. Elle sentait entrer en elle, contre sa poitrine, son ventre, ses cuisses, les dures saillies du sol ; elle frissonnait à chaque griffure des pierres, à chaque déchirure de sa peau ; elle se fondait dans la rudesse de la montagne et s'unissait à la cruauté paisible et silencieuse de la nature.

Les derniers mètres, elle les parcourut avec une lenteur imperceptible d'horloge. Seul son cœur s'était accéléré et battait à ses tympans avec un rythme puissant et régulier de machine à emboutir. Elle était maintenant à portée de flèche. Un peu moins de trente mètres, jugea-t-elle.

À l'instant où elle allait se relever et prendre position, le mouflon tourna subitement la tête et Sigrid s'aplatit à manger la poussière. La bête avait été alertée ! Pas par elle, car Sigrid s'aperçut que le mouflon, saisi d'une inquiétude diffuse, humait l'air et fouillait les montagnes sans s'intéresser particulièrement à l'endroit où elle se tenait embusquée. Un sourire lui vint alors aux lèvres à la pensée que son approche avait été si parfaite qu'elle était invisible.

Il fallait faire vite. Pour une raison qu'elle ne s'expliquait pas, l'animal affichait une nervosité grandissante et s'il donnait le signal de la fuite, c'en serait fini pour la journée. Il faudrait à nouveau donner du champ à la harde, puis reprendre la traque. C'était impossible. Elle devait agir immédiatement.

Quand le mouflon lui tourna le dos de trois quarts, Sigrid s'agenouilla, engagea un flèche et s'apprêta à tirer. Elle n'était pas très bien postée, mais elle avait toute confiance en son arc. Un Golden Eagle avec une puissance de tir de quatre-vingt-treize mètres par seconde. Trois fois moins rapide qu'une Winchester trente-trente, mais tout aussi précis, et tout aussi mortel.

Elle attendit une meilleure posture de l'animal. Celui-ci s'agita et elle comprit qu'il allait quitter son rocher. Elle banda son arc, retint sa respiration et, au moment où le mouflon abaissa la tête pour mesurer son saut, elle décocha avec un grognement rauque.

Un quart de seconde plus tard, la bête recevait la flèche en plein flanc et s'effondrait hors de vue. Sigrid bondit de sa cache et courut jusqu'à elle tandis que les autres mouflons détalaient dans toutes les directions.

Elle découvrit le *bighorn* affalé, mortellement blessé, happant l'air misérablement. Quand elle s'approcha, il agita vainement ses membres dans un réflexe de fuite puis se calma et tourna vers elle ses yeux résignés. Sigrid s'assit alors à ses côtés, posa le lourd museau sur ses cuisses et caressa longuement le poil raide et court au-dessus des naseaux et sur les bajoues. Soudain, le mufle de l'animal agonisant lui heurta le ventre comme pour quémander une attention, et elle sentit la langue râpeuse lécher affectueusement l'enduit d'excréments poussiéreux dont elle s'était couverte.

En cet instant unique, le corps tout entier de Sigrid vibra d'une jouissance presque insupportable. Puis la tête encornée s'affaissa et la langue s'immobilisa, pendante et humide sur sa peau.

Sigrid se leva, les jambes en coton, arracha la flèche des chairs de l'animal et, saisie d'une pulsion, enfonça ses doigts profondément dans la plaie. Elle palpa les entrailles chaudes et douces, retira ses doigts ensanglantés, les observa, et bariola son visage, son cou, sa poitrine d'étranges dessins avec le sang épais et velouté. Transportée par cette apothéose, elle eut la certitude de ne plus jamais atteindre, de sa vie entière, une extase aussi pleine, aussi absolue.

46

— SIG !

D'instinct, elle se plaqua à terre, à l'abri du mouflon.

C'était impossible ! Qui était là ? Qui l'avait appelée ? Cette voix venue de la civilisation lui rappela subitement qu'elle était nue. Depuis plusieurs heures qu'elle parcourait la solitude des montagnes dans le plus simple appareil, elle ne s'en souciait même plus.

— Sig, ma biche, c'est moi ! reprit la voix loin audessus d'elle.

Cette fois-ci, elle l'avait reconnue. Cadmus ! C'était Josh Cadmus !

— Montre-toi, que je te voie encore un peu ! Tu ne peux pas t'imaginer à quel point c'était beau…

Sigrid releva lentement la tête par-dessus le cadavre de la bête et aperçut Josh, à l'endroit où elle avait laissé son sac. Il avait l'air occupé à fouiller dans ses affaires.

— Ah, ma biche, ma biche ! s'extasiait Josh en vidant son sac comme un ours à la recherche d'une aubaine.

Il avait mis la main sur son linge et le triturait de ses doigts aux ongles noirs et cassés.

— C'est sûr que t'es une drôle de fille, mais ça, ça dépasse tout !

Il tint sa culotte à bout de bras et l'agita dans sa direction.

— Tu veux te rhabiller, peut-être ? C'est simple. T'as qu'à monter me voir. Tu veux pas monter ?

Il s'esclaffa, jeta les vêtements qui s'éparpillèrent aux quatre vents et s'assit, épuisé et comblé.

Oh ! non, elle ne monterait pas, sa jolie chevrette ! Elle se doutait bien de ce qui l'attendait. S'il la voulait, il faudrait qu'il aille la chercher, qu'il descende l'asticoter comme on taquine un scorpion dans son trou. Mais attention ! Ça dresse la queue et ça pique, les scorpions ! songea-t-il en rigolant intérieurement.

Il se remit debout et descendit la pente sur une centaine de mètres, vers Sigrid toujours cachée, se gardant bien de devenir une cible facile. Il s'arrêta à bonne distance et l'interpella :

— Tu tires comme une déesse, ma bichette ! C'était magnifique. Tu sais ce qu'on va faire puisque tu veux pas venir me voir ? On va faire comme quand on était petits... On va jouer à cache-cache. D'accord ?

Sigrid ne répondit pas.

— Si je te trouve...

Le faciès hilare de Josh se contracta et s'assombrit, comme si la bestialité crue de ses fantasmes remontait soudain à la surface de sa conscience, sans la moindre fioriture, dans sa vraie dimension.

— ... Si je te trouve, t'as perdu, acheva-t-il précipitamment. Et si je te trouve pas, tant pis. Ça voudra dire que t'es vraiment une grosse maligne !

Sigrid réfléchissait très vite. Elle avait peur. Parce qu'il était armé, parce qu'il avait prémédité son coup en la pistant seul jusqu'ici et parce que c'était Josh Cadmus. Elle avait peur surtout parce qu'elle se sentait glisser dans le rôle qu'il lui avait assigné, celui du gibier. Elle n'était pourtant pas terrorisée au point de perdre ses moyens. Loin de là.

— T'entends ? aboya Josh, dont l'irritation et l'impatience allaient grandissant. Je sais que tu es là ! Tu vas voir…

Il épaula et tira au jugé au ras du cadavre du mouflon. La balle ricocha sur un rocher et siffla juste derrière Sigrid qui se serra plus encore contre la bête qu'elle venait de tuer. Si elle avait eu un doute sur la conduite à tenir, maintenant elle n'en avait plus. Elle ne s'en sortirait qu'en le neutralisant. Définitivement.

De sa salive, elle nettoya du mieux qu'elle put la pointe de la flèche qu'elle avait récupérée afin que ses performances de pénétration dans l'air ne soient pas altérées. Puis elle l'encocha et attendit. S'il s'approchait encore d'une cinquantaine de mètres, elle tenterait le tir. Il ne bougea pas.

— T'as combien de flèches ? lui cria-t-il subitement, comme s'il avait lu dans ses pensées. Il y en avait quatre, là-haut. T'en avais six, je suppose ?

Il se méfiait. Traversé d'une bouffée de lucidité, il mesurait le danger du jeu mortel qu'il engageait et qu'il lui fallait à tout prix contrôler jusqu'au bout. Car ce n'était pas morte qu'il la voulait, mais bien vivante. Du moins un certain temps.

— Sig ! l'appela-t-il. T'es prête ? On va jouer pour de bon.

Il n'y avait plus aucune trace de sarcasme dans sa voix. Il était très sérieux, ils allaient jouer gros. Et il voulait être sûr qu'elle avait compris.

— Je vais compter jusqu'à cinquante. Planque-toi où tu veux. Après… après, ça sera entre toi et moi… Je te préviens, je blague pas…

Elle eut envie de le rembarrer comme elle en avait l'habitude, de lui crier qu'il était fou, ne fût-ce que pour maîtriser sa peur. Elle s'abstint. Il fallait que, d'une manière ou d'une autre, elle instille une pointe de doute, d'inquiétude, dans l'esprit malade de Josh. En lui refusant impérativement tout contact, elle pouvait exaspérer sa colère et l'amener ainsi à commettre des erreurs. Elle sentait qu'elle aurait drôlement besoin qu'il en commette.

— T'entends ? cria-t-il à nouveau. Attention, je compte !

Sigrid jeta un coup d'œil au soleil rouge que l'horizon commençait à dévorer et établit son plan en une fraction de seconde.

— Un... deux... trois...

Elle avait deux objectifs. Conserver le plus longtemps possible une marge d'initiative et de mouvement et tenir jusqu'à la nuit. À ce moment-là, elle serait en sécurité. Elle pourrait peut-être même gagner la partie.

Alors elle s'éclipsa de sa cachette en rampant, se coula entre des rocs et, lorsqu'elle se sentit quelque peu protégée par leur écran, se leva et détala vers la partie de la montagne qui lui offrait les meilleures chances de survie.

Quand Josh perçut les bruits furtifs de sa cavalcade, il fut saisi d'une intense jubilation et dut faire de terribles efforts sur lui-même pour ne pas se retourner et engager immédiatement la chasse. Il continua cependant de compter, tel un gamin respectueux des règles, les paupières fermées à s'en faire mal.

— ... quarante-huit, quarante-neuf... Cinquante ! exulta-t-il en faisant volte-face.

Le paysage était vide.

Le soleil incendiait tout et les ombres étaient démesurément longues. Il lui fallait en finir au plus vite. Il s'élança, courbé vers le sol, en direction du mouflon abattu.

Dans le Nopahute, la chaleur ne venait plus du ciel. Elle n'irradiait plus que du sol surchauffé et d'infimes courants d'air frais commençaient à folâtrer de-ci, delà, au ras des pierres. Depuis un moment les rescapés avaient quitté leurs tombes et gisaient à côté de celles-ci, ouvertes, telles des larves sorties de terre, comme si un lent processus de résurrection était en train de s'opérer. Sur le flanc, Jed Hanson semblait dormir. Face vers le ciel, paupières fixes et entrouvertes, Benkelman paraissait toujours à égale distance de la vie et de la mort. À l'écart, Colin Squibb se tenait assis comme un gosse près de pleurnicher. Quant à Maureen, elle était recroquevillée en chien de fusil et souffrait terriblement.

Depuis des heures, sa vessie lui brûlait comme un feu de braises dans le ventre, lui provoquant l'insupportable besoin de se soulager alors qu'elle n'avait plus une goutte de liquide en elle. Elle s'y était pourtant essayée à plusieurs reprises, mais ses tentatives n'avaient eu pour résultat qu'amplifier sa torture jusqu'à l'insoutenable. Concentrée sur sa douleur, les yeux clos, elle ne pensait plus qu'à une chose : Boyd. « Avant la nuit », avait-il dit. Et maintenant, le soleil était sur le point de disparaître. Il aurait dû être là et elle ne voyait rien, n'entendait rien. Pourtant...

Le bourdonnement incessant qui emplissait ses tympans sembla peu à peu supplanté par un autre. Plus grave, plus puissant, comme un vrombissement de gros insecte. Elle se releva, en appui sur son coude, fouillant l'horizon du regard. Le bruit grandit, se rapprocha, au point de sortir Jed de sa torpeur. Soudain, surgissant d'une crête, un hélicoptère apparut, fondant droit sur eux. Quelques secondes plus tard, un Bell « Iroquois » d'une blancheur immaculée était suspendu au-dessus de leurs têtes et se posait dans une tempête de poussière et un vacarme assourdissant, comme un ange salvateur descendu des nues.

Maureen vit un jeune homme en uniforme sauter à terre et accourir vers elle.

— Qui est le blessé ? s'écria Jim dans le bruit des turbines.

D'un geste elle désigna Benkelman allongé à quelques mètres. Le Dr Deshler, qui était descendu à son tour, alla s'agenouiller à côté de lui.

— Et vous ? s'enquit Jim en s'approchant de Jed et Maureen.

— Ça va, ça va…, souffla Maureen, à bout de forces.

Jim s'éclipsa, revint avec des gourdes et les fit boire. Entre deux gorgées, Maureen chercha une autre silhouette dans l'appareil, mais il n'y avait plus que le pilote.

— Et… et M. Boyd ? demanda-t-elle à Jim, à côté d'elle.

— Il a été obligé de repartir. Vous n'êtes peut-être pas au courant, mais en ce moment on a un gros problème sur les bras… C'est lui qui nous a appelés et nous a demandé de vous secourir.

— Où est-il ?

Jim indiqua une vague direction, vers le nord des Tocumas.

— Quelque part par là. Je dirais à une vingtaine de kilomètres. Il y a une fille de chez nous dans la montagne. Il est possible qu'elle soit menacée par le gars qui vous a fait toutes ces misères.

À cette information, Maureen sembla déconcertée.

— Qui est-ce ?

— Sigrid. C'est la prof de gym d'Haydenton. M'sieur Boyd et elle, ils étaient bien copains, dans le temps, à ce que je sais. Il veut pas la laisser dans de sales draps. C'est normal.

Quelque chose comme un douloureux sentiment de désillusion et d'abandon traversa le regard de Maureen.

— Oui, c'est normal…, répéta-t-elle. Il est parti la sauver…

— Si vous voulez appeler ça comme ça. Parce que Sigrid est plutôt du genre à se sauver toute seule sans l'aide de personne…

Le capitaine Morritt avait rejoint le Dr Deshler au côté de Benkelman.

— Alors ? demanda-t-il.

— Pas brillant, mais il est vivant. Il lui faut des soins intensifs à Carver City.

— OK. On embarque tout le monde.

Ils installèrent Benkelman sur une civière dans la cabine de l'hélicoptère et le Dr Deshler le mit aussitôt sous perfusion. Jim aida Maureen, Jed et Colin à prendre place.

Tandis qu'accompagné de Morritt il récupérait toutes leurs affaires éparpillées dans le désert, son regard se fixa une nouvelle fois sur les Tocumas et il parut soucieux.

— Qu'est-ce qu'il y a ? demanda Morritt.

— Ça m'ennuie de partir comme ça. Boyd n'a pas fait signe à la radio depuis trop longtemps.

Le capitaine Morritt adressa à Jim un regard franc et loyal.

— Écoutez, Jim. On ne peut rien faire pour l'instant. Il faut ramener les rescapés à Carver City. Mais si vous êtes en train de me suggérer de revenir ici pour le trouver, la réponse est oui. J'ai pas l'habitude de laisser tomber un copain quand je peux lui être utile...

Jim hocha la tête.

— Je vous remercie, capitaine.

Peu de temps après, l'hélicoptère s'éleva et prit le cap vers le nord-ouest, retrouvant les derniers rayons pourpres du soleil tandis qu'il gagnait de l'altitude.

47

TOUT à la transe du chasseur, Josh progressait avec une extrême précaution. Car c'était un gibier retors qu'il traquait ! Un gibier dangereux… Il épiait le moindre bruit, tendu et admiratif, se demandant ce que Sigrid Thomsen était en train de mijoter dans tout ce silence. À sa place, il chercherait à monter un traquenard, un traquenard mortel… Et c'est pas facile, hein, ma biche, de piéger Josh Cadmus avec juste un arc et deux flèches ! Surtout sans se faire remarquer…

Il ne décelait aucun mouvement, rien. Elle avait dû s'embusquer dans un coin pour attendre le moment propice… Moi aussi je peux attendre, ma biche, moi aussi… Il faudra bien que tu bouges ! Il se mit à l'affût, tous ses sens en éveil.

À moins de deux cents mètres de là, Sigrid se livrait à un exercice d'une grande difficulté. À plat ventre, masquée par la maigre végétation et le relief, elle décorait de pierres en équilibre instable le tronc d'un yucca rabougri. C'était un vieux truc de rabattage qu'elle utilisait parfois. Lorsqu'elle eut fini, elle rampa vers un rocher qu'elle avait repéré, trente à quarante mètres plus loin, et prépara son arc.

Avant de tirer, elle envoya une première pierre rouler discrètement à quelques mètres pour éveiller l'attention de Josh. Puis elle banda son arc, visa sans un tremblement le tronc du yucca et tira. La flèche se ficha dans l'arbuste en faisant dégringoler les pierres.

Cette fois-ci, Josh était sûr de ce qui se passait. Au premier bruit de cailloux, il avait éventé la ruse. Mais au deuxième, légèrement assourdi par la végétation, il révisa son jugement. Elle se déplaçait vers la gauche pour le contourner ! Il quitta sa cachette, bien décidé à déjouer le piège.

Quelques secondes plus tard, Sigrid aperçut Josh sautant à couvert, d'un rocher à l'autre, décrivant ce qu'il pensait être un large mouvement enveloppant. En fait, il arrivait droit sur elle.

Gorge sèche, elle encocha sa dernière flèche. Elle n'était pas sûre de ce qui allait se passer. Elle n'avait jamais pensé tirer sur une cible humaine. Peut-être pourrait-elle se contenter de le blesser ? Bien que pour arrêter une force brute comme Cadmus, il ne fût pas certain que ce fût le bon choix... Elle était prête à bander son arc, à viser, mais elle n'était pas prête à tuer.

Il avançait toujours. Il allait tomber sur elle dans un instant. Qu'est-ce que je fais, bon sang ? hurla-t-elle intérieurement. Qu'est-ce que je fais ?

Josh la vit. Surpris de découvrir sa silhouette où il ne l'attendait pas, il perdit une précieuse fraction de seconde. Quand il plongea à l'abri d'un rocher, il était trop tard. La flèche l'avait cueilli de plein fouet et lui avait transpercé le flanc. Il hurla en s'effondrant.

Sigrid sentit son sang refluer dans ses veines. Il n'aurait pas dû y avoir de cri. Il aurait dû être mort. Elle l'avait raté ! Elle n'avait rien décidé et quelque chose dans son cerveau ou ses muscles avait choisi pour elle, avait gracié Josh Cadmus. Elle avait inconsciemment *voulu* le rater !

Quand elle leva la tête pour voir ce qui s'était vraiment passé, elle découvrit quelque chose d'extraordinaire. Assis contre un rocher, les yeux exorbités, la face déformée par un rictus de douleur, luttant de toute sa volonté contre l'état de choc, Josh était en train de dévisser la tête de la flèche ressortant dans son dos. Puis il retira de son corps la longue tige d'aluminium ensanglanté et la jeta au loin en grognant de fureur.

Quand il se remit péniblement debout, geignant entre ses dents comme une bête et qu'il la regarda, elle n'en crut pas ses yeux. Il avançait ! Il avançait vers elle !

Elle était fichue ! Complètement désarmée, à la merci de ce fou ! Sans réfléchir, elle abandonna son arc devenu inutile et s'enfuit à toutes jambes. Il ne lui restait plus que la course pour sauver sa vie et l'espoir que la blessure affaiblisse Josh rapidement.

Derrière elle, celui-ci se mit aussitôt à sa poursuite avec une inconcevable réserve d'énergie, bondissant comme un diable en se tenant le côté, hurlant de rage et de douleur et la couvrant d'insultes.

Vas-y ! Crie ! Crie ! Encore plus fort ! songea Sigrid sans se retourner. Tu te fatigueras plus vite !

Elle sautait d'une roche à l'autre, zigzaguait frénétiquement, comptant ses pas afin de ne pas conserver la même direction plus de quatre ou cinq foulées. Il y eut un coup de feu et la balle claqua non loin d'elle. Elle roula à terre. Le dingue ! Le dingue !

Elle chercha à repérer la menace et aperçut en contrebas la silhouette massive, mais chancelante, qui s'efforçait de reprendre la course.

Elle se releva et s'élança à quatre pattes. Dans cette posture elle allait perdre du terrain, c'était sûr, mais debout c'était trop dangereux. Il finirait par faire mouche.

Un nouveau coup de feu retentit et la balle laboura le sol devant elle. Elle se jeta sur le ventre et chercha une issue. Il l'avait contrainte à courir de plus en plus haut, et le relief n'offrait plus guère de protection. Maintenant elle avait peur. Très peur. Elle opta pour la crête. Si elle parvenait à la passer, elle remettrait les atouts de son côté. Car l'autre versant était plongé dans l'ombre du crépuscule et elle s'y dissimulerait d'autant mieux. Elle repartit de plus belle en se collant le plus possible au sol.

Josh comprit tout de suite sa manœuvre. Elle allait lui échapper. Tant pis. Il fallait l'arrêter. Il n'était plus question de tirer pour le seul plaisir de l'épuiser et de la forcer en terrain découvert. Il épaula, se cala comme pour Cuthbert la veille, et visa longuement en s'efforçant d'ignorer la douleur qui lui brûlait l'abdomen.

Lorsqu'il appuya sur la détente, ce fut avec la rage de faire mouche à coup sûr.

Sigrid s'élançait pour couvrir les vingts mètres la séparant de la crête quand elle reçut le choc. Quelque chose comme un terrible coup de batte de base-ball à la hanche. Elle s'écroula et serra les mâchoires juste à temps. Ne pas crier ! Ne pas crier ! Surtout ne pas lui faire savoir qu'il m'a touchée !

La cuisse gauche paralysée par une douleur intolérable, elle rampa maladroitement jusqu'à l'abri d'un creux de rocher et s'affaissa. L'ordure ! Il l'avait eue... C'était la fin de la chasse... Elle songea que de son côté elle avait dû salement l'amocher, bien que ce fût une maigre consolation en regard de ce qui allait se passer. Car il y mettrait peut-être le temps, mais il arriverait jusqu'à elle. Alors... Elle ferma les yeux.

Au moment de l'effondrement de la galerie, Boyd s'était recroquevillé au sol, protégeant sa tête de ses bras. L'énorme fracas avait duré quelques secondes, tel un long roulement de tonnerre mêlé de craquements de planches et de chutes de pierres. Heureusement, l'orage n'était pas remonté jusqu'à lui et l'avait laissé sain et sauf.

Dans le silence étouffant qui avait suivi, l'air surchargé de poussière et de scories était devenu épais au point d'en paraître visqueux. Plaquant un pan de sa chemise contre son visage, Boyd s'était enfoncé en titubant, le plus loin possible, jusqu'à heurter un cul-de-sac. Il était bloqué de ce côté aussi ! Emmuré vif ! Une panique irraisonnée l'avait saisi et il avait eu la plus grande peine du monde à la maîtriser. S'il était dans de mauvais draps, du moins n'était-il pas blessé et se trouvait-il dans une poche d'air plus frais. Il avait exploré le fond du tunnel, qui ne lui offrait aucun espoir, et décidé d'attendre un moment afin que l'air redevienne respirable. Puis, dans une obscurité d'une densité presque palpable, il était redescendu jusqu'à l'éboulement.

Là, il tenta à l'aveuglette de déblayer le passage, mais comprit vite qu'il s'attaquait à un travail titanesque. Refusant de céder au découragement, pendant plus d'une heure il se fraya un chemin en haut des décombres, centimètre par centimètre, terrorisé à l'idée qu'à tout instant l'éboulement pouvait reprendre, l'ensevelissant définitivement. Il était à la limite du désespoir quand il sentit soudain sur sa nuque en sueur courir comme une caresse. Il s'immobilisa, émerveillé. C'était un infime courant d'air ! S'il y avait un appel d'air, aussi faible fût-il, il y avait une sortie !

Redoublant d'énergie, il s'efforça de progresser. Il parvint à un enchevêtrement de poutres qu'il traversa tant bien que mal, suivant toujours le filet d'air qui le guidait. S'extirpant d'un amoncellement de débris, il déboucha brusquement dans un espace libre à l'atmosphère pure et fraîche, exempte de toute odeur de poussière. Il tendit les bras autour de lui sans rencontrer aucun obstacle.

Il avança alors à quatre pattes sur quelques mètres, jusqu'à toucher une paroi. Là il comprit. Il venait certainement d'accéder à une galerie supérieure dont une partie du plancher avait dû s'effondrer dans celle où il se trouvait précédemment. Il se mit debout, marcha droit devant lui avec précaution et arriva à une nouvelle obstruction faite de gravats de toutes sortes. Là, la circulation d'air était franche et continue. Il leva la tête et aperçut un carré bleu nuit grand comme un mouchoir de poche. Une ouverture ! Enfin !

Il se hissa et découvrit un conduit grossièrement consolidé qui devait donner sur l'extérieur cinq ou six mètres plus haut. Fusil en bandoulière, il s'introduisit dans le trou d'aération et commença une pénible ascension, priant le ciel à chacun de ses mouvements pour que les étais ne lâchent pas.

Le carré de ciel s'agrandit et bientôt une des premières étoiles allumées dans le crépuscule apparut. Il redoubla d'efforts, s'agrippant avec la plus extrême prudence. Encore deux mètres ! Encore un mètre cinquante ! Moins d'un mètre... Il s'accrocha au bord et poussa sur ses bras de toutes ses forces.

Comme un plongeur émergeant d'une longue apnée, il jaillit du puits d'aération et respira l'air frais de la montagne à s'en déchirer les poumons. Il était libre !

Il reprit longuement son souffle. Dans la pénombre qui précédait la nuit, il distingua au loin, en contrebas, le Humvee. Il se remit alors sur ses pieds et y courut, empli d'une totale ivresse de liberté.

Mais il déchanta vite lorsqu'il découvrit une épave pitoyable, éclatée, éventrée, aux tôles torturées par l'impact des balles. Sans trop y croire, il jeta un coup d'œil dans la cabine : le tableau de bord offrait le spectacle d'une même dévastation et la VHF était inutilisable. Josh avait fait du bon travail...

Il rassembla quelques affaires et quelques vivres dans un paquetage réduit, s'assura de la présence de sa boussole et sortit une puissante torche de son coffre à outils. Si Josh croyait l'avoir neutralisé comme ça, il se trompait. Il attaqua aussitôt la pente. Il fallait absolument qu'il passe sur le versant sud de la chaîne avant que la nuit fût totale.

48

Sigrid sursauta. Quelque chose l'avait tirée de sa torpeur. Un bruit, certainement, qu'elle ne se rappelait pas. Elle avait dû perdre conscience sous l'effet de la douleur. Elle se recroquevilla contre les rochers, affolée, terrorisée par le silence. Et soudain il surgit.

Josh fondit sur elle avec une telle rapidité qu'elle hurla de terreur. Elle ne l'avait même pas entendu approcher ! Il était là, à califourchon sur son ventre, et lui écrasait la gorge avec son fusil ! Elle avait à peine réagi…

— Arrête ! Josh ! gargouilla-t-elle.

Il était aux anges.

— Ah ! ma biche…

Il respirait difficilement, il était exténué. Elle sentait son souffle lourd sur son visage.

— Tu vois, t'as perdu, murmura-t-il.

Si proche de l'assouvissement, il avait l'air de ne pas savoir par quoi commencer et son regard crépitait de folie.

Il perçut alors l'incroyable odeur qu'elle dégageait.

— Mais tu sens le bouc ! ricana-t-il en lui humant le visage et le cou.

Elle tenta de se dégager et il pressa un peu plus violemment le fusil pour la faire tenir tranquille.

— Doucement…

Il mouilla ses doigts, les passa sur les plaques brunâtres qui la camouflaient et les renifla.

— De la chiure de mouflon ! s'extasia-t-il, incrédule. Tu t'es couverte de chiure de mouflon !

Il la considéra un instant, stupéfait, comme si cela dépassait tout ce qu'il avait pu imaginer. Puis son visage s'éclaira d'un sourire féroce.

— C'est ça que tu cherches, pas vrai ? souffla-t-il. Un bouc. Un vrai bouc comme t'en as encore jamais connu…

Il rejeta le fusil et la ceintura pour la palper enfin avec ses grosses pognes, s'approprier son corps nu et sale, ce corps vigoureux et tendu, palpitant sous lui de fureur et de dégoût.

Geignant, ruant, se débattant de façon désordonnée, elle tenta de lui infliger un mauvais coup à l'aine, mais il lui enserra les jambes plus fermement encore.

Soudain, dans ses gesticulations, elle sentit une arme sous ses doigts, par terre. Elle saisit le caillou tranchant et frappa Josh à toute volée en visant la tête. Il esquiva et elle n'atteignit que son dos. Elle frappa à nouveau à plusieurs reprises tandis que Josh gigotait sous ses coups comme sous l'effet de chatouilles. Puis il l'attrapa par le poignet et bloqua son bras.

— Arrête, ma biche, arrête, tu vas me faire mal…

Haletante, impuissante, les épaules collées au sol, Sigrid fut envahie d'une rage incontrôlable.

— Tu n'es qu'un crétin, Josh Cadmus ! rugit-elle entre ses dents. Un crétin violent et stupide !

— Oui, ma biche, oui…

Il abaissa son visage jusqu'à toucher le sien, et elle se tordit de plus belle.

— Lâche-moi ! hurla-t-elle à pleins poumons.

Mais il l'écrasa, se vautrant sur elle avec une frenésie bestiale, et soudain elle sentit ses doigts. S'arc-boutant dans un ultime effort, elle mordit de toutes ses forces le gras de l'épaule qui se présentait à elle, agitant la tête en tous sens comme un fauve cherchant à arracher une bouchée de viande.

Tout à sa transe, Josh ne cria même pas.

— C'est ça, ma biquette, mords-moi, mords-moi !

Elle allait être à lui. Plus rien ne comptait. Il sentait les dents cisailler sa chair, le sang couler dans son cou, mais il n'en avait cure. C'était un sabbat diabolique qui se jouait là, une débauche que la douleur même attisait, une ivresse infernale que rien ne pouvait stopper.

Au moment où il la força, d'un élan plein de démence et de hargne, Josh crut recevoir un formidable coup de hache dans le dos et s'immobilisa net.

En appui sur ses bras, suffoqué par la violence colossale qui venait de le frapper, incapable d'en concevoir l'origine, incapable d'esquisser un geste, il resta paralysé quelques secondes. Puis, vaincu par cette poigne de fer qui s'était abattue du ciel et le clouait sur place, il s'affaissa, degré par degré, sans parvenir à tourner la tête, les yeux agrandis par un ébahissement extrême, comprimant chaque seconde un peu plus le corps de Sigrid sous son énorme poids.

Quand la trogne effarée de Josh Cadmus roula contre sa nuque pour y rester inerte, Sigrid découvrit la tige brillante d'une de ses flèches enfoncée d'un bon tiers dans le large dos qui la plaquait au sol.

Saisie d'horreur et de répulsion, elle poussa une plainte aiguë et batailla avec la dernière énergie pour se dégager du cadavre dont elle subissait encore l'étreinte.

Lorsqu'elle fut enfin libérée de ce monceau de chairs sans vie, elle se laissa retomber, épuisée, hors d'haleine, taraudée par la douleur de sa propre blessure. C'est alors qu'elle découvrit l'ombre géante avançant vers elle contre la lumière crépusculaire. Une silhouette indistincte, puissante et silencieuse qui tenait son arc, surgie des dernières lueurs du crépuscule.

Elle eut un dérisoire mouvement de recul mais l'ombre était déjà à ses côtés, impressionnante, démesurée. Alors seulement elle l'identifia.

— Shonto ! murmura-t-elle. Shonto...

Elle poussa un long soupir de délivrance et se détendit.

— Shonto...

Elle ne parvenait pas à croire à la réalité de tout ce qui s'était passé.

— Sans toi...

Elle n'acheva pas. Elle le connaissait à peine. Elle ne le voyait pour ainsi dire jamais, sauf en de rares occasions où ils se croisaient ou se rencontraient par hasard en ville. D'aussi loin qu'elle pouvait s'en souvenir, ils ne s'étaient jamais parlé.

L'Indien ne dit rien. Il se contenta de lui jeter ses vêtements et son sac qu'il avait récupérés et ramenés avec lui. Puis il alla s'asseoir à l'écart sans plus lui prêter attention.

S'habillant à grand-peine à cause de sa blessure, Sigrid observa à la dérobée la silhouette figée qui se découpait dans le ciel, telle une statue sacrée veillant sur la montagne. Et, subitement, elle comprit.

— Shonto ! dit-elle. C'était toi, les mouflons. C'était toi qui les faisais cavaler sans arrêt devant moi !

L'Indien se tourna vers elle, impassible, et resta muet. Face à ce regard qui la fixait sans aucune expression de sympathie ou même de bienveillance, Sigrid se sentit embarrassée et baissa les yeux.

— Tu fais ça souvent, n'est-ce pas ? Tu les protèges...

Visiblement, Shonto avait décidé de ne pas parler. Muré dans son mutisme, il se désintéressa d'elle et contempla à nouveau la nuit qui se posait comme un aigle sur les sommets.

Elle n'insista pas. Elle respecta un moment le silence qui finissait d'ensevelir le jour, puis la douleur la tarauda de plus belle et elle fut saisie d'une pointe d'exaspération.

— Shonto..., reprit-elle en dissimulant mal son impatience. Je suis blessée. Il faudrait me donner un coup de main pour redescendre...

Shonto sembla hésiter puis se leva enfin comme à l'issue d'une prière. Il s'approcha, s'arrêta à deux pas d'elle, la dominant de toute sa stature. Avec un sourire encourageant, Sigrid lui tendit alors la main pour qu'il l'aide à se relever, mais il ne fit pas un geste. Elle attendit, incertaine, croyant qu'il allait lui parler. Il lui tourna le dos et s'enfonça dans la nuit. L'instant d'après, il n'était plus là.

— Shonto ! s'écria-t-elle, incrédule. Shonto ! Où tu vas ?

Affolée, grimaçant de douleur, elle parvint à se hisser au-dessus des rochers pour l'appeler à nouveau. Mais la nuit avait mangé les pentes des montagnes comme une brume et elle eut tout juste le temps de voir s'évanouir les contours imprécis d'un fantôme silencieux.

— Shonto ! hurla-t-elle de toutes ses forces.

Son cri résonna inutilement dans le vaste espace et elle se laissa retomber, anéantie.

Elle resta longtemps prostrée avant de se ressaisir. Ce fut l'air glacial qui la rappela à la réalité. Shonto lui avait sauvé la vie mais l'avait laissée se débrouiller et, après tout, ce n'était que justice. Le désert, la montagne, les mouflons, c'était son affaire. Elle s'en arrangerait là encore comme elle l'avait toujours fait et Shonto avait eu raison de ne pas s'en mêler davantage.

Avec la ferme intention d'ignorer la douleur, elle claudiqua jusqu'à son sac et enfila son poncho. Puis, ramassant son arc abandonné, elle se traîna vers l'autre côté de la crête, où du moins elle serait à l'abri du vent. Ensuite, elle aviserait.

Sans lui accorder une pensée, elle laissa derrière elle l'ombre du cadavre de Josh Cadmus qui s'était confondue depuis longtemps avec celle des rochers.

49

L'OBSCURITÉ était presque totale. Et depuis longtemps Boyd avait dû ralentir son allure. Il suivait la ligne des crêtes avec une prudence extrême, autant à cause du relief que de la menace que représentaient Josh et son viseur à infrarouge. De cet emplacement, il dominait une portion de terrain considérable et pouvait surveiller au mieux chaque versant.

Aux alentours de minuit il fit une pause. D'après ses calculs, depuis le temps qu'il marchait vers l'ouest il ne devait plus être très loin de cet endroit où la chaîne se cassait pour descendre en pente régulière jusqu'au lit du Realston et à son refuge. Il ne comprenait pas où avaient pu passer Josh et Sigrid. Aussi bien se terraient-ils l'un comme l'autre dans l'attente de l'aube pour se combattre. Il se remit en route et s'arrêta net une centaine de mètres plus loin.

Il venait d'entendre un bruit et, dans cette immensité désolée, ce ne pouvait être que celui d'un déplacement. D'un humain ou à la rigueur d'un gros animal, mais déjà il savait que c'était un pied maladroit qui avait trébuché.

Il s'accroupit, posa silencieusement sa lampe sur un rocher à côté de lui et prépara son fusil. Si Josh comptait l'embusquer, il allait être surpris. Sa torche halogène portait très loin et il allait le forcer à se démasquer. D'une main il épaula son arme, prêt à tirer, et de l'autre il alluma sa lampe d'un geste rapide. Aussitôt, l'air fut déchiré d'un sifflement et il y eut un impact métallique quelque part derrière lui. Boyd comprit sa méprise immédiatement.

— Sig ! Arrête ! C'est moi, Boyd ! cria-t-il.

Il n'y eut pas de réponse et il s'affola. Et si c'était Josh qui l'accueillait avec l'arme de Sigrid ? Cette pensée lui fit froid dans le dos.

— Sig ! Si c'est toi, dis-le. Je suis prêt à faire feu !

Dans le silence qui suivit, il entendit soudain une voix faible et haletante :

— C'est moi, Boyd. Tire pas...

Il attrapa sa lampe et se rua vers elle. Il la découvrit postée contre un rocher, chancelante, exténuée, son arc pendant à bout de bras.

— Sig ! Bon Dieu ! Dans quel état...

Il la soutint, l'aida à s'asseoir et à s'adosser contre le roc.

— Doucement. Je suis blessée, murmura-t-elle.

— Et Josh ? Où est-il ?

— Il est mort.

Il la regarda, stupéfait.

— Qu'est-ce qui s'est passé ?

— Rien. Il m'a attaquée, je l'ai tué.

— Où ça ?

— Là, pas loin.

— Montre-moi.

Soutenue par Boyd, elle guida celui-ci jusqu'au cadavre. Du faisceau de sa lampe, il examina le grand corps étendu. Il y avait toujours sur son visage le masque d'une stupeur absolue. Puis Boyd vit la flèche plantée profondément dans le dos et, plus bas, le pantalon à moitié défait et la pose obscène. Il fut subitement envahi d'une immense consternation.

— Qu'est-ce qui s'est passé ici, Sig ? chuchota-t-il.

— Rien ! Il ne s'est rien passé, je te dis ! protesta-t-elle avec véhémence.

— Oh Sig, Sig, Sig !...

Il ne voulait pas y croire. Une tristesse terrible le submergea, ainsi qu'une grande pitié. Il la serra plus fort contre lui et chercha à la consoler.

— Ne me touche pas ! s'écria-t-elle comme s'il venait de se permettre un geste déplacé. S'il te plaît, ne me touche pas !

Elle le repoussait violemment, comme sous l'effet d'une totale répulsion.

— Sig, je t'aide, c'est tout !... s'insurgea-t-il.

— Laisse-moi ! Je n'en veux pas, de ton aide ! De personne ! Tu pues ! Tu pues le mâle, comme les autres ! Ne me touche surtout pas !

Sous ce torrent d'imprécations, il la déposa à terre et s'en écarta comme d'un animal hargneux aux réaction imprévisibles. C'était toujours le même petit démon femelle buté, têtu, provocant, qu'il connaissait depuis si longtemps. Un démon blessé, sale et malodorant qui ne dirait jamais ce qu'il avait enduré ici, ce dont les pierres et le ciel avaient été témoins.

Il resta un moment à ses côtés, incapable de proférer un mot, de faire un mouvement. Dans le cœur de cette nuit, quelque chose de terrible, d'irrémédiable, était en train de les séparer enfin, de leur apporter cette rupture définitive qu'ils n'avaient jamais eu le courage d'affronter.

Il détecta le feu de position bâbord de l'hélicoptère avant d'entendre le vrombissement du rotor. Il sauta sur ses pieds, se jeta sur sa lampe et envoya plusieurs séries de signaux lumineux. Presque aussitôt l'hélicoptère vira sur sa gauche et se dirigea vers eux à toute vitesse. Le projecteur frontal s'alluma et illumina la montagne sur son passage. Ils furent bientôt aveuglés, au cœur du faisceau, l'appareil au point fixe à une quinzaine de mètres au-dessus de leurs têtes.

Le relief interdisant tout atterrissage, Boyd vit descendre une élingue munie d'un harnais. Il passa celui-ci autour de Sigrid qui se laissa faire sans un mot. Elle s'éleva dans les airs et fut récupérée par Jim. Quelques minutes plus tard, Boyd suivit le même chemin et se retrouva dans la cabine.

Le Bell fit demi-tour sans attendre, projecteur toujours allumé. Personne ne dit mot dans le vacarme. Le pilote et Boyd échangèrent juste un bref salut de la main.

Dans sa course folle au-dessus des montagnes, le faisceau de lumière blanche accrocha d'étranges silhouettes blafardes fuyant à toutes jambes.

— Sig ! regarde ! s'exclama Boyd.

Elle tourna péniblement la tête.

— Quoi ?

— Des mouflons !

Elle se souleva pour voir, mais les bêtes étaient déjà retournées aux profondeurs de la nuit.

— C'est bizarre, fit Boyd, j'ai eu l'impression de voir quelqu'un derrière la harde.

Sigrid braqua ses yeux sur lui.

— Quelqu'un ? Avec les mouflons ? Tu rêves, Boyd !

— Possible.

Dans l'obscurité de la cabine, il ne put voir l'infime sourire qui s'afficha sur les lèvres de Sigrid et redonna vie à son visage. De toute façon, l'hélicoptère prit de l'altitude, Morritt éteignit le projecteur et Boyd n'y pensa plus.

50

IL TENAIT la lettre entre ses mains. Elle était arrivée par le courrier du matin. Bien qu'il l'attendît, Boyd éprouva une certaine amertume. Le papier à en-tête de l'Agence fédérale de l'environnement lui annonçait que le bureau d'Haydenton cessait toute activité à partir de ce jour et que le comté d'Owens était maintenant placé sous la responsabilité de l'antenne de Carver City.

L'affaire s'était réglée par téléphone les jours précédents. Au vu des récents événements de Haydenton et de l'extrême tension qui subsistait sur certains territoires, l'Agence avait jugé préférable de faire un pas en arrière, comme elle avait déjà fait en Oregon et dans l'État de Washington. Les factions et les milices antigouvernementales avaient encore de beaux jours devant elles, songea Boyd... Car cette décision espérée depuis si longtemps par tant de ses concitoyens venait à point nommé pour atténuer encore un peu plus le bilan désastreux de l'opération menée contre Cecil Rice.

En effet, Waronker n'avait pas ménagé ses efforts pour boucler au plus vite un rapport d'enquête mettant hors de cause les protagonistes rescapés de cette affaire. En cela il avait certainement été aidé par Andy Cuthbert qu'il avait finalement récupéré au fond du

Nopahute. Durant leur retour à Haydenton, dans l'intérieur climatisé du 4×4, Boyd était convaincu qu'ils avaient eu largement le temps d'accorder leurs violons.

Josh Cadmus avait été chargé à juste titre, et même surchargé quand c'était possible, de tout ce qui était à l'origine de ce carnage. Pour Novick et Bradner, Waronker n'avait pas manqué d'invoquer la fatalité et un certain excès de confiance en leurs capacités personnelles. Pour Sigrid Thomsen, il avait eu soin de ne pas s'étendre sur le fait que Josh avait reçu une flèche de face et une autre de dos. N'avaient été retenus que le délit caractérisé de braconnage et l'assaut dont elle avait été victime, ouvrant ainsi la voie à une légitime défense sans aspérités. Quant à Cecil Edolphus Rice, son corps et ses maigres biens avaient été restitués à sa famille, en l'occurrence une vieille femme éplorée qui s'était déplacée spécialement de l'Arkansas pour s'entendre dire que son fils avait volé une voiture et s'était retrouvé au cœur d'un mortel concours de circonstances. Le juge Dodds avait avalisé tout cela de son autorité et l'affaire suivait maintenant son cours dans les méandres de la Cour fédérale. Autant dire que Grant Waronker pouvait dormir sur ses deux oreilles jusqu'à la fin de son mandat, et peut-être même durant tout le suivant…

Boyd soupira. Il avait passé la veille à emballer toutes ses affaires et le bureau était rempli de cartons et de dossiers entassés. Tout cela devait être expédié à Carver City, et le local allait être restitué au comté. C'était la fin d'un boulot dans lequel il s'était investi corps et âme.

Il mit la lettre de côté, médita encore un moment puis se résolut à faire ce qu'il remettait sans cesse au lendemain depuis la fin de la randonnée. Il consulta son calepin et composa un numéro de téléphone. À l'autre bout on décrocha.

— Allô ? Mo ? C'est Boyd...

Il constata avec étonnement qu'il avait la gorge serrée.

— Salut.

La voix était froide, distante.

— J'ai essayé de t'appeler à l'hôpital de Carver City, mais tu étais déjà partie.

— J'avais juste besoin d'une bonne réhydratation. Il paraît que c'est pas très bon de rester sans boire dans le désert.

Elle ne lui facilitait pas le travail.

— Tu m'en veux ?

— Pas du tout. Ça restera des vacances inoubliables. Qu'est-ce qui me vaut ton appel ?

Il se jeta à l'eau.

— Franchement, je voulais de tes nouvelles. Et puis, je m'étais dit que ça serait peut-être bien de se revoir un jour...

— Je ne sais pas si ce serait une bonne idée.

— Juste en passant, comme ça. J'ai un bon copain à Los Angeles. Je peux dormir chez lui...

Ils restèrent silencieux quelques secondes.

— ... Quand tu nous as laissés dans le désert, reprit soudain Maureen, j'ai eu peur que tu ne reviennes pas. Et c'est exactement ce qui s'est passé. Tu n'es pas revenu. Tu comprends ça, Cam ? Tu n'es pas revenu...

Il essaya de se disculper :

— C'était un cas de force majeure, Mo. Je ne pouvais pas faire autrement. J'ai tout arrangé pour que vous vous en sortiez. Et ça a marché, non ?

— À ce que j'ai appris, ton cas de force majeure s'est parfaitement bien débrouillé tout seul... Moi, sans toi, je m'en serais jamais sortie...

Boyd était de plus en plus mal à l'aise. Elle cherchait vraiment à mettre le doigt là où ça faisait mal.

— ... Est-ce que tu fais partie de ces types qui ne reviennent pas, Cam ?

— Mais bon sang, on peut compter sur moi, Mo ! Tu ne vas pas me dire que tu doutes de ça ?

Elle ne répondit pas.

— Comment va Benkelman ? s'enquit-elle.

— Il s'en est tiré.

— C'est bien.

Il y eut un silence.

— C'est gentil d'avoir appelé, Cam.

— Alors ? On se dit à un de ces jours ?

— Peut-être... Je n'en sais rien. Au revoir.

— Au revoir.

Il raccrocha, maussade, fâché contre eux deux, et finit de ranger son bureau.

En fermant à clé la porte de l'Agence, il vit passer le vieux pick-up informe et cabossé de Shonto. Celui-ci venait de faire quelques emplettes comme chaque semaine et il y avait plusieurs sacs de provisions sur le plateau arrière. Boyd lui adressa un signe amical. Imperturbable, Shonto se contenta de tourner vers lui son visage figé au regard presque indifférent, et ce fut tout. Le pick-up s'éloignait déjà pour regagner Fat Hills.

Sans se formaliser, Boyd le suivit des yeux. Tout compte fait, les montagnes ne seraient pas si seules. Il restait au moins un brave type pour veiller sur elles...

En passant devant le bureau du shérif, il avisa Jim. Pour lui aussi, les choses étaient en train de changer. Waronker avait personnellement insisté auprès du Conseil du comté pour que soient prises en charge les études dont il rêvait. Bien entendu, il devait maintenant au shérif une gratitude toute particulière...

Boyd lui tendit la clé de l'Agence.

— Tiens, tu la donneras à Grant.

Jim prit la clé et considéra Boyd avec une expression pleine de sympathie.

— Qu'est-ce que vous allez faire à présent, m'sieur Boyd ?

Celui-ci prit le temps de bien peser sa réponse.

— Tout bien réfléchi, Jim, je crois que je vais commencer par aller passer quelques jours en Californie.

— Vous connaissez des gens là-bas ?

— Oui. Des gens que j'ai drôlement envie de revoir !

Il salua le jeune homme et s'éloigna sur le parking. C'était décidé. Il prendrait le Greyhound de quinze heures trente l'après-midi même.

« SPÉCIAL SUSPENSE »

MATT ALEXANDER
Requiem pour les artistes

STEPHEN AMIDON
Sortie de route

RICHARD BACHMAN
La Peau sur les os
Chantier
Rage

CLIVE BARKER
Le Jeu de la Damnation

GILES BLUNT
Le Témoin privilégié

GÉRALD A. BROWNE
19 Purchase Street
Stone 588
Adieu Sibérie

ROBERT BUCHARD
Parole d'homme
Meurtres à Missoula

JOHN CAMP
Trajectoire de fou

JOHN CASE
Genesis

JEAN-FRANÇOIS COATMEUR
La Nuit rouge
Yesterday
Narcose
La Danse des masques
Des feux sous la cendre
La Porte de l'enfer

CAROLINE B. COONEY
Une femme traquée

HUBERT CORBIN
Week-end sauvage
Nécropsie
Droit de traque

PHILIPPE COUSIN
Le Pacte Prétorius

JAMES CRUMLEY
La Danse de l'ours

JACK CURTIS
Le Parlement des corbeaux

ROBERT DALEY
La nuit tombe sur Manhattan

GARY DEVON
Désirs inavouables
Nuit de noces

WILLIAM DICKINSON
Des diamants pour Mrs Clark
Mrs Clark et les enfants du diable
De l'autre côté de la nuit

MARJORIE DORNER
Plan fixe

FRÉDÉRIC H. FAJARDIE
Le Loup d'écume

FROMENTAL/LANDON
Le Système de l'homme-mort

STEPHEN GALLAGHER
Mort sur catalogue

CHRISTIAN GERNIGON
La Queue du Scorpion
(Grand Prix de littérature policière 1985)
Le Sommeil de l'ours

JOHN GILSTRAP
Nathan

JEAN-CHRISTOPHE GRANGÉ
Le Vol des cigognes
Les Rivières pourpres

JAMES W. HALL
En plein jour
Bleu Floride
Marée rouge

JEAN-CLAUDE HÉBERLÉ
La Deuxième Vie de Ray Sullivan

CARL HIAASEN
Cousu main

JACK HIGGINS
Confessionnal

MARY HIGGINS CLARK
La Nuit du Renard
(Grand Prix de littérature policière 1980)
La Clinique du Docteur H.
Un cri dans la nuit
La Maison du guet
Le Démon du passé
Ne pleure pas, ma belle

Dors ma jolie
Le Fantôme de Lady Margaret
Recherche jeune femme aimant danser
Nous n'irons plus au bois
Un jour tu verras...
Souviens-toi
Ce que vivent les roses
La Maison du clair de lune
Ni vue ni connue
Tu m'appartiens

CHUCK HOGAN
Face à face

PHILIPPE HUET
La Nuit des docks

GWEN HUNTER
La Malédiction des bayous

TOM KAKONIS
Chicane au Michigan
Double Mise

MICHAEL KIMBALL
Un cercueil pour les Caïmans

LAURIE KING
Un talent mortel

JOSEPH KLEMPNER
Le Grand Chelem

STEPHEN KING
Cujo
Charlie

DEAN R. KOONTZ
Chasse à mort
Les Étrangers

PATRICIA J. MACDONALD
Un étranger dans la maison
Petite Sœur
Sans retour
La Double Mort de Linda
Une femme sous surveillance
Expiation
Personnes disparues

PHILLIP M. MARGOLIN
La Rose noire
Les Heures noires

DAVID MARTIN
Un si beau mensonge

RICHARD NORTH PATTERSON
Projection privée

LAURENCE ORIOL (NOËLLE LORIOT)
Le tueur est parmi nous
Le Domaine du Prince
L'Inculpé
Prière d'insérer

ALAIN PARIS
Impact
Opération Gomorrhe

THOMAS PERRY
Une fille de rêve

STEPHEN PETERS
Central Park

NICHOLAS PROFFITT
L'Exécuteur du Mékong

PETER ROBINSON
Qui sème la violence...

FRANCIS RYCK
Le Nuage et la Foudre
Le Piège

TOM SAVAGE
Le Meurtre de la Saint-Valentin

JOYCE ANNE SCHNEIDER
Baignade interdite

BROOKS STANWOOD
Jogging

WHITLEY STRIEBER
Billy
Feu d'enfer

La composition de cet ouvrage
*a été réalisée par l'***Imprimerie Bussière**
l'impression et le brochage ont été effectués
sur presse Cameron
dans les ateliers de **Bussière Camedan imprimeries**
à Saint-Amand-Montrond (Cher)
pour le compte des Éditions Albin Michel.

Achevé d'imprimer en octobre 1998.
N° d'édition : 17728. N° d'impression : 2023-984022/4.
Dépôt légal : novembre 1998.